エル・コチェーロ

御者

人生の知恵をめぐるライブ対話

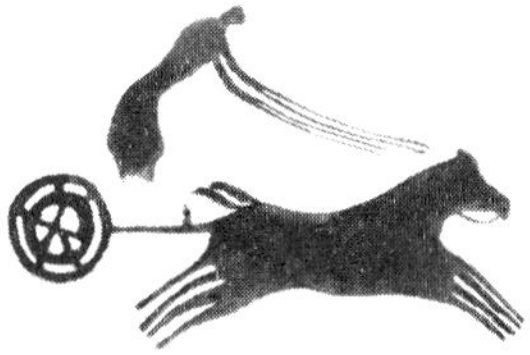

ホルヘ・ブカイ＆マルコス・アギニス
八重樫克彦・由貴子 訳

新曜社

Jorge Bucay & Marcos Aguinis
EL COCHERO: un libro en vivo
segunda edición

はじめに

マルコス・アギニスとホルヘ・ブカイ、二人は紛れもなく異なったイメージを持つ作家である。片やまじめで思慮深く、博学多才な知識人。片やざっくばらんで如才なく、型にはまらぬ人気者。几帳面で慎重な前者が「よろしいですか」「おそらく」「たいていは」「〜でしょう」と言葉を選ぶのに対し、後者は大胆に気兼ねなく「あのさ」「絶対に」「いつだって」「〜なんだ」と言いきる。一方がロッテルダムのエラスムスに深い感銘を受けたと打ち明けると、他方は笑いながら自分はソフォクレスとは相容れなくてねと詫びる。互いに活動範囲が定まっているので、双方の読者層が重なることはまずない……。

だが、そこに本書『御者《エル・コチェーロ》』が登場し、定説はことごとく覆される。日頃アギニスの著作を難解に感じているであろうブカイの読者たちと、ブカイの著作を軽過ぎると言って敬遠しがちなアギニスの読者たちが、「何なんだ、この本は?」「アギニスとブカイにどんな関係がある?」と戸惑う姿が目に浮かぶようだ。

マルコス・アギニスの愛読者がホルヘ・ブカイの本を手にしたら、アギニスの本を読まなくなると言われる一方、ホルヘ・ブカイの愛読者がひとたびマルコス・アギニスの作品に触れたら、ブカイの作品にはもう戻れないと断言する向きもある。だが、本当にそうだろうか？　かえって双方の読者が増えるのではなかろうか？

それはさておき、ライブ対話ツアーにやってきた聴衆に、各々の支持者が多数含まれていたことは事実だ。アギニスのＩＱの高さに困惑するブカイ・ファンの女性たちもいれば、ボルヘスを引用してブカイに挑むアギニス・ファンの男性たちもいた。信仰の問題だけ、自己実現についてのみ、というように、好みのテーマに読書の的を絞り、他のジャンルに親しむ機会の少ない読者たちにとっては、間違いなく興味深いステージであったことだろう。

注目に値するテーマを展開しているにもかかわらず、あまりに堅苦しく学術的過ぎて広まらない書籍がある反面、気軽に手にできるのにテーマが薄っぺらで、大々的に宣伝しても一時の流行で終わってしまう書籍もある。両者の中間にこそ、人々の興味を引きつける突破口があるのではないか。われわれ出版社側が本書に賭けた根拠はそこなのだ。

「ライブ本」という前代未聞の企画に賛同し、マルコス・アギニスとホルヘ・ブカイはロサリオを皮切りに、メンドーサ、マル・デル・プラタ、ブエノスアイレス、プンタ・デル・エステ、コルドバの順に対話ツアーを挙行した。会場に集まった聴衆は対話の証人となっただけでなく、質問を投げかけ、体験を語り、必ずしも適切なものばかりではなかったとはいえ、意見を述べ、議論に参加した。また、作家たちとじかに接することによって、彼らに対して抱いていた先入観も払拭されたことと思われる。

通常、一般大衆は一連の出版行程の末尾に位置する、完成品を受け取る対象と見なされている。だが、このライブ本においては、彼らを一番先頭、つまり主役に据えた。これも初の試みである。

新鮮な気持ちで聴衆と出会い、自然発生的に意見交換がなされるようにとの配慮から、アギニスとブカイはテーマについての事前打ち合わせを一切おこなわず、準備もリハーサルもせずに本番当日に臨んだ。こうして『御者《エル・コチェーロ》』は、会場から思いもよらぬアイデアが飛び出すこととなり、驚きと発見に満ち、作家たちの忌憚ない苦言と専門家ならではのためになる情報、物語や逸話の挿入によってメリハリのある、感動的なドラマと愛情のいっぱい詰まった真の対話の場を設けることに成功した。

一冊の本という長いメロディーに最後の一音を添える読者たち。彼らによってなされる知性に富んだ作品解釈に、心ひそかに驚いている作家が少なからずいると言われている。今回、マルコス・アギニスとホルヘ・ブカイは、読者との垣根を取り払う決心をし、面と向かって手を取り合い、呼吸を揃えて心を一つにし、冷や汗をかくことも号泣することもなく、正面から側面から純然たる即興によって、人々とともに本書を完成させた。

デル・ヌエボ・エストレモ出版　編集者一同

目　次

装幀＝虎尾　隆

イントロダクション

古今東西に広く伝わる一つの物語がある。どこのだれが語るかによって、主人公はユダヤのラビだったり、仏教のお坊さんだったり、カトリックの司祭だったり……とさまざまだが、われわれがインドからやってきた人に聞いたバージョンは、だいたいこんな内容だった——。

村々を巡っては、人々に知恵と勇気、闘志を授ける精神指導者サニャーシンは、いつも同じ御者が操る馬車で旅をしていた。ある日のこと、目的地への道すがら、師がふだんより力なく嘆息するのを見て、長年の付き合いで気が置けない仲となっている御者が尋ねた。

「どうなすったんですか?」

「何だか疲れ果ててしまってな」

「疲れ果てた、ですと?」御者は諫めた。「恥ずかしげもなく、よくもそんな図々しいことが言えたもんですね! 疲れているのは一日中、馬車を走らせにゃならんこっちのほうです! だんなは移動中そこにのうのうと座っているだけ。村に着いたら着いたで、村人たちと話をし、熟れた果物と新鮮な水でもてなされ、たらふく食ってるだけでしょうが。そんなだんなが疲れているって? 文句を言いたいのはあっしのほうですよ！　あっちこっちの村でだんなが歓待され、赤い絨緞が敷かれて薔薇の花びらが撒かれる中を歩いているあいだ、来る日も来る日も、馬とやり合い、餌を与え、馬車の手入れをしているのは、だれだとお思いで？　あっしこそが、疲労困憊しているに決まってるじゃありませんか!!」

御者の不満をじっと聞いていたサニャーシンが口を開いた。

「じゃが……それはおまえにとってそんなに疲れることなのか？」

「あたぼうですよ！　そう見えませんかね？」

「いや、とてもそうは……ただ、休みたいと思うたび、村から村へのんびりと馬車を繰っていかれたら、さぞかし気分がいいじゃろうなあ、と思うてのお……」

「ヘン！　あっしの身にもなってごらんなせえ！　そりゃあ、傍目《はため》には楽しそうに映るかもしれないが、御者台に座ってみれば、金輪際そんなことは……」

「本当に、ここにいるわしのほうが、そこにいるおまえよりもましだと思うか？」

「当たり前でさ！　一度でいいから代わってほしいくらいです！」

「ならば……双方の望みを叶えるチャンスがあるぞ」

「いったい、どういうことで？」

「これから行く村の人たちは、だれ一人としてわしの顔を知らん。じゃから……着物と場所を交換し、おまえはサニャーシン、わしは御者として村に入るんじゃよ。そうすれば、わしは以前からやってみたかった馬車の操縦を楽しめ、おまえは、一度やりたいと思っていたサニャーシンになれる」

「本気でおっしゃってるんですかい？　それなら話に乗っても……」

「よし、決まりだ」

道端に馬車を止め、二人は衣服を取り替えた。御者は師に上着と鞭を手渡し、師は御者に法服《トーガ》を託す。

そして御者の服を羽織ったサニャーシンは御者台に、サニャーシンの衣装をまとった御者は座席に収まり、次の村へと向かった。


さて、目的地に辿り着くと、村人たちが待ちに待ったサニャーシンの馬車を拍手で迎えた。薔薇の花びらを投げ、彼の名を呼び、深々と頭を下げ……サニャーシンになりすました御者は、沿道の人々に手を振って応え、この状況を大いに楽しんだ。人々の笑顔と称賛、喝采に包まれて中央広場に至ると、そこには師の到着を歓迎する驚くほどの群衆が集まっていて、御者（本物の精神指導者サニャーシン）が扉を開け、サニャーシン（実は御者）が登場するや、熱狂した人々は歓声を上げげた。

「やった！　やった！　お師匠さまの到着だ！　ようこそ、わが村へ！」

村長が歩み寄り、サニャーシンの頭に花冠を被せて言った。

「お越しいただき、ほっとしました。皆、やきもきしながら、到着をお待ちしていたのですよ！」

御者扮するサニャーシンは応じた。

「さようか……わしもこの村に来るのが楽しみじゃったぞ……では、一息入れるとするかの」

「休憩なんてとんでもございません！」村長は声を上げた。「即刻、あなたの助言が必要なのです！」

「まあ……とりあえず新鮮な果物でも食べて……それから話そうではないか……一服して……」

「もちろん、おもてなしはのちほどに！　でも、くつろぐ前に、急を要する問題があるのです！」

「何々……そう急ぐ必要もないじゃろうて。ちょっと座って……」

「あなたは何も御存じでないから！　わたしたちは三週間も首を長くして待っていたのですよ。それというのも、深刻な問題がこの村で起こったからで」

「いったい、何があったのじゃ？」

「事の発端は、ファンがペドロに牝牛を売り、ペドロはファンに納屋を建てることで支払いに代えるという約束を交わしたことでした。ところが、ペドロは腕を骨折し、納屋が建てられなくなってしまいました。ファンはペドロに即刻代金を払えと要求し、ペドロは腕が治るまで待てと主張しています。それぞれを支持して村は真っ二つに割れ、毎晩のように争いが起こっては負傷者が出る始末。もはや警察の手にも負えなくなりました。そこで二週間前、わたしは村人たちにこう申したのです。『ええい、やめんか！もうすぐサニャーシンさまが村にやってくる。どんな疑問にも答えられる彼なら、きっと最善の道を与えてくれるに違いない』。そんなこんなで、ようやく待望のあなたが到着されたわけですから、まず今ここで、皆の者に告げてほしいのです。このもめごとの解決策は？　わたしたちはどうすればよいのでしょうか？」

かわいそうに、精神指導者のふりをした御者は真っ青になってしまった。何をどう答えるべきか、皆目見当がつかない。

師の言葉を待ちきれず、村人たちは口々に叫び出した。

「あなたを待っていたんです！　どうか、ご助言を！」

サニャーシンの衣装をまとった男は、しばし黙想したあと、質《ただ》した。

「つまり、その答えを聞きたくて、長いあいだ、わしを待っていたというのか？　つまらぬもめごとのために？　こんな馬鹿げたことならば、御者でも答えられるわい……」そう言うなり、堂々たる態度で御者の恰好をした本物の師のほうを向き、命じた。

「おい、御者。証明してやれ！　問題の解決策を示してやるのじゃ！　さあ、彼らに答えよ！」


本書のタイトル『御者《エル・コチェーロ》』は、この物語に因《ちな》んで名づけた。それは単に気に入っていたからではなく、もっと特別な理由、つまり何か大切なことを象徴しているように思えてならなかったからだ。

長年、われわれ二人は人々からもてはやされ、お世辞や祝福、愛情を受けて暮らしてきた。各自がそれぞれの分野で、そして今回は一緒に、賢者を装い、馬車に乗り、くつろいだ状態で国内外のさまざまな町へ赴いては、常にサニャーシン、つまり師のごとく歓迎されてきた。だが、われわれは、自分たちが賢者の席にもぐり込み、不本意ながらそこに座っている乗客だと自覚しているし、真の知恵はわれわれを導き、引っ張ってくれている人々の中にあることも知っている。すなわち、専門家然として一時的に賢者の座に身を置いてはいるが、本当の賢者は御者たちであることを理解しているんだ。

そして今回の場合、われわれを各地へと運んだ馬車を操縦していたのは、その責務を好む好まざるにかかわらず、読者であるあなた方である。

あなた方こそが、本来いるべき席を譲ってくれ、対話ツアー中に知りえたあらゆる知恵を授けてくれた人たちだ。一方こちらは、知恵を授けるというよりはむしろ交流を楽しむ目的で、わくわくしながらそこに座っていたに過ぎない。

以上が、真の主役であるあなた方御者《コチェーロ》たちへ敬意を表し、その名を本書タイトルに冠した次第である。

ホルヘ・ブカイ
マルコス・アギニス

ライブ対話　1　ロサリオ

1　社会における女性の新たな役割

2　相違・別離・不実

ライブ対話の参加者

アドリアーナ・チュリゲーラ（司会者）
ファン
ホセ・アントニオ・ポルテーラ
リリアーナ・フェルナンデス
ヘンリー神父
マリア・イネス・アウグステ
ベロニカ・ゴンサレス
クリスティーナ・クリスティ
ダミアン
マリテ
カロリーナ・フォラスティエリ
リタ・シレオ

ノエリア
アナ・ゴンタ
ホセフィーナ
マリア・バレリア
エドゥガルド
ゴヨ・ヒメネス
キケ
アリエラ
マルセラ・ボルガテージョ
ラウラ
アマデオ
パトリシア

1　社会における女性の新たな役割

マルコス・アギニス（以下マルコス）　今日から始まるこのライブ対話ツアーは、従来の対談とは違い、〝ライブ本〟と銘打った作品を会場の皆さんとともに作り上げることを意図して企画されたものです。

わたしはこの試みを、現代人に不足している真の対話力を養う絶好の機会と捉えています。お互いにしっかりと顔を見つめて名を呼び合い、個々の価値を認めることで望ましい意思の疎通を図る。これはコミュニケーションの基本です。匿名によって主体性が失われ、話し合いが空々しい他人事になり、興ざめするのを避けるためにも、どうか発言の際には氏名・年齢・職業などを明らかにしていただきたいと思います。

アルゼンチンでは長らく権威主義が横行したため、何かに参加し、関わることへの恐れが生まれました。だれもが、公の場での発言や議論は災いをもたらすのではと心配して消極性を患い、いつ話したらいいか、何をすべきかを、だれかに言ってもらうのに慣れきっています。民主主義とは積極的で日常的な継続的参加であり、自身が創意と提案の無限の源泉であることをきちんと自覚している市民によって成り立つもの。それなのに、「投票する」ことだけが民主主義だと思い込み、源泉に蓄えられた個々の知識を行動に移そうとせず、厄介事は全部「お上《かみ》の責任」と考えるのは大きな間違いです。

対話の展開にともなってページが進んでゆくこの本は、民主的な構想に基づいた作品です。検閲がなされ、多数の行方不明者を出した（これは個の尊厳を踏みにじる暴力行為にほかなりません）忌まわしい軍事政権時代。そこで助長された、匿名性と沈黙という悪習から抜け出して、一人ひとりが名前と顔、声を持つ、かけがえのない存在であることを認識し、尊重し合えるようになることを目的としています。

共同で本を作り上げるという作業は精神衛生上、良い作用を及ぼすでしょう。また、問題に直面してフラストレーションに陥った際、見落としがちなポイントについても取り上げていくつもりです。

ホルヘ・ブカイ（以下ホルヘ）　右に同じく、何よりもまず会場に集まってくれたみんなに深く感謝したい。今回のプロジェクトをこの愛する町ロサリオから開始することで一致したのは、誠実な読者でもあるロサリオの人々が、われわれをいつも温かくもてなしてくれるから。それに、あえて首都からスタートしないイベントにしたかったからなんだ。これはわが国の歴史に残る出来事の一つとなるだろうし、同時に、全国各地の何千ものアルゼンチン人が一緒に作り上げた本、ということでも記念すべきものになると考えている。

では、本題に入るとしよう。はじめはコーディネーターから話題を提供してもらうけど、その後は、会場のみんなからの発言を期待しているよ。

アドリアーナ・チュリゲーラ（司会者）　近年、「社会における女性の新たな役割」という言葉をよく耳にしますが、わたしたち女性は本当に新たな役割を期待されているのでしょうか？　それとも、単なるスローガンに過ぎないのでしょうか？

ホルヘ　それが女性の新たな役割のことを論じているかどうかは分からない。たぶん、世界中に新しいタイプの女性が現れてきているってことじゃないかな。つまり、「女性が負わねばならない新たな役割」ではなく、「それを担える状態にある新しいタイプの女性」のことを言っているんだよ。

人類の歴史の中で、女性は何世紀にもわたって家庭という狭い空間に閉じ込められてきたけど、それは家父長制社会が女性を軽視してきたからだけではなく、当時の女性たちは実際、現代女性が何不自由なくしている多くの活動をまったくすることができなかったからなんだ。これについては、それこそ千差万別の原因があるが、そのほとんどが心理的要因とは直接の因果関係はない。

話がちょっと脇道にそれるけど、「新しいタイプの女性」とは何たるかをみんなに知ってもらうために、ここでそれらの原因の一つを大ざっぱに述べてみよう。

一八五四年、女性の未来を変える驚くべき出来事が起こった。一見、つながりがなさそうだけど、決定打となった発明、飲料水の供給に効果的なメカニズムが考案されたんだ……こう言うと、みんな決まって「いったいそれが女性の新たな役割とどんな関係があるのさ?」って顔をするんだよね。では、これからその関連性を説明してみるとしよう。

それまで水はとても飲めるような代物ではなかった。伝染病を引き起こす何千ものバクテリアや病原菌がうようよしていて(抗生物質が現れるのは一九二九年のことだ)、乳幼児の罹病率・死亡率は現在の八倍から十倍にも及んだ。これは、一八五四年以前は妊娠した女性十人のうちたった一人だけが自分の子どもが一歳を迎える姿を見ることができ、残り九人は妊娠中に早産・流産、あるいは出産から数ヶ月で赤ん坊が亡くなっていたことを意味する。

すなわち、もし(当時主流だった、子孫を増やすために家庭を持つという慣習を果たそうとして)三人子どもが欲しければ、少なくとも三十回は妊娠しなければならなかった……三十回だよ‼ この過酷な現実の中で、既婚女性は（周囲の期待に応えようと考えたなら）常に妊娠して子を産み続けるか、または失った子どもへの悲嘆に暮れて泣き続けるような状態を強いられていたわけだ。

アドリアーナ（司会者） では、原因は衛生上の問題だったと……。

ホルへ それだけではない。運が良くて四十五〜八歳までの寿命という状態では、女性に社会参加の余地などまったくなかったと言っていいだろう。男性や社会が女性に与えた・与えなかったというよりは、家に留まるしかなかったんだ。もちろん、子どもを持つことをあきらめれば可能だったかもしれないが、二十世紀中頃まではほとんど不可能な決断だったろうね。

飲料水の出現は死亡率・罹病率を激減させた。一八五四年以前は、妊娠した女性十人のうち、たった一人だけが生後一年経っても生存している自分の子どもの姿を見ることができたが、その後の五十年間は、十人中八人の母親がわが子の一歳の誕生日を祝えるまでになった。この変化が、子を持つ決心をした女性の妊娠回数および期間を何年か減少する機会をもたらし、そこへ家庭の改革と産業社会で生じた変革が加わって、新しい女性の出現につながっていく。二十世紀初頭の避妊薬ピルの登場で、女性は家庭に留まって妊娠・出産するか、子どもを何人作るか、また、いつ頃産むか、さらには、いつまで子育てに専念し、残りの人生をどう過ごすかということまで自分で決められる状態になったんだ。

この新たな状況によって、かつてなかった選択肢が与えられた。ひとたび選択の可能性を与えられるや、女性たちは新しい地位に就き、確固たる責任を持って担うようになった。拒否する理由は何もなかったからね。

そしてそこから新しいタイプの女性が誕生する。妊娠の必要性を感じることなく、自分の状態を受け入れる女性、女性としての能力、可能性を伸ばそうと決断できる女性、子孫を残すことや社会への参加、家庭内においても、より良い選択が可能な女性。

マルコス　ホルヘが指摘した客観的事実は反面、喜ばしからぬ事態も誘発しました。世界的な傾向として、女性は劣っているという概念がはびこり、男性が占有してきた職務を遂行する能力はないと見なされていました。女性はみずからの権利を勝ち取るために必死で闘わねばならず、いまだ男性に対し完全に平等だとは言えない状態です。

わが国の現状を引き合いに出しますと、直接選挙で選ばれているはずの国会議員に占める女性の比率は30%。本来ならば50%か、あるいは比率などあるべきではないでしょう。つまり、まだまだ男女間に格差があって、女性が容易には就けないさまざまなポストが存在するということです。

女性でも職務を果たせることを強調するため、より適切で細やかな理由づけがなされても、かえってそれが裏目に出て、女性にとって不利に働いているような気がしてなりません。女性幹部を増やそうと、議論に議論を重ねているにもかかわらず、データは相変わらず女性が下に見られているという現実を証明しています。職場に関する調査でも、女性支配人が厳しい口調で話すと「男勝りの女」とか「女軍曹」などと陰口を叩かれ、反対に優しい口調だと「甘過ぎる」とか「無能」だと謗《そし》られる一方、男性なら何の文句も言われないのです。

オクタビオ・パス[1]は《二十世紀で勝利を収めた唯一の革命は女性解放運動だけだ》と言いましたが、わたしは、この革命はまだ完全には勝利していないと思います。

有史以来、つまり文字が現れ始めた五千年前から、女性たちは家父長制の社会で常に男性に依存し、世話され守られるべき対象として、通りをぶらつくことも外で働くことも許されずに暮らしてきたわけですから、完全に自由になるのは難しい状態のままだと言えるでしょう。

たとえば、アルゼンチンで女性が医療分野に進出したのは二十世紀も半ばになってからのことですが、一九五〇年頃にクルシェフがソ連の国家元首としてアメリカ合衆国を訪問した際、ソ連では男性より女性医師のほうが多いという事実を持ち出し、社会主義体制の優越性を豪語していたのを今でも覚えています。当時、合衆国はまだその水準にまで達していなかったのです。

聖書までもが、男性が先だと保証していますよね。創世記では、まずアダムが造られ、彼の肋骨から付録のごとく女性が生まれたことになっています。でもわたしは、それとは別のバージョンを考えてみました。あらかじめ会場にいらっしゃる神学者諸氏に、冒瀆の意図はないとお断わりしたうえでお話したいと思います。わたしは作家ですので、ある文章の裏には別の文章が隠されていることを知っているのです。

さて、人類創造の際に、本当は何が起こったのでしょうか?

聖書に語られているように、神はその巧みな指で人間の形をした像を造り、命の息を吹き込みました。そうしてエバ（ヘブライ語で《生命》を意味する）が誕生しましたが、彼女は楽園で独りぼっちでした。ある日、神は「女性が一人でいるのは好ましくない。おまえの伴侶を造ってやることにしよう」と言い、エバを一旦眠らせると、彼女の肋骨を一本取り出してアダムを造りました。

楽園に二人で暮らすようになってしばらくののち、エバは神に尋ねました。

「神さま、そろそろアダムにわたしたちが造られた経緯を話してもよろしいのではないでしょうか？」

「それはならぬ。男というものはとても劣等感が強いから……すべてをあべこべに伝えるとしよう」

（笑・拍手）

ホルヘ　今のマルコスの話は一つの手がかりとなるね。セラピストとして、劣等感を隠す最良の方法は優越感を見せつけることだと学んだけれど、これこそが多くの場合、男性の持つ劣等感と大きく関連した家父長制や男性優位主義の真の原因となっているんだ。

受胎し、子を産むという女性の特質が、男性に劣等感を抱かせているのは確かだろう。おそらく男たちはこのことを常に意識していて、だからこそ「生命」という最も大切なものを生み出せない無力感を隠すために、それ以外の仕事、金や権力などを生み出す自分たちを何とか上位に置こうと躍起になったのだ。優秀なのはほかでもない、おれたち男だ。問題を提起するのも解決するのも、蛇口のパッキンを修理するのも……あたかも、それらが子をもうけることと同等であるかのように！

もちろん最近では、出産の意義を理解して父親が分娩に立ち会うケースが増えるなど、以前とは別のことを男性たちが優先し始めている。そんな男性側の挑戦だけでなく、女性側の挑戦も称賛されているのは良い傾向だし、とりわけ男女が共同して挑戦することこそ、何より大切だと思う。

マルコス　長年にわたって女性が災いの根源であるかのように見なされてきたことを思い出し、これに対し断固たる態度で臨む必要があります。男性を唆《そそのか》すのは女性、道を誤らせるのも女性、男性の欲望を刺激しないように身体を隠すべきは女性、大声で話すことのできないのも女性……という具合に。女性は不安と邪悪の元凶で、男性（すなわち神に創造された人類）はそれから守られるべきであると考えられていました。それは、アフガニスタンのタリバン政権における恐ろしい事例の中にも顕著に見られますよね。
それでは、このテーマを聖書の別のエピソードを紹介して締めくくりたいと思います。
もとより、蛇に誘惑されたエバがアダムにリンゴを手渡した、というのが定説になっていますね。蛇の誘惑に屈し、男を共犯者にし、人類が楽園を追われる原因を作った彼女こそが罪人ということですが……果たして実際にそうだったのでしょうか？
そんなことを考えていたら、ふと、別のストーリーが脳裏に浮かびました。
本当は、エバに近寄った蛇が一緒にリンゴの木を眺めながらこんな風にささやいたらしいのです。
「ああ、うまそうなリンゴだな。エバ、あれでシュトゥルーデル[2]を作ってくれよ」
そこでエバが実をもぎ取り、二つに割ってみると……すでに退廃が始まっていた！（笑・拍手）
ホルヘ　さて、ここからはみんなの出番。どしどし手を挙げ、マイクをもらい、奮ってご参加ください。
ファアン　（客席でマイクを手渡され）ファアンだ。われわれ……。
マルコス　すみません、苗字もお願いします。
ファアン　……。（沈黙）
ホルヘ　年齢でもいいからさ……。
ファアン　年寄り《デマシアードス》なんで……。
マルコス　氏名はファアン・デマシアードス、と。（笑）
ホルヘ　八十六歳？　それとも九十三歳？
ファアン　惜しい、惜しい。

ホルへ　百四歳？

フアン　いや、違う。二ケタだ。

ホルへ　もし、八十五歳以下で年寄りだなんて称していたら、うちの親父に張り倒されるよ（笑）……それはともかく、本の中で紹介したいんで、もうちょっと情報をくれないかい？

フアン　フアン……単なるファンで結構だ（原注1）。

ホルへ　OK。分かったよ。

フアン　仮にわれわれ男性が劣っていて、見せかけの優勢を誇ることで劣等感を隠しているとしよう。これは裏を返せば、女性は優れているのに、ありもしない劣等感で優越感を隠しているということではないか。そうなると、いったい、どちらが騙されているのだろうか？

ホルへ　はじめに、見せかけってことに関連して言えば、こういうシチュエーションで、女性はまず自分の氏名を隠したりしないよね。何の問題もなく「わたしはどこそこのだれそれ」と答えられると思う。これも男女差以外の何ものでもないってことを例示しておくよ……。

もっと厳密に言うと、男性が劣等感を抱いているから優越感を誇示するんじゃなくて、この二つは同時に起こっているんだ。両性の行動様式を比較すると、男性に欠点を隠させる文化的要求が見られる。われわれ男には、どうも誇示する必要性が内蔵されているようだね。

原注1　各参加者の氏名とともに書かれているデータは、参加者本人の自己申告による。したがって名前だけの人もいれば、年齢や出身地、既婚・未婚の別などを付け加えた人もいる。

おそらく、男性に子を産む能力がないことが原因で、そのような行動が引き起こされているに違いない。この点に関しては、明らかに劣っているからね。わたしには絶対にできないことが彼女たちにはできる。その最たるものの一つが出産だ。当然、彼女たちにはできず、わたしにはできることだってあるだろう。男性と女性はもともといくつかの面で異なっているけど、時代の流れとともにさらに隔たりが増してきた。

どちらが騙す側でどちらが騙される側というのではなく、双方のあいだにゆがんだ共謀性があるのでは、とわたしは推測している。ファン、たぶんあなたの質問はその辺を指しているんだよね。きっと何らかのかたちで最終的には女性側が服従するように、暗黙のうちに両性が合意したのだと思う。男性だけの仕業ではなく、男は偉いのだから女は従わなければならない、と娘たちを長年教育してきた母親たちの功績が大きいことだって紛れもない事実だ。母親っていうのは女性だからね。

それにしても、何が彼女たちをそう納得させたんだろう？　何てったって何千年と続いてきた慣習だ。さっきマルコスも言っていたけど、もしかしたら聖書の神話がこの観念を言い表しているんじゃないかな。今日はしょっぱなから聖書に触れたが、エバに科せられた罪の一つが苦痛を伴う分娩で、もう一つが夫の意向への服従だったことを思い出してほしい。聖書には信仰以上に、人間の根源に関わる記述が含まれているんだ。

さて、これらのことをすべてひっくるめて、女性のほうが「真に」優れているかどうかということだが、何でもかんでもというわけではないけど、いろんな面でわたしは女性のほうに軍配を上げるなあ。

マルコス　今や女性もボクシングをしますし、サッカーだってやります。アメリカ合衆国ではサッカー人口の大部分が女性だと言われていますし、世界中には大統領や大臣、国会議員などの職を務める女性もいます。かつての常識を覆し、今日では、女性にできない活動はありません。

ホルへ 「ほぼありません」だよ、マルコス。塀に立ち小便はできないだろ？（笑）

マルコス 座って用足しする男性がいるわけですから、立ってする女性だっているのでは……。（爆笑）

確かに、ホルへが言うように共謀や競争も存在しますが、違いは互いを補い合うもの。人生の醍醐味の一部です。だからこそ多くの相違を保っていかれたらいいですね。

あらゆる人権抑圧がそうであったように、女性解放運動も誤ったかたちで始まりました。虐待されていた側が反乱を起こした際、たいてい最初にするのが、抑圧者を真似て彼らのしていた行為を再現し、同じマスクをかぶり、性質までコピーしてしまうことです。

女性解放運動の場合も、当初は化粧をやめてズボンをはくことで、自身の評価が高められたような気分になっていました。しかしながら、そのような振る舞いは女性本来の長所を損ってしまいます。なぜなら、平等の獲得とは男性のようになることで、女性特有の性質を評価しないという印象を与えるからです。また、男性優位主義《マチスモ》は男性だけの問題ではない。女性の側にも迫害を擁護するような男性優位主義者がいるということを忘れないでください。

ホルへ どうやら今のマルコスのコメントをもって、先程のファンの質問とその背後にある疑問に答えられそうだ。

この件において男女は共犯者だ。どちらかが騙しているのではなく、あらかじめ設定された秩序みたいなものが存在して、互いにそれを助長している。これは確実に言えることで、ここでその話ができて良かったよ。ファン、あなたの質問のおかげだ。思いがけず結論をまとめることができたからね。

女性たちの革命においても、われわれ男性は明らかに共犯者だ。だって、多くの男たちがいなければ、革命はけっして起こらなかっただろうからね。

マルコス　ホルヘ、きみも分かっているとは思うけれど、別の情報も付け加えなければね。女性解放運動は、性の分野においてそれまで指摘されることがなかった男性の性機能障害を明らかにすることにも貢献したのですよ。

かつて夫婦生活に問題があれば責任は常に女性が負わされました。不感症で、診察を受け、治さねばならないのは妻のほう。夫の側に原因があるとはけっして考えませんでした。それどころか子宝に恵まれなかった場合、女性を離縁してよいことになっている宗教も多いのです。これも結局、不妊の原因が女性だけにあると見なしているからでしょう。

ホセ・アントニオ・ポルテーラ（33歳・農業エンジニア）　感想を述べさせてください。かつて夫婦間の不和はすべて妻の不感症のせいにされていたということですが、それを聞いて、ある戯曲の一節を思い出しました。国内の現代作家の作品だったと思うのですが（作者名もタイトルも覚えていなくてすみません）、捉え方が面白くて。それによると《女性の不感症は、ひび割れた唇と伸び放題の爪を持つ男たちによって引き起こされた病だ》……先程のお話をうかがい、ああ、そのとおりだなと思いました。

アドリアーナ（司会者）　女性解放の話に戻りますが、男性が飲料水の装置を発明し、しかも女性の革命の共犯者だとすると……男性はわたしたち女性の崇拝の的だわ！（笑）

ホルヘ　われわれ男性は女性を「崇拝の的」とすることができた時にのみ、女性たちの崇拝の的になれるんだろうな。ポイントは対立とか争いって考え方を捨てることだね。女性が男性に惹かれるのは別に悪いことではないと思うよ、男性だって女性に惚れるわけだし。

飲料水の装置が考案・発明されたからといって、別に男性が女性に飲料水をもたらしたと言っているんじゃないよ。そうではなくて、われわれも何らかの方法で（同意できないという女性には申し訳ないけど、わたしの意見では）女性解放のために積極的に参加してきた。とりわけ、この運動を支持し、助け、愛し、推し進めた男性たちはね。分かってほしいのは、けっしてその数は少なくないってこと。そして時には、女性解放を望んでいない女性たちと闘わざるをえない場面もあるってことさ。

リリアーナ・フェルナンデス（社会心理学者）　アドリアーナに伝えておきたいのですが、ドゥルバン百科事典によると、飲料水のメカニズムを編み出した男性は既婚者だそうです。一四五二ページに記された内容では、発明の前夜、セックスのあとに彼の妻が、果てた夫の姿を見てこう言ったのだとか。「ねえねえ、あなたが自分で何でも作っちゃう発明家だってことは分かっているけど、わたし、飲み水を作るいい考えが浮かんだのよ」（笑）

ホルヘ　何とまあ、ページ数まで覚えているとは、大したもんだ……。

マルコス　わたしはダルマシオ・ベレス・サルスフィールドの冗談を思い出しましたよ。弁護士で政治家、アルゼンチン民法の著述者サルスフィールドは、暴君ロサス[3]とその前任、後任者と親交のあった名士で、演説の際には、いつも民法を引用して諳《そら》んじたと言います。第何条何項……と番号まで挙げてね。ある時、「いったい、どうすれば法律を番号まで暗記できるんだ？　何か特別な記憶術でも使っているのか？」と尋ねられ、彼はこう答えたそうです。

「いや、ただ適当な数字を並べているだけじゃ。どっちみち、皆が探し出そうって時にゃ、わしの言っ

た番号など、とっくに忘れてるじゃろうからな」（笑）

ヘンリー神父（ヘンリー・ウィルソン・ロドリゲス、コロンビア・メデジン出身の司祭）優劣について語る代わりに、平等について語ったほうが良いのでは？　そのほうがずっと有益かと思いますが。

ところで、聖書に関して少しだけ説明をしておきましょう。多くの人が聖書のことを、まるで男性優位を教えているかのように誤った解釈をしていますが、実際はその逆です。なぜなら、神がアダムを深い眠りに陥らせたのは、彼が創造の主人公だと気づかせないためだったのですから。聖書の記述では両性が同等であることを示しています。したがって、女性が優れていないことを証明するために「女性は男性の頭から造られた」とか、「女性は男性のくるぶしから造られた」とは書かれていないのです。これは女性が男性の奴隷ではないということです。肋骨という、いわば身体の真ん中の部位から造られたというのは、男女が愛のために創造され、平等であることを意味しています。

ある面においては男性よりも女性のほうが優位に立っていますし、別の面では男性のほうが有利なのですから、結局、双方引き分けだと考えますが、いかがでしょうか？

ホルヘ　引き分け⁉　それが本当ならどんなにいいか。まあ、事実かどうかは別として、聖書の文章をあなたのように解釈できる人がいるというのは、とても大切なことだと思う。だがヘンリー、一般的な解釈は残念ながら平等とは何の関連性もないものだ。もちろん、あなたがしてくれた素晴らしい解釈を受け入れられる人も中にはいるかもしれないが、実社会で起こっているのは正反対のことだから。

いずれにせよ、みんなのために今日この場ではっきりとスタンスを定めておきたいのは、われわれは違いがあるという点で平等、つまり平等に違っていていいってこと。自分が感じたり思い込んだりしているほど、だれも人より優れてはいないし、(ここで、あえて言及する価値はあると思うけど)他人より優れた人間なんて存在しない、と断言しておきたい。それが男でも女でも子どもでも、白人でも黒人でも黄色人種でも、金持ちであっても貧乏人であっても……同じ人間のあいだに優劣をつける行為は、それがいかなる差異であっても差別以外の何ものでもない。男性が女性に対してするものであっても、女性が男性に対してするものであってもね。

われわれはまったく対等だ。平等であることに責任があるとも言えるし、平等の権利のために闘うことができるって点でも平等だと思う。

マリア・イネス・アウグステ(50歳、ロサリオ出身。四人の子、老母と暮らしている) 皆さんは宗教の立場や歴史的観点などから述べていらっしゃいますが、わたしは自分の胸の内を語りたいと思います。今まで多くの変化にどんなに翻弄されてきたことか! 「女性は男性に依存して暮らすものだ」と教えられて育ったというのに……。

朝早くから必死に働いて夜遅く帰る生活をし、なかなか子どもと一緒にいられない、そんな中で孤独を感じている女性たちのことを数行、この本に残したいと思います。なぜなら、信頼し合って結婚した後に、何の責任も果たさなかった男がいたからです。

本当にこの企画には感動しています。会場には、たぶんわたしのように闘い続けてきた女性が大勢いることと思います。アダムの肋骨からか足からか、はたまた脳のどの部分から造られたのかは存じませんけれど、わたしたち女性は全力で……もちろん、時には、たとえ嫌でも男の役を演じることもありますが。

わたしは自分を闘う女性であると考えていますが、わたしたちのような立場に置かれている女性がどう

生き抜いていかれるか、お尋ねしたいと思います。（拍手）

ホルヘ　きみの言葉には何も言い添えたくはない。話を聞いて感動したし、みんなに心を開いてくれているのを感じたからね。でも、あえて一つだけ異議を唱えることにしよう。

わたしはきみが男の役を演じているとは思わない。女性であるきみ自身の役を演じているんだよ。家族を養い、子どもたちを愛し、彼らのために働くことが男の役割だって考えはどこから来るの？　それは男性優位主義の姿勢だよ。子どもたちの父親が去っていったら、自分が「父親と母親」両方の役をしなければいけないと考えることが、そもそも女性たちの間違いなんだよ。「父親と母親」両方になるなんてありえない。いずれにしても、そこにあるのは父親不在における母親の役であり、子を持つ女性が子どものために闘う役割だ。同じことが、母親不在で子育てをしている父親に関しても言えるだろう……少なくとも、そうあってほしいと願っている。

もう一度言うよ。きみは男の役なんか演じちゃいない。素晴らしい女性という役を演じているんだ。そして、ついでに一言。きみの子どもたちに代わってそのことに感謝したい。（拍手）

ベロニカ・ゴンサレス（32歳）　ここ数年、もう乗り越えられないと思うほどの大病を患い、とても厳しい状況でした。そんな中で人生は、苦難に耐え、すべてを許し、ありのままのわたしを受け入れ、そのうえ、互いの違いを認めて愛してくれる、男性優位主義《マチスモ》も女性尊重主義《フェミニズム》も超えた素晴らしい男性が傍らにいるのだということを教えてくれました。

わたしにとって何よりも大切なのは愛です。そしてホルヘがよく言っているように、夫婦は「わたし」と「あなた」そして「わたしたち」の三つから成り立っていると思います。

もちろん、わたしはただ自分自身のことを話しているだけですので、皆が皆、そうだとは言えません。たとえば、先程の女性が「自分のもとから去っていった男性」についてお話しされましたが、わたしは「自分の傍にいる男性」のことを語っているのですから。

今、彼は隣に座っています。ご覧のようにわたしたちは平等で、そして違う者同士です。この場を借りてわたしは彼に敬意を表し、心から愛していると言いたいと思います。

ホルヘ　（ベロニカへ）ほらほら、きみがいつか何らかの理由で、そのみごとな宣伝文句とともに彼を譲り渡すんじゃないかと期待して、メモしとこうって女性たちがいるぞ……。（笑）

それにしても、今の話はうまくまとまっていたね。平等であることと違いがあるということは必ずしも相容れないものではない。われわれは皆、平等だ。違うという意味においてこんなに平等なんだ。この場合の平等とは、全員が同じように考えなきゃいけないってことではない。違いを一掃するようなものでも一時的なものでもなく、本質的な平等だ。

マルコス　（驚きの表情で）夫への称賛……う〜ん、いい一節になりそうですね。（笑）

ホルヘ　（ベロニカに対して）念のために訊くけど……夫への称賛だよね？　だって、もしそうでなかったら……きみだって公衆の面前でしたコメントが高くつくのは嫌だろ……。（大爆笑）

クリスティーナ・クリスティ　（労働心理学者）夫婦について論じるために、まず一般に知られている性別役割分業はもはや用をなさないということを肝に銘じておくべきでしょう。実際、四十代・五十代の男性の80％は本当の意味で大人になっていないのですから。

性役割の転換は女性たちが孤独だから生まれます。独身者や未亡人、別居中、子育て中だったり、両親を介護していたり……。捨てられても……騙されても……常に前へ進もうと闘い、ゼロからスタートし、だれの世話にもならずに生きようとがんばっているのです。

一方、独りになった男性はというと（何しろ別居三ヶ月で90％以上が、すでにもう別の女性と暮らしているといいますからね）、何の要求もできないほど、罪の意識によって「傷ついた」依存者に早変わりし、ほかの女性たちの中から新たな拠りどころを探します。

そして、ここで女性の自立の度合いが試されます。他者依存型の女性はそんな男性を受け入れ、情緒面での依存を助長するために彼らをキープしようとしますが、自立型の女性は、自分がだれかの杖になることも、だれかを杖として利用することもしません。

このような現状があらゆる夫婦の関係を決定づけているのではないかしら。こんなことを申し上げるのは心苦しいのですが、相手に依存してばかりいる男女は本来、責任を持って結婚できるような状態にないのです。

ホルへ　全部が全部そうだと、一般化はできないが、軽々しく結婚に走る者たちへの警鐘として記憶に留めておこう。

ダミアン（20歳）　十五歳の時に父を亡くしました。七十一歳でした。ぼくは長男として、母を助けながら父親の役目を……（すみません、緊張してしまって）。

先程、離婚について話が出ましたが、事故や病気で死別した場合、遺された家族はどうやって生きていったらいいのですか？　母は現在六十歳、弟は十七歳。ぼくは十五歳で父親役を引き受けたのです。苦労して下した決断がいくつもありました。父親を亡くした人間はどうすればいいんですか？　ぼくは自分の傍らで父が死んでいくのを見たんです。今、マルコスの横にホルヘがいるような距離で！　父の息が途絶え、死にゆく姿を……。

男女のあいだに愛情がある場合、それを持続させ、子どもたちの将来に悪影響を及ぼさないためには、どうすれば？　また、そんな子どもたちに恋人ができた時、恐怖心を抱くことのないようにするには？

今までにぼくは恋人と付き合った経験がありません。怖いんです。目の前で人が死んでいくのを見たから、しかもそれが自分の父親だったから。だれかを失うのが怖いんです。

ぼくはここから70㎞先のビガンという町から来ました。

マルコス　きみにわたしの個人的な体験をお話ししましょう。

わたしは三十年間、素晴らしい女性と深く愛し合いながら結婚生活を送りました。困難な時期を分かち合い、四人の子どもに恵まれ、大変幸せに暮らしていました。しかし、彼女は急死してしまったのです。

その時、わたしが子どもたちに伝えたメッセージは次のようなものでした。

「ママに敬意を表すためにも、わたしたちは前進し続けねばならない。彼女がこれまで家庭の中で、おまえたちの成長やわたしとの絆に注いでくれた愛を無駄にしたら、きっとがっかりするだろうし、その愛を維持しようとしなかったら、ひどく悲しませてしまうだろう」

彼女との思い出は、家族が先へと歩み続ける助けとなりました。

最初の何年かはまさに杖をついて歩いているような状態で、痛みを伴うことさえあります。でも、徐々により上手に歩くことを学んでいき、いろいろなことに挑戦してみようという気力が再び湧いてきます。友人と会ったり、仕事をしたり、外出に旅行、そして再婚。どんな手段も有効です。深淵から抜け出さねばならないのですから。肝心なのは、死の磁石に引き寄せられたままでいない、ということです。死は必ず訪れるもの。あとに遺された者は、共に暮らしてきたその人に敬意を表しつつも、人生を先へと進んでゆかねばなりません。

これがわたしの家族に起こった出来事です。前進しながらも、彼女の思い出はわたしたちの心の中に鮮明に生き続けています。しかしそれはもう暗く悲しいものではなく、今では「もしママが生きていたら、どんなに誇りに思ってくれるだろう」という前向きなものに変わっています。

たぶん、きみにも同様のことが起こったのではないかと思いますが。

フリードリッヒ・ニーチェは《わたしを殺さぬものは、わたしをさらに強くしてくれる》と書いています。過酷な闘いに正面から挑み、それに打ち勝った時、人は常に前よりも強くなるものです。

ホルへ　なあ、ダミアン。わたしはきみの話に強く心を動かされている。同時に、今は亡きお父上に敬意を表し、きみがこのような人間に成長してくれたことに深く感謝するよ。

きみに物語を一つ、贈ろう。

むかしむかし、あるところに、恐れ、知恵、憎しみ、愛……といったすべての感情の住む島があった。

ある日、知恵が島の住人たち全員を呼び集めて告げた。

「悪い知らせです……この島はまもなく沈みます」

それを聞いた感情たちは口々に叫んだ。

「馬鹿な！　冗談だろ？　おれたちゃ昔からここに住んでるじゃないか!!」

しかし、知恵は淡々と繰り返した。

「この島は沈みます」

「そんなはずはない！　何かの間違いだ!!」

「いまだかつてわたしが間違えたことはありません」

「でも、どうすりゃいいんだ？」

そこで知恵は静かに答えた。

「そうですねえ……船でも、ボートでも、いかだでも、脱出するための何かを作ることをお勧めします。予見とわたしは、近くの島まで飛ぶために飛行機を建造しましたが」

「何だって⁉　そりゃないよ！　じゃあ、おれたちは？」

感情たちが口々に叫ぶのを尻目に、知恵は予見と一緒にさっさと飛行機に乗り、機内に密航者のごとく忍び込んでいた抜け目ない恐れともども、島を去っていった。

さあ大変。感情たちは知恵の忠告どおりボートや船、いかだを作り始めた。一斉に……否、愛を除いて。なぜなら、愛はこんなことをつぶやいていたのだ。

「この島を捨てるなんて……ずっとここに暮らしてきたのに……どうして一緒に暮らしてきたものたちを見捨てていかれよう？」

それぞれの住人が独自の方法で島を脱出する準備に明け暮れているあいだ、愛は一本一本の木に登り、一輪一輪の薔薇の香りを楽しみ、海岸へ足を運んでは、いつものように砂を掘ったり、石を一個一個手に取ったりして過ごしていた。ほんのちょっとのあいだ沈むかもしれないけれど、きっとすぐ元に戻るはず……そう信じたかった。だが、島はますます沈んでいった。それでも愛は、失われゆくものを思い、心を痛めて泣くばかりで、とても船を造る気にはなれなかった。

とうとう島はほんの一部を残して沈み、周囲は水に覆われてしまった。その時になって、愛はようやく、島を離れなければ自分は地球上から永久に姿を消してしまうという事実に気がついた。すでに船を造っている余裕はなく、ほかの住人が同乗させてくれることを期待して入り江にたたずんでいた。

最初に富の船が通りかかったので、愛は声をかけた。

「ねえ、富。ずいぶんと大きな船だね。近くの島まで乗せてくれないかい？」

「金や宝石でいっぱいで、とてもあんたの乗る場所などありゃせんわ。おあいにくさま」

富は振り返りもせず進んでいった。

次に、大理石や装飾品で美しく飾られた船に乗って虚栄がやってきた。

「虚栄、虚栄、一緒に乗せてくれよ」

虚栄は愛をちらりと見やって答えた。

「できることなら乗せてあげたいのよ。でも……わたしはあなたがすごく嫌いなの。汚くて、無精で……この船の品位が損なわれてしまうわ！」

つれなく虚栄は行ってしまった。

最後にやってきたのは、悲しみが乗った、とても小さな船だった。

「悲しみよ、きみは乗せてくれるよね？」

「そうしたいけれど、あまりに悲しくて、一人でいたいから……」

それ以上は何も言わず、悲しみは遠ざかっていった。

自分にはもう未来はない。そう悟ると、愛は島に残された最後の一画に腰を下ろした。

すると、どこからか口笛が聞こえた。一人の老人がボートの上から合図を送っている。

「そうそう、あんたを呼んどるんじゃ。さあさあ、乗りなさい。わしが助けてやる」

愛がボートに乗り込み、老人と一緒に漕ぎ出した途端、島は沈み、消え失せた。

陸に辿り着いた時、愛は、老人のおかげで自分がまだ生きていること、そして、これからも生き続けるであろうことを実感した。

その後、知恵とばったり出くわした際、愛は訊いてみた。

「見知らぬ老人が救ってくれてね。あれはだれだったんだろう？　ほかのみんなは、島にいたいというわたしの気持ちをまったく分かってくれなくて、彼だけが助けてくれた。それなのに、名前すら知らないなんて……」

知恵は愛の瞳を見つめていった。

「それは時ですよ。時は、何かを失った痛みによって『もうだめだ』と思った瞬間に、唯一、前に進む助けになってくれるのです」（大拍手）

マリテ（ロサリオではなくサンタフェ出身）　一九六九年以来、ずっと夫だけを愛し続け、ある日、転んでけがした彼の代わりに世帯主として一切合財を仕切ることになりました。でもカウンセラーは「仕切ると言っても一時的にであって、一生放棄しないつもりではないだろう？」と言うんです。こんな場合、どうやって夫に元の役割を任せたらよいのでしょうか？

マルコス　家庭の中には父・母・子……という具合に避けられない役割があります。これらの役は常に存在しますが、いつも同じ人が同じ役を担うとは限りません。つまり、母が父親の役を演じたり、子が父あるいは母の役割を果たしたり……と、入れ替わってゆくものです。

家族を構成する各メンバーが、自分に見合った役目を果たすに越したことはありませんが、これは個々の性格や、夫婦がどのように絆を結び、発展させているかにも大きく関係することで、ここに、さまざまな夫婦のあり方という問題が持ち上がってきます。

本日最初のケース（マリア・イネス・アウグステのこと）は、男性に依存して暮らすべきだという観念によって躾けられた女性が、夫に捨てられ、茫然となるほど喪失感に苦しむ例でした。なぜなら、彼女には自分自身でいる、自立した女性になるための準備がなされていなかった、言い換えれば、父親の絶対的・保護的・強固な庇護から夫のそれに移ることだけを準備してきたに過ぎなかったからです。その結果、夫がいなくなれば、あとには何も残らない。時々子どもを頼りにするとしても、それは夫の代替に過ぎず、まるで実体のない支えです。これこそ、現在、男女平等にともなって変わりつつある状況でしょう。

また、自分の価値を認め、充分な自尊心を備え、闘うことを知っている女性が現れている一方、女性に見放され、傷つき、もろく崩れ、麻痺状態に陥りそうな男性も出現している。すなわち、女性だけが見捨てられる状況ではなくなってきているということです。平等社会において、今までとは違った新しいタイプの葛藤が生じているのです。

ホルヘ　（マリテに）コメントさせて。わたしの話を聞かずに帰ってほしくないからね。きみは無理に世帯主にならなくていい。きみはきみのまま、必要なことをすればいいだけさ。わざわざ

「家庭を仕切るんだ」って表明する必要なんかない。だって現実問題、きみにピッタリな夫の衣装なんてありえないんだから。
大切なのは夫婦で共に決意を固め、物事に対処してゆくこと。パートナーが負傷しているなら、家庭のことはきみの責任だ。だが、彼になる必要はない。きみのままで対処すればいいんだ。（拍手）

カロリーナ・フォラスティエリ　両親が別居中という観点から話します。ホルへ、あなたは女性が男性の代わりに「家庭を仕切る」ことにあまり同意していないようですね。でも、父親不在の家庭では多くの場合、子どもたちが母親に対し、父親役をするようにせがむものですよ。

ホルヘ　口火を切ってくれてありがとう。きみの言い分はとても良く分かったよ。わたしは自分の観点から話そう。

繰り返すけど、たった独りでがんばっている母親は、母親と父親なのではなく、一人の母親だ。仮に、わたしの母が父のいない中で人生に奮闘していたとして、そんな彼女に「父親になってくれなきゃ困る」なんて言ったら、母に対する侮辱になってしまわないだろうか。それに、彼女が女性であることの意味もゆがめてしまうような気がするんだ。

それはともかく、確かに、子どもたちが母親に、本来父親が担う役割や責務を果たしてくれと要求してくることはあるかもしれないが、そのために彼女が父親にならなきゃいけない、ということはないだろう。

カロリーナ　大きい子には理解できるけど、小さい子にはできないわ。

ホルヘ　五歳の子どもにとって一番良いことは、ママがママであることだ。サッカー場へ連れて行ってもらうのに「ママ、男に見えるようにひげをつけて」なんて頼むだろうか？「ゴォール」って叫び方を教わるのに「お父さんになって」なんて頼むだろうか？　そんなことはない。いずれにせよ、サッカー場にも一緒に行ってくれるお母さんになってほしいと願うだろうし、子どもが望めば一緒にボールで遊んでくれるお母さんになってほしいと願うものだよ。

われわれは子どもとして、両親に彼らではないものを要求しないってことを学ばなくてはね。たとえ、ある場面では別の役を演じなければならないとしても、ママはママだ。

そう考えると、きみの姿勢は要求し過ぎに思える。そうでなくても、本来ならほかの人と分担するはずのたくさんの責任を一人で負っているお母さんが、さらに女性であるという彼女のアイデンティティまであきらめなきゃならないだろうか？　そこまで求めるのはいくらなんでも酷なことだと思うよ。

リタ・シレオ（教師、セラピスト）　ヘンリー神父の、両性の補完というお話に感銘を受けました。

愛について申し上げますと、新たな役割は男性にも女性にも当てはまるでしょう。愛の中で共鳴し始めるということは、互いの成長に責任を持ち、内面を見つめ、受け入れることを意味していると思うのです。これこそが、他人を愛し、価値を認める唯一の方法です。

わたしたちの子どもたち、そして孫たちは、共鳴し合う二つの心で、時には一緒に、また時には距離を置きながら、皆にとってより良い人生を築き上げてゆくことでしょう。

聖書の記述のごとく、あるいは道教《タオイズム》の太極図のような一つの完全なものになれるよう努力を惜しまず、争いはやめて互いに補い合っていきましょう。

ホルヘ　とても良いことだと思うけど、わたしは自分の立場をはっきりさせておきたい。「共に」はＯＫ。「混ざって」はＮＯ。

「一緒に」ならOK。「押しかけ」ならNO。

「双方で」だったらOK。「合併して」だったらNOだ。

互いが一つになるという考えには、同意できないな。実際、相手を心から愛することはできるよ、でも、だれかの一部とはなりたくないからね。わたしは自分自身でいたい。同時に、相手にもわたしの「オレンジの片割れ[4]」にはなってほしくない。

二人で一つ、ではなく、それぞれが完全な一つのオレンジ（人間）であるという前提で出会い、互いの果汁（能力）を出し合いたい、自分のアイデンティティではなくてね。


マルコス　これは重要なことですよ。なぜなら「一つになる」という言葉は混乱の因《もと》となるからです。平等は同一化することや違いをなくすことではありません。わたしたちは機会や権利の平等は望んでいますが、画一化されることは望んでいません。

以前、別の場所でも述べたことですが、わたしたちは幸運にも唯一無二の存在で、それぞれが完全なる宇宙を内に秘めています。よって、一人の人間が死ぬということは、二度と再生できない銀河がそっくりそのまま消滅するようなものです。それに、たとえ自分と似ているだれかが存在していたとしても、その人は自分と完全に同じではありません。この人間一人ひとりの排他的な特質こそが、まさにわたしたちに無限の価値をもたらしているのです。

わたしたちは各人がまったく異なった千差万別の存在だけれど、権利と機会の平等を守るために闘わねばならない、ということを認識しましょう。

ホルヘ　さて、このテーマを終えるにあたって、一九九二年四月に雑誌『フェンプレス』に掲載された文章を朗読して締めくくるとしよう。残念ながら作者名は記載されていなかったが、こんなことが書いてあった。

本当は自分が気丈なことを知っているのに
弱い自分を演じるのに疲れきっている女性がいる一方で、
本当は自分がもろいことを知っているのに
強がりを言うのにうんざりしている男性がいる。

愚者のごとく振る舞うことに
くたびれ果てている女性がいる一方で、
賢者ぶらなきゃならないという要求に
苦しんでいる男性がいる。

張り合うなんて女らしくないと
非難される女性がいる一方で、
競争だけが男らしさの証だと
豪語している男性がいる。

単なるセックスの対象とされることに
飽き飽きしている女性がいる一方で、
ベッドの中では性的能力を誇示しなければと
信じてやまぬ男性がいる。

望まない妊娠のリスクを背負って暮らすことに
閉口している女性がいる一方で、
夢で出産を体験したと
感動している男性がいる。

満足のいく職や見合った給料に
ありつけない女性がいる一方で、
自分がやらねばだれがやると
身の丈に合わない責務を背負《しょ》い込む男性がいる。

みずから自由になるために
はじめの一歩を踏み出す女性がいる一方で、
彼女たちのおかげで

自分自身の解放への道のりが
ほんの少しだけ
楽になったことに
気づかされる男性がいる。

2　相違・別離・不実

アドリアーナ・チュリゲーラ（司会者）　マルコスとホルへにお尋ねしますが……夫婦間の意見の相違は対立を生み出し、対立は争いを引き起こしますよね……もし、意見の相違が避けられないものだとすると、それらは二人にとって乗り越えられない障害にならないのかしら？　それから、永遠の愛というものは存在するのでしょうか？

ホルへ　まず、永遠の愛の誓いってやつ、あれは真っ赤な嘘だね。そもそも、いったい、どうやって自分で操縦も制御もできないものを誓うことができるんだよ？　つまるところ、単なる希望的観測だろう。だれかを一生愛したいって願うことはできるし、その可能性に自分の人生を賭けることもできる。でも、誓うってのは……不可能だね。しかしながら、時代が移り変わるにつれて、われわれセラピストは離婚に関する判断をより慎重にするようになってきている。

一昔前のセラピストたちは、今よりもっと離婚に寛容な立場をとっていた。だが、最近ではわたしも含め、夫婦の問題を扱う専門家たちは、両者のあいだに子どもがいる場合には特に、婚姻関係を維持するほうへ関心を寄せる。もはや離婚が単純なものとは考えていない。離婚には代償が伴い、しかもその影響は少なからずある。だから、婚姻を継続させる方向へと話を持っていくようになってきているんだ。

別れる以外に解決策がないって状態になった時、わたしたちはそのことを喜んだり祝ったりするような心境にはまずなれない。家族にとって離婚は常に痛ましい出来事だからね。

マルコス　そう、すべての離婚は失敗です。たとえ決着がついたとしても。このことは、《結婚生活だけが失敗に終わるのではない。時には離婚生活も失敗に終わる》というような、ユーモアたっぷりの教訓を生み出してきました。おびただしい数の失敗例がありますから、それらはけっして例外ではありません。ある状況下において、人間の持つ複雑さは一つの段階に終わりを告げる傷の痛みを必要とするのかもしれません。夫婦を構成する男女がそれぞれ一人になって深く考え、別の見方で世の中を見ることによって、互いに本当に愛し合っていたのかどうかを気づかせるためにね。

ホルヘが述べたのは事実です。一時期、離婚がとても軽く扱われた時代があって、離婚は子どもたちにそれほど問題をもたらすことはないと考えられていました。今では、それが間違いであることをだれもが知っています。

家庭を築くということは非常に真剣な契約を結ぶことを意味しています。そんな中、どの国の社会組織にも不足しているのが、親になる教育をする場です。子を持つ親の多くが自分の負うべき責務を自覚していません。子どもを作るのはとても簡単ですが、躾ける、世話をする、育て上げる、愛情を注ぐとなると……。

世界中にはびこる恨みや暴力行為の大部分は、家庭内に充分な愛情が行き届いていないことに起因しています。多くの親が子どもへの愛情の伝え方を知らない、これはとても深刻な問題です。よって、愛や夫婦について語る際には、それに伴う責任についても触れなければなりません。そこで、もうずいぶん昔にエーリッヒ・フロム[5]がその不朽の名作『愛するということ』に記載した文言を付け加えます。彼は《男女のあいだに性愛的な結びつきが構築される時、そこには一時の感情によって引き起こされた決意だけでなく、意志という無視することのできない要因もある》と述べているのです。

永遠の愛を誓う時、「この愛が永遠のものとなるよう、わたしは最善を尽くします」と宣言しますよね。そのためには、誓いを立てた瞬間からその愛を毎日育んでゆくのだということを、夫婦は理解しておくべきでしょう。

ノエリア（21歳、ロサリオ出身）　マルコス、離婚は失敗ではなく、むしろまったく逆だと思うんです。失敗とは、物事がうまくいっているかのように見せるために、自分自身も相手も騙し続けることではないかしら。相手への信頼が崩れた状況で自分自身を価値あるものと考えるなんて、なかなかできることではないけれど、離婚を決意することで、自身の大切さが認められると思うのですが。

マルコス　自己評価はあくまでその人自身のものであって、相手に対しての攻撃であってはなりません。ここでもう一つ忘れてはならないのが、愛情によって構築された夫婦のいずれも、相手を深く傷つけてもいい権利など持っていないということ。これはけっしてあってはならないことです。

しばしば離婚協議が、財産分与や子の親権をめぐって修羅場と化すことがあります。愛の絆は相互の信頼や献身、誠実さからなるものですから、骨肉の争いが当事者に与える打撃は相当のものです。

アドリアーナ（司会者）　信頼の崩壊といえば、不貞についてはいかがですか？

マルコス　実は、今回のライブ対話のタイトルを決めていた時、ホルヘに『愛と貞操』でどうかと提案したのです。そうしたら「愛と……何だって⁉」と驚かれてしまいましてね。（爆笑）

そこで、わたしたちがおろおろしているあいだに、ぜひ会場の皆さんに、この問題に関する質問や意見を求めたいのですが……。

ホルへ　ちょっと失礼。その前に、われわれは発言内容についての責任は負いかねますよって断わっておくからね。不貞について述べる時には、「わたしは何某で、これこれこういう状況に陥っている友人がいるのですが……」とでも言ってくれたらいいんだけどな。（笑）

アナ・ゴンタ　わたし……。

ホルへ　（話の腰を折って）には、友人がいて……。（大爆笑）

アナ　いいえ、友人ではなく両親のことです。現在、父は九十三歳、母は八十五歳、結婚して六十五年になります。彼らのラブ・ストーリーを大まかにお話したいと思います。二人は家同士の取り決めで半ば義務的に結婚しましたが、今となっては良い相手に恵まれ、素晴らしい夫婦となれたことに感謝しています。

ホルへ　（アナ・ゴンタに）これはきみの両親の物語であると同時に、ほかの多くの夫婦の物語でもあると明言するよ。

アナ　そのことを、わたしはみんなに伝えたかったんです。世の中には、離婚ばかりでなく、日々育まれてきた愛の事例もあると。

ホルへ　そのとおり。愛の絆は二人によって築き上げられてゆくものだ。でもね、互いにより良い選択をし、責任感が強いほど良質な絆ができあがり、その反対だと絆は不確かなものになってしまう。

七十八歳になるうちのおふくろがつい最近まで「結婚は宝クジのようなものよ。当たる時は当たる……」と言っていたけど、それなんかもきみのご両親のケース同様、選択のできなかった時代のことだ。

うまくいったら万々歳、そうでなければ大敗北……不運の賜物さ。

マルコス　悪い結果に終わった時には、次のような処方箋が適用されるらしいですよ。《恋は盲目、婚後は眼科医》とね。（笑）

もちろん、愛が終わってしまう前に、眼科医が役目を果たすのが望ましいでしょうが。

ホルへ　シルビア・サリナスとの共著『目を見開いて愛し合う』（原注2）は、それをそのままタイトルにしたものだ。つまり、しっかりと目を開けて互いを見つめ、本当の意味で愛し合うことが必要だってね。それから、何らかのかたちで物事に立ち向かわなきゃならないってこと。これはマルコスとわたしが何年も前から講演や作品の中で言い続けてきたことだ。マルコス、ここでちょっときみの著作『愛の冒瀆』（原注3）について語ってくれないかな。

マルコス　話の筋を一言で言えば、ほかの女性に恋をし始めているが妻と別れる気はない男の物語です。すでに読まれた方は御存じかと思いますが、主人公が誘惑を逃れる強行手段として、惚れた女性を自分の親友と結婚させることに成功します。防護壁というわけです。しかし、それでも結局恋に落ちてしまう。その結果、妻ばかりか親友までも裏切ることになってしまう。そして事態は紛糾。互いの伴侶の目を盗んで忍び逢う喜び……密会は何年も続きます。

原注2　ホルへ・ブカイ／シルビア・サリナス『*Amarse con los ojos abiertos*（目を見開いて愛し合う）』（Del Nuevo Extremo 2000）

3　マルコス・アギニス『*Profanación del amor*（愛の冒瀆）』（Sudamericana 1978）

人間はとても複雑な生き物である、という事実を忘れてはなりません。それに、禁じられたものは（聖パウロも指摘しているように）人を強く魅了するのです。

そんな生活を何年も送った末、ついに主人公は現状を打開する決断を下します。妻と別れ、その旨を子どもたちに伝え、そして大の親友にも告げるのですが、あまりの罪悪感から嘔吐してしまう。皮肉にも彼を介抱しなければならなかったのはその友人でした。

身辺をすっきりさせた主人公は愛人を妻として迎え、一緒に暮らし始めますが、うまくいかず失敗の兆しが現れます。なぜなら、関係を合法化することによって、かつて二人をかり立てていた禁じられた恋への魅惑が失われてしまったからです。

さて、意外な結末まで語るのは差し控えますが、皆さんに言っておきたいことは、人間が引き起こす物語は極めて複雑だということです。これについては、ホルへが著書『目を見開いて愛し合う』において、より明確に説明しています。『目を……』は、パソコンが物語の中心的な役割を演じる、大変現代的な小説です。見知らぬ男女の登場人物が急接近してゆく姿と並行して、メールのやり取りの中に、現在、夫婦間の問題を扱うセラピストたちが実際に展開している理論が、ふんだんに盛り込まれています。つまり面白いだけでなく、夫婦の問題における心理療法についても学べる一石二鳥の作品です。

ホルヘ　ええと……どうもありがとう。ここまでは、われわれが日頃お世話になっているそれぞれの出版社の提供でお送りいたしました。（大爆笑）

実際、夫婦は場当たり的なものになるべきじゃない。愛情が行き渡った夫婦関係を築きたければ、責任を成りゆき任せに放棄しないこと。特に子どもを作ることに伴う責任は重大だ。

夫婦のあり方が「宝クジ」みたいになってはならない。両者のあいだには愛情に加えて責任の分担も、決断の分担も、さらには共に成熟してゆく分担も存在しなければいけない。

われわれの子どもたちの世代は親の世代よりも賢くなっていて、たぶんそれで平均結婚年齢も上がっているのだろう。彼らはより良い選択を模索している。道を見失い、別居・離婚の憂き目に遭いたくない。よく考えたうえで相手を選びたいんだ。そんな探求心が逆説的にも、性体験の低年齢化や若いカップルのごく自然な同棲経験へとつながる。これだって彼らの試みであり、探求であり、男女が子どもを持とうと決意する前に自分たちの未来を確実にしようとするやり方の一つなのだろう。

それが適切かどうかって？　そのテーマについては議論の余地があるかもしれないが、賛成できないのは、夫婦が行き当たりばったりに責任放棄することだ。

「もう惚れてないから別れる」ってのは何の口実にもならないよ。俗に「恋に落ちた」と呼ばれる恋愛の情熱はそう長続きするものではないからね。恋人同士が出会った頃の情熱を維持し続けようと考えるのは、本当に馬鹿げてる。愛とは、単なる恋愛感情や情熱、盲目的な思い、出会いの幻惑などをはるかに超えたものなんだから。

とにかく、愛は二人のあいだにある絆のかたちであり、とりわけ相手がありのままでいられるよう力になることを自分がどのくらい大切に感じているか、ということと密接に関わっている。わたしがこうあってほしいと願うような都合のいい相手かどうか、ってのとはまったく別だ。だれかを愛するということは、たとえ自分には好都合でなかったとしても、相手がしたいことを選べるような自由な空間を共に作り出すことができるってことだ。（拍手）

ホセフィーナ（学生、心理学専攻）　昔より伴侶を自由に選べるのに、どうして、これほど結婚の失敗も多いのでしょうか？

マルコス　選択の自由が増せば良い選択が保証される、というわけではないからでしょう。二十代の頃の好みや期待、価値観が四十代、または五十代のそれとまったく同じではないようにね。

ホルヘ　「昔みたいに男と女の寿命が四十五〜八歳って時代なら、愛は一つで充分だったけど、今のように七十五歳とか八十歳まで生きるんじゃ、一つだけでは足りゃせんわい。最低二つはなくちゃね……」って、メキシコの作家アンヘレス・マストレッタ扮するエテルビーナおばさんのセリフにあったな。

ヘンリー神父　人間というのはちょっと変わった生物ですね。たとえば、わたしは聖職者として今までに別居や離婚寸前の夫婦をずいぶんと見てきましたが、妻のほうに「彼を愛しているのか？」と尋ねると「はい」という返事。夫のほうに訊いてみても同じ答えが返ってくる。そこでわたしは自問するのですよ。「いったい何が問題なのか？」「どうして、これが離婚寸前の夫婦なのだろうか？」

多くの夫婦が離婚に至るのは愛し合っていないからではなく、お互いにどう愛し合えば良いかが分からないからでしょう。

ホルヘ　ご意見をどうも。みんなの前でこうして議論できることを嬉しく思いますよ。でも、あなたの考えにはまったく同意できないな……もし、本当に愛し方が分からないがゆえに多くの夫婦が別れる結果になっているのだとしても、あなたのおっしゃるような愛だけで充分だとは思えない。わたしは、夫婦は愛のほかにも多くのものに支えられていると考える。それらをここで挙げたら、きっとあなたは「ああ、だけどそれも愛の一部だよ」と反論するだろうし、わたしはわたしで「そうだね。良いものは何でも愛に含まれるなら、何に対しても愛を唱えるのは可能だろうさ」と言い返すことになるだろう。

しかし、愛というものを相手の幸せへの関心という観点から定義すると、この事実を認めるのは辛いことだが、たとえば、残りの人生をだれかと暮らしてゆくための理由としては、愛だけでは不充分なんだ。そりゃあ相手の幸福や成長を第一に考えることはできるけど、だから一緒に暮らしていきたいわけではない。

夫婦を続けていくためには、愛のほかにも共通のプロジェクト、相手に対しての絶対的信頼や尊敬、一緒に何かに取り組む一種の能力も不可欠となってくる。だれかをいっぱい愛することができたとしても、もし同じことを笑うことができなかったとしたら、もし自分には楽しいと思えることすべてが相手には退屈だったら、もし相手には楽しいことが自分にはうんざりするような状態だったら、果たして共に暮らしてゆけるかどうか。もしわたしが、だれかを愛しているだけでその人と結婚できると考えたら、鬼姑と同居する羽目になるかもしれないんだよ。想像しただけでも、ぞっとするね……。(笑)

ヘンリー神父　しかし、時には相手にとって楽しいことでも、自分にとってそうでないことだってあるでしょうし、また逆の場合だってあるでしょう。それでも両者のあいだに愛があれば……。

ホルへ　道が二手に分かれる分岐点があったとしよう。わたしがだれかを愛するならば、わたしはその人に、わたしの進むとおりに従ってはほしくない。それはわたしの道であり、相手の道ではないからだ。ヘンリー、あなたの立場は理解できるよ。あなたは司祭だ。われわれは別々の立場から意見を述べているのだから、二人の意見が異なっていても、それはそれでいいと思う。

いずれにせよ、われわれは二種類の見解をここに確立したというわけだ。あなたは聖職者として、愛があれば充分だという考え。わたしはセラピストとして、愛だけでは不充分だという考え。会場のみんなはラッキーなことに、自分により役立つ意見を選ぶことができる。（拍手）

マルコス　ところで、別居や離婚、家族や子どもに関連して少しコメントを付け加えておきましょう。わたしたちは現在、家族構成という点においても、極めて重要な変化、新たな挑戦に直面しています。わが国ではまだですが、いくつかの国では、同性愛のカップルが養子を受け入れられるようになったのを御存じの方も多いと思います。

十年ほど前、「わたしの問題・あなたの問題・わたしたちの問題」と言われ始めた頃には、そのテーマは革新的なものでした。当然、物議を醸し、さまざまな解決策が論じられました。

未知の難題にぶち当たった際、人はより単純な最初の図式に戻ろうとします。まるで、それが最も完璧であるかのように。しかし、それはわたしたちの本意ではありません。

社会が進歩するにつれ、これからも前例のない問題が次々に現れてくることでしょうが、あせることなく一つひとつ解決していきたいものです。

あらゆる違いはさておき、一番大切なのは子どもたちが家庭内にしっかりと愛情の源を感じることです。家庭によっては父親または母親が欠けることがあるかもしれません。その理由も別居、死別といろいろでしょう。

そんな状態に陥った時にはどうするか？　残された父親、母親が、子どもたちに深い愛情を惜しむことなく与えていくのです。人は皆、だれかに愛されたいものだし、愛される必要があるからです。

この件に関してはホルへが以前、非常に意義深い話をしていたので、この場でぜひ、皆さんのために語ってもらいたいと思います。なぜなら、それは愛情の不足が原因で引き起こされ、わたしたちを悩ましている深刻な社会問題を解明する手がかりを与えてくれるものだからです。

ホルへ　自分がだれかに愛されている、だれかに認められ愛情を与えられている、と感じることなしに人は安心して生きられない。それほど愛は人間にとって重要なものだ。

マルコスがわたしにしてくれと言っているのは、次のような話なんだ。

何らかの理由で、愛する相手から愛情を得られない場合、その人はまず、何か別の感情をありもしない愛情とすり替えたり混同したりするだろう。より一般的な方法は、相手が自分を必要とするような状況を作り出す、つまり、相手を満足させるために奔走するというもの。たとえば、何でも屋や使い走りに成り下がる。だって、相手から必要とされれば、好かれているような気分に浸れるからね。

ところが、相手が一人で何でもでき、依存させる状況に持ち込めないとなると……さあ、どうする？　まだ方法はある。今度は何とか同情を誘う。哀れんでもらおうってわけだ。気の毒な人間だと思わせられれば、相手は自分を気にかけてくれるだろう。逼迫した者の目には、これが愛とよく似たものに映る。

だが、相手がかわいそうだと思うことすら拒み、同情もしないとなると……。

人は相手の無関心に耐えられなくなり、しばしば、現実にはそうでなかったとしても、相手が自分を憎むよう仕向ける。両親に愛されていないと思い込んだ子どもが、否定的な言葉や悪態をつき、キレることで親を操ろうとするのがこれだ。どんな反応でも、愛されない状態よりはましだ。

半ば本気、半ば冗談で言うんだけど、頑固な人間ってのがいてね……わたしのことを好きになってくれないばかりか、必要ともしなければ、同情しようともせず、憎もうとさえしない！　何て嫌《や》な奴!!（笑）

わたしをとても混乱させる……放っておけばいいのだが、わたし自身は相手の無関心に耐えられない。何とか愛してほしかったが、ダメだった。頼るようにもできなかった。同情心を誘うのも失敗した。憎むようにすらできなかった……こうなったらわたしに対し、恐怖心を抱かせてやる。（笑・驚きの叫び）

世の中には、憎しみを引き起こさないと別れられない人や、別れるために激しく怒らないと気が済まない人がいる。こうなってしまうと、別れは、互いに相手を選んだ大人同士の別れではなく、相手に愛されるに至らなかった者や、相手の耐えがたい無関心を前に憎まれざるをえなかった者の復讐劇となる。

こういった憎悪に満ちた病的な別れには危惧しなければならない。子どもを深く傷つけることになるし、もと来た道を引き返す事態になる。しまいには、以前キスしていたはずの手に噛みつくようになるからね。

あまりみんなに深刻になってもらっても困るので、この辺でちょっと気分転換に、三つの怒りの区別を学ぶのもいいかもしれないな。

ある晩、男の子は腹立つ・怒る・憤るの違いが知りたくなり、パパの部屋へ訊きに行ったが、あいにく、彼はすでにベッドで眠りかけていた。

「今何時だい？　……午前一時か！　まあ、よしとしよう。これから説明してあげる……何番でもいいから、電話番号を言ってくれないかい？」

息子が適当な番号を告げると、父親はそのとおりにダイヤルを押した。

ピッポッパッ……だれかが電話に出た。

「もしもし、今晩は。ペペに替わってほしいのだが……」

「いや……ここにペペはいないよ」

「そんな馬鹿な⁉　番号は○×××…だろ？」

「ああ、番号は合っている。だけど、ペペなんて男は住んでいない」

「ペペがいない？」

「いないね！」

「そうか、今、いないのか。では、メッセージをお願いできるかな？」

「いいか？　ここにはペペはいない、と言っているんだ‼」

「では、フアン・カルロスから電話があった、と伝えてもらえるかい？」

「ペペなどいるもんか!!!」

相手は怒って電話を切り、父親は息子に説明した。

「どうだい？　彼は〝腹を立て〟ていた。分かっただろう？」

「うん。じゃあ〝怒る〟は？」

「そうだな……あと十五分待ってくれ」

十五分後、父親はさっきと同じ番号をダイヤルし、横にいる息子にささやいた。

「もう寝ているに違いない」

電話の向こうで受話器を取る音がした。

「やあ、今晩は。ペペを出してくれ」

「さっきも言っただろ、ペペなどいない‼　イライラさせたいのか⁉」

「でも、どうしてもぺぺにメッセージを残さなきゃならないのだよ」

「だから、ぺぺなんていないって言っているんだ!!」

「しかし、番号は○×××…だろ?」

「番号は合っている。だけど、間違っているんだよ!! 寝かしてくれ!! おれは明日の朝、早いんだ。いい加減にしてくれないか!?」

「分かった。では、ぺぺに伝えて……」

「そんな奴、いるか!!!」

ガッチャン!!

「どうだ? これが〝怒る〟だ」

「うん。じゃあ〝憤る〟は?」

「もう十五分待って」

三度目に同じダイヤルを押す。

「もしもし?」

相手が出たのを確認し、父親は一言。

「もしもし、おれ、ぺぺだけど、だれかから電話があったかい?」(会場　大爆笑)

マリア・バレリア　愛だけでは充分ではない、という意見に同感です。わたしたちは感情によってのみ行動するわけにはいきませんから。二十一世紀にはこれまでのような盲目的な愛ではなく、もっと知的な愛を信じなければならないわ。

ホルへ　きみ、そりゃ別の作家、エンリケ・ロハスの言葉だ。今日は連れてきてないから……。（笑）とは言っても、無視はしないよ。きみは大方、ヘンリー神父と意を異にする。愛だけでは充分じゃないってことだよね。でも、夫婦の絆に愛が不可欠なのは紛れもない事実だ。愛・知性・共通のプロジェクトを足さなくちゃ。そうさ、これらを足し算していこうよ。引き算するんじゃなくてさ。相手を頭だけで選んだり、心、あるいはセックスだけで選んだりしないで。一緒に生きてゆく相手を愛・知性・心・性・魅力・信頼・プロジェクトなどの観点から選んでみたら？　つまり、これら全部で一つと捉えてはどうだろう？　われわれは知力・肉体・精神・感情・皮膚といったものの集合体なんだから。

これらすべてを加算し、ひっくるめたうえで愛し合いたいものだよね。夫婦ってそんな具合に構成されているものだと、わたしは考えるよ。

マルコス　夫婦、親子、その他のどんな情緒的なつながりについても言えることですが、愛は育む必要があるということを忘れてはなりません。ふだん子どもの必要としている愛情を与えず、「家にいる時くらいは」などと言って金銭や許可で埋め合わせる親がいます。けれども、これは親子の絆を培う愛ではありません。一方、家を出たきり、長いあいだ両親に電話もせず、音信不通のままの子どもたちもいます。

愛はお互いの愛情の流れを通じて育てなければならないもの。もちろん、夫婦にとっても、このような継続的な愛の育成が不可欠です。愛は、先程も触れましたように、恋の熱に浮かされ、盲目的な状態から始まることもありますが（自分を空っぽにして相手にすべてを委ねるこの過程では、相手から何の反応もなければ失望するものです）、その時期を過ぎたなら、そこに連帯感、協力、共通の物語、相互の努力、愛の証が加えられなければなりません。

エドゥガルド（34歳、医師） 夫婦間の貞操なんて今の時代、単なるユートピアに過ぎないと思います。医師の場合を説明しましょう。そりゃあ、どんな社会環境にもあるのでしょうけれど、それにしても医師たちの職場ときたら……！

ホルヘ （唇に人差し指を当てて）シィーッ……（マルコスに向かって）あいつ、いったいどうしたってんだ？（笑）（気を取り直し、エドゥガルドに）すまないけど、きみのことを話してよ。われわれも含め、この会場には多くの医師たちが来ているんだ。頼むから、きみの放蕩生活と一緒くたにして誤解を招くようなことはしないでくれ！

エドゥガルド ええと、じゃあ社交の場というか……クラブ……あらゆる場所で！

ホルヘ よろしい。

エドゥガルド もし、統計上の数値を平均値と考えるならば、現在、不貞があるのが普通です。これは「もう愛していないから、ほかの人に惚れる」のではなく、むしろ「ちょっとムラムラッとした」というくらいの、一時の気まぐれ的な浮気ですが。

ホルヘ （ヘンリー神父の方を見て）ヤレヤレ、神父さん。前もって言っておきますが、わたしは何の関係もありませんからね。マルコスもわたしも、この闖入についてはまったく無実だ……。

エドゥガルド 問題は、そんな異常な環境の中でいかに夫婦の絆を堅持してゆくか、なんですよ。わたしは妻を隣にしてこう述べているわけですから。（笑）

マルコス さて、本件をめぐって広がる動揺は今後、どのように展開していくか注目に値しますね。

ホルヘ この先どうなるか考えてもみてくれよ！ ああ、ここから消え去りたい。（笑）

マルコス　不貞のない文学なんて！　と言えるほど、小説のほとんどは不貞について書かれたもの。世の中もまた、多くの場合、約束破りやルール違反の中を進んでゆくものです。統計上、高い割合で不貞を働いている人間がいるのも確かでしょうね。不貞はもはや男性独占の財産ではなく、状況はさらに悪化しました。男女平等はこのテーマにおいても後《おく》れをとることはなかったということです。一方、男性はだれと浮気していたのでしょうか？　まさか、メス猫と浮気していたわけではないですよね……。（笑）わたしが言っているのは文字どおりメスの猫のことで、別の意味ではありませんよ……。（大爆笑）

深く、激しく、満たされた愛は、性愛とは関係のない要素を必要とします。もちろん、性欲はとても重要で、場合によっては不可欠ですが、ほかの要素を補うことによって愛はより豊かになります。性的興奮は愛と違って、演技や空想、危険などといったような、異なったタイプの要素と関係しています。

相手の幸せのために、という鮮明な関心があれば、愛の中に（ここで言う愛とは誤魔化しや歪曲を捨て去ったものですよ）貞操観念は自発的に現れてくるもの。わざわざ努力熟考の必要はありません。

ホルヘ　不実・不貞であることを意味する「infiel」は「fiel（忠実な・貞節な）」に由来し、「fiel」とは「fe（信頼・信仰）」から派生した言葉だ。すなわち「infiel」を文字どおりに訳すと「信じない人・不信心者」という意味になる。

では、著しく羽目をはずして遊ぶ「infiel（不貞者）」は何を信じていないというんだろう？　言語上の誤りか、それとも間違った解釈だろうか？　いや、そんなことはない。不貞を働く者は、自分が外で探し求めようとしているアバンチュール、禁じられた恋、興奮状態や刺激、変化……を、自分の伴侶とのあいだに見出せるとは信じていないんだ。

ここに相関関係が持ち上がる。人はだれしも相手に与えた分だけ得ることができる。すなわち、自分が伴侶との関係を退屈なものにしてしまえば、相手から楽しみを得ようと望むのは不可能だし、破壊的な関係を試みれば、当然、建設的な事柄は期待できない。反対に、自分自身が常に新たな気分になれるような関係を築けば、おそらく相手の中にも同様の新鮮さが見出せるかもしれない。互いの愛情に支えられた、普遍の魅力に基づいた関係を構築すれば、何も外へ探し求める必要はないはずだろう。

浮気相手に求めているものを伴侶の中には見出せないと思い込むのは、いったいなぜなのか、じっくり考えてみる必要があるんじゃないかな。

ここで古いジョークを一席。

ヤコブはレベッカと結婚して五十年になる。

ある日、出かけたはいいが、家に戻ってきたのは午前三時という有り様。そこでレベッカは彼に尋ねた。

「あんた、どこほっつき歩いてたのさ?」

「友達のホセんとこの末っ子サムエルが近々結婚するんで、独身さよならパーティーに」

「こんな時間まで?」

「いや、その……それからみんなでナイトクラブに繰り出したんだが、若い姉ちゃんたちがいて……」

「若い姉ちゃんたちだって?」

「料金はパーティー代と込みだったらしく……払ってあったんで、つい……」

「それで?」

「すごかったのなんの！　おれは何十年間もただの一度だって浮気なんぞしたことないし、そんなこと、考えもしなかったが……おまえに嘘をつきたくないから言うけど、とにかく、よかった‼」

「その小娘が、あたしにない何を持ってるってのよ？」

「正直、まったく同じさ。娘が上になり、おれが上になり、キスして、触って、一緒だよ！　だが一番激しくなって絶頂の瞬間に、その娘が嘆き声を上げたんだ。その声が何ともたまらんかった。嘆けば嘆くほど、おれも興奮して……最高だった‼」

「で？　それがそんなに良かったっての？」レベッカは訊いた。

「はっきり言ってそういうことだ。おれだって、自分にそんな性癖があるとは思ってもみなかったから。そんで、また行くと約束してしまった。あれほど楽しんで、しかも興奮したことはついぞなかった！」

「フン。つまり、あたしがあんたに与えられないものをその女が与えてくれるってわけ？　そんなことあたしにだってできるわよ！　やってほしいならそう言えばいいのに……一度だって頼まなかったじゃないのさ……嘆く女が好きならあたしだってやれるわよ」

「本当か？」

「ええ」

「じゃあ、いつ？」

「あんたがお望みの時によ！」

「今でもか？」

「当たり前よ！」

ヤコブは家の外でしか得られないと信じていたものを妻が与えてくれると思っただけで興奮してきた。そこで、さっそくベッドに入り、妻の首筋にキスをし始めた。すると、妻は妻で、ヤコブに尋ねてきた。

「始めようか?」

「いや!」ヤコブは答えた。「もうちょっと待ってくれ、まだだ!」

そのまま行為は続き、二人とも服を脱ぎ捨てたところで、レベッカが再び尋ねた。

「今?」

「いや、待て! イキそうになったら、おまえに知らせるから」

やがて興奮は頂点に達しそうになり、いよいよ挿入という瞬間、ヤコブは告げた。

「それ、今だ!」

「ああっ! ……何でもかんでも物価は高くなっちゃうし、来るはずのメイドは来ないし、息子たちはちっとも顔を見せやしないし……!!」(笑・拍手)

パートナーの中に求めるものがあるかどうか、適切な方法で探し始めなければね。もし見つからなければ、探し方が間違っているのかもしれない。マルコスと同感で、わたしも相手への愛情や発見のなさの表れが不実だと考える。つまり、逆説的になるけど、不実は相手に対する信頼の欠如の結果ということだ。

ゴヨ・ヒメネス お二人とも貞操はパートナーを信頼することだ、と述べていますね。これはわたしに、自分がどんな人間かはだれと一緒にいるかを見れば一目瞭然だ、という典型的な格言を連想させます。でも、相手が信じるに足るかどうか予測しようとしても、絶え間なく変化してしまって思うに任せません。

たとえば、ころころと心変わりし、違った道へとばかり歩もうとするような相手をどうやって理解したらいいのでしょうか？　その時々の変化と貞操をあなた方はどう関係づけますか？

マルコス　夫婦間の貞操はお互いの誠実さであって、けっして考えの一致ではありません。思考や視点の多様性は二人の関係を豊かにするものですから、本来、喜んで受け入れるべきものでしょう。異なったプロジェクトが出現するという件についても、互いに手を取り合い、共に歩んでゆこうという願いが強ければ、議論はできるでしょうし、共存の可能性もあるでしょう。

リリアーナ・フェルナンデス　先程も発言しました社会心理学者です。年齢は公表しません。

ホルヘ　医師たちの事情は今しがた聞いたけど、社会心理学者たちの事情はどうなっているんだい？

リリアーナ　そうですね。わたしたちの職場は人と人とのつながりが密で！　……おまけに医師たちと一緒に仕事をすることもしばしばですので……それはもう最高です！（笑）

さて、不実というテーマは何か腫れ物を隠すような感じがしてならないのですが……。

ホルヘ　これほど適切な隠喩《メタファー》はないな。（大爆笑）

リリアーナ　不実な人とは、本来ならばNOと言うべきところをYESと言うような人ではないかしら。YESと言ったのは本心かもしれないけれど……。

ところで、夫婦のあいだに浮気の問題が生じ、足元が揺らぎ、崩れるような状態に陥った際、再び信頼を回復するにはどうすればよいのでしょう？　家庭の外でならきっと何かを見つけることができるという神話が巷にはびこり、その結果、不貞な行動を誘発しているようです。どうしてそんな神話に引きずられるのかしら？　なぜ、人は外に多くを求めるのでしょうか？

マルコス　不貞にまつわる幸運の神話への過大評価が進んでいるからでしょうね。たとえば、甘く危険な恋のアバンチュールというような謳《うた》い文句で……。
ホルへ　専門用語のようにね……。
マルコス　そのとおり。ちょっとここで小噺を。

一人の酔っ払いが家路についた。すっかり夜も更け、心配した妻はバルコニーから顔を出して彼の帰りを待っていた。

そいつは、こんなことを叫びながら通りを抜け、家に辿り着いたという。

「くたばれ、寝盗られ旦那たち！」

妻は両手を広げて一言。

「あ〜ら、まだ、くたばってないのね……」（笑）

もちろん、不貞の多くがこんなかたちであるわけがありません。

自分の配偶者のことを棚に上げ、ある程度のアバンチュールは良しと公言する男性や女性たちがいます。そのくせ、いざ自分自身に降りかかると「浮気したわね」とか「おれを裏切りやがって」とか「こんなにわたしを深く傷つけて」などと不平を言うのです。そして裏切ったほうは「何言ってるんだ。おれがしたことは、おまえとは何の関係もないだろ？」と言わんばかりの目で相手を見ます。

時には、彼女または彼が自分の誘惑能力をひけらかしたがる場合もあり、その度合いがとても強いと、そうしなければ自分の面子《メンツ》がつぶれるとか、あるいはマヌケだと非難された気持ちになるのです。何しろ、アルゼンチンで「マヌケ」扱いされるのは最悪のことですからね。盗人や人殺しになる可能性はあっても、「マヌケ」は？……（笑・拍手）

浮気は、自分がまだもうひと花咲かせられるほど魅力的で野性的かどうかを確認したい男性にとっての解決策、または自分の中に埋もれた鉱脈を掘り当て、「おれもまんざら捨てたものじゃない」とか「魅力的な奴になれるかも」と自尊心をくすぐるための手段となります。このようなことは夫婦の枠外で起こりますが、事実を知った伴侶は当然、浮気をした側と同じように物事を捉えているわけではありません。そこで、実際に何があったのかを解明することが問題となります。

多くの場合、性欲と社会的な愛情には隔たりがあります。一昔前は結婚相手以外と関係を持つことは非常に困難でした。ところが一九六〇年代以降、ヒッピー・ムーブメントとともに過激な性の自由が急速にもたらされました。性行為の多くは愛のない、機械的な束の間の情事となり、今日では、結婚するより性交渉のみのほうが気軽でいいといった風潮もあります。愛情は責任を強いるからです。

では、浮気や不倫に苦しんだ夫婦は常に破局を迎える運命にあるのでしょうか？　いずれの違反行為も同じものでしょうか？　和解は可能でしょうか？　信頼回復の見込みはあるのでしょうか？　すでに起こった出来事を一時的な過ち、気の迷い、あるいは、もっぱら欲望を満たしたかっただけだと納得し、受け入れられるものでしょうか？　自己評価が低く、自分に魅力はないと感じていた者が、突如としてまったく逆の面を見せる機会に恵まれた場合にも、非難されるべきことなのでしょうか？

今、列挙した問いは医療現場の実践例から紹介しました。事例はさまざまな種類の葛藤に満ちています。

医学の父ヒポクラテスの言葉に《われわれは患者と対面するのであり、病気と対面するのではない》というのがありますが、個々のケースはそれぞれ異なるものですから、念入りに調査を重ね、慎重に話し合いをしてゆかねばなりません。

ホルへ この件は女性解放のプロセスが完了していないという、先のマルコスの主張に関わってくる。なぜなら、女性がする不貞と男性がする不貞では相変わらず違った見方がなされ、過ちや浮気に対する社会的な許容の度合いにも差があり、さらには男の子と女の子に対する躾の方法にも開きがあるんだから。われわれが著しく進歩してきたのは確かだけれど、躾におけるこのような違いはいまだに存在している。

わたしの考える不実とは伴侶に対してではなく、互いの絆に対する裏切り、つまり、自分自身の感情に対してであって、相手の感情に対してではない。「おまえに隠れて浮気していた」「あなたを騙していた」などとよく言うけれど、直接「相手」に何かしたか？　何もしていない。もちろん、中には文字どおり、伴侶に向けてなされた夫婦以外の者との行為もあるだろうが……。

わたしは結婚しているけど、今まで妻に対して盲目的になったことも、聞く耳を持たなかったことも、押し黙ったこともない。そりゃあ魅力的に思う女性は何人もいる。正直言って妻と同じくらい、あるいはそれ以上に素敵な女性と出会う可能性だってある。にもかかわらず、わたしは自分の愛する女性の待つ家へ帰る。貞操を守るってのはそういうことさ。けっしてほかの女性に魅力を見出さないってことではない。

キケ（22歳、役者） ホルへはほかの異性に惹かれながらも、まっすぐ家に戻って妻と一緒にいることが誠実さだと思うの？　それが不貞を働かないってこと？

ぼくはよく、体は恋人と一緒にいるのに脳裏を何人もの女性が、それも一度も会ったことのないような女性までもがよぎることがあるんだ。相手への裏切りは肉体的なものだけ？　それとも思考も含まれる？　さっきマルコスが言ってたように、禁じられたものほど魅力がある……そのせいでぼくらは常に落ち込んだり有頂天になったりして、眠れぬ夜を過ごすことになるんだろうか？

ホルヘ　きみの質問には、どうも不貞を正当化するためのトリックが隠されているように思えるなあ。わたしの見解を述べるよ。わたしが言っている不貞とは実際の行為であって思考ではない。思考上の裏切りがあるとは思わないね。

アリエラ（24歳、心理学専攻の学生）　マルコスも空想の中に不貞はないとお考えですか？

マルコス　アリエラ！　あるわけがないでしょう。空想とは魔法の世界、無限の領域です。そこには途方もないでたらめもありうるし、不可能なことは消えてなくなります。それほどに空想はわたしたちを豊かにし、培ってくれ、さらに本来ならば絶対に犯すことのない違反さえも可能にし、代わりに現実世界が違反行為の少ない充実したものになるよう貢献してくれているのかもしれません。

マルセラ・ボルガテージョ　わたしは連れ合いに、夫婦生活でセックス、連帯感、寛容さなどすべてが得られているのにもかかわらず、もし裏切ったら絶対に許さないとつねづね言ってきました。彼もまったく同じ考えです。そこで質問ですが、不貞ののち、そのことについて話し合い、それでも共に歩んでいくことを受け入れた場合、夫婦は以前と同じ状態であり続けられるものでしょうか？

ホルヘ　互いに話し合ったうえで、共に生きてゆく決断を下したのなら、その夫婦は前と同じではなく別のものだ。対話によって危機を乗り越えた、より良いカップルだよ。

ラウラ（26歳）　人間が一夫一婦、一雌一雄の形態をとっているのは単に社会制度の一環で、ほかのあらゆる制度と同様、不満を持つ者が現れるのではないかと思うのですが、いかがでしょうか？

ホルヘ　動物の行動について研究しているヴィトゥス・ドロシャーという生物学者が、とても興味深い調査結果を発表している。それによると、オスかメスのいずれかが攻撃的な種はハーレムを形成する習性があるらしいんだ。たとえば、メスのほうが攻撃的なクモの場合、メスが自分に仕えるオスを何匹も従える。オスのほうが凶暴なライオンにおいては一匹のオスが何匹ものメスを所有するかたちとなる。オス・メスいずれも攻撃的でない場合には、動物は群れを形成する。すべてのオスはすべてのメスのもの、その子どもたちは群れに属す。たとえば、ゾウの群れがそれだ。そして、オス・メスどちらも攻撃的な場合、一雌一雄、つまり一夫一婦制となる。

ではここで、われわれ人間の共同体について考えてみてほしい。支配力が男性の側にある場合、たとえばアラブ民族などがそうだが、共同体はハーレムの中に組織される。古代神話に登場する、男よりもはるかに勇猛だった女戦士アマゾネスの共同体には男性のハーレムがあったという。一九六〇年代の非暴力を規律に掲げていたヒッピー・ムーブメントにおいては、ヒッピーたちの多くのグループや共同体がそうであったように、若者たちはグループで生活し、その中のだれとでもセックスを認め、子どもたちはその集団で教育されていた。

わたしが一夫一婦制についてどう感じているか、もうお分かりだろう……少なくとも理解し合った一夫一婦。外部からの規律も脅しもなく、自由に相手を選択できる一夫一婦制だけを認めたい。（沈黙）

マルコス　何も付け足すことはありません。

アマデオ（44歳）　一夫一婦制は、共同体の中で自分が父親であることを誇示するために男たちが考え出したものだったのではないだろうか。なぜなら、だれが子どもの母親かは一目瞭然だけど、だれが父親かは分からないからね。たぶん、われわれ男の発明した、劣等感の産物だったのではないかな。

マルコス　余談ですが「poligamia」という言葉の意味は「一夫多妻」、逆に「一妻多夫」を指す言葉は「poliandria」。なのにわたしたちはいずれの場合にも「poligamia」のほうを使用しがちです。このような現実は、言葉のうえでも女性が相変わらず抑圧され、劣勢な状況に置かれていることを示しています。ちなみに、イスラム教では妻は四人までとされています。制限が設けられることで、子の父親がだれであるか特定できるのです。

パトリシア　世界的にではなく個々のケースで見た場合、パートナーの不貞を黙って見逃す傾向が強いのは、率直に言って男性のほう？　それとも女性のほうですか？

ホルへ　文化的な条件から考えても、間違いなく女性のほうだろうね。

マルコス　さて、残念ですが、そろそろこの対話を締めくくらねばなりません。これは、皆さんとともに作り上げる本の第一章となることでしょう。

本日は女性の新たな役割、意見の相違や不実、離婚などのテーマをみんなで探ってみました。もちろん、テーマが語り尽くされることはありませんが、わたしたちはそれらを、人々の魂を励まし、助言し、そして滋養を与えるような、一つの音楽に変えることができたのではないかと思います。

それはきっと、会場となったこの素晴らしいロサリオ・エル・シルクロ劇場のおかげに違いありません。ロサリオ州のみならず、アルゼンチン共和国にとっての誇りでもある建築遺産、そして数々のエピソードの中でもとりわけ忘れられない、一九一五年、偉大な声楽家カルーソー〔6〕の声が鳴り響いたこの劇場が、

わたしたちにインスピレーションを与えてくれたからでしょう。（大拍手）

ライブ対話　2　メンドーサ

1　忠実と信頼

2　真の家族とは

3　成功か成功主義か

ライブ対話の参加者

アドリアーナ・チュリゲーラ（司会者）
アレハンドラ・エスポシト
ムサ・オズワルド・ビター
ビビアーナ
メルセデス・ゴンサレス
匿名の女性（身元が割れるのを恐れる女性）
マヌエル・キレス
イルセ・コンソリ
オスカル・ロドリゲス
フェルナンド・ペレス・ラサラ
マルセラ・モレノ
モニ・バジェステーロ
アリシア
ロサ・エバ・ソーサ

リリアーナ
ダニエル
クラウディア・ドミンゲス
マリア・マルタ
マベル
フェデリーコ
ゴンサロ・カサレス
マリア・アンヘラ・パスカレ
フェデリーコ
ベロニカ・ソタノ
アウロラ
フェルナンド・アミン
ヴァレリア

1　忠実と信頼

ホルヘ　当会場、そしてこのライブ本へようこそ。すでに御存じのように、今回のわれわれの目的は、共に一冊の本を作り上げることだ。

最初のテーマ「忠実」の反義語である「不実」については数週間前にロサリオで話し合われたものだが、今日はそれをさらに発展させたい。河畔の町ロサリオと、雄大なアンデスの懐に抱かれた当地メンドーサとは一心同体。この美しい土地で再び、論争を繰り広げていこうじゃないか。

アドリアーナ・チュリゲーラ（司会者）　忠実とは具体的に何を指しているのでしょうか？　どうもこの言葉を思い浮かべると、即、頭の中で変換キーがクリックされて……。

マルコス　ほとんど反射的に婚姻関係、上品な言葉を使うと「あまたの恋の火遊びを鎮圧している夫婦関係」を連想してしまうのですね。

しかし、それは夫婦関係だけでなく、友情や信条、あるいは所有物、価値観などについても言い表せる語句です。すなわち、人はさまざまな物事に対して忠実、不実になりうるというわけです。

そこで、あることに不実だとそれ以外のものに対してもすべて不実であると見なされるのか？　という問いが生まれます。

夫婦関係について申し上げますと、時折、みずからの鋼鉄のような貞潔をひけらかす人がいますが、そういう行動には得てして自己顕示欲が伴っています。したがって、その振る舞いが顕著になればなるほど周囲は疑うようになって……ある種の価値観に固執する原理主義が、厳格なくせに崩れやすい構造となっているのはよくある話です。同様に、貞潔にも危うい厳格さが存在するのです。生物学はもとより、ほかの学術分野においても、硬いものは壊れやすく柔軟なものほど壊れにくいのは周知の事実ですからね。以上のことから、物事に忠実になるにもある程度の柔軟さが必要である、とわたしは考えます。

確かに、わたしたちは忠実さを夫婦の価値と捉えるよう教えられてきましたが、ここでそれ以外の分野ではどうなっているのかを考えてみましょう。

自分の考えや世界観を修正するのは非難されることでしょうか？

それとも変化には勇敢さや成熟さ、視野の拡大が反映されているのでしょうか？

わたしは今までの人生の中で経験や評価、読書、あるいは意見交換の結果、何度となくいろいろな考えを修正してきました。今回のライブ対話でもホルへと考えを磨き合い、どんどん豊かになっていっています。これは、現在のわたしたちが前の考えに忠実ではないということを意味しているでしょうか？

アレハンドラ・エスポシト　マルコス、今、あなたが言ったような状況を描写するのに、ちょうどいいフレーズがあるわ。《わたしの知り合いの中で最も賢いのは仕立て屋だ。なぜなら、会うたびにわたしの寸法を測り直すからね》。

マルコス　もう少し深くまで踏み込んでみましょう。それは同時に、難しい領域に立ち入ることも意味します。わたしたちは習慣的に物事を図式化したり、線で区切ったり、何でも単純化したがる傾向がありますが、極度の単純化は過ちにつながりやすいという弊害もあるのです。物事は本来複雑で、言葉の一つひとつでさえも状況に応じて適したものを使用する必要がある、ということを理解しなければなりません。言葉には愛情と価値が詰まっているのです。

要するに、忠実さは疑いなく大切なことですが、だからと言って極端な忠実論者になるべきではない、ということ。自分たちをがんじがらめにするためでなく、より良くなるために、愛情が機能し、人間関係がより素晴らしく永続するものとなるようこの言葉を有益に使いたいものです。

ホルへ マルコス、驚きだね。まさかこのようなかたちで最初から意見が一致するとは思わなかったよ。きみの言うとおり、間違いなく言葉そのものには価値があり意味がある。

前回のライブ対話で不実の問題に触れた際、「fiel（忠実な・貞節な）」という言葉は「fe（信頼・信仰）」から来たもので「infiel」が宗教上で使われる場合には「信じない人」すなわち不信心者を指すのだと説明した。

ここで「creer（信じる・思う）」と「saber（知る・分かる）」の概念の違いも付け加えておきたい。というのは、自分が「信じている」のと「知っている」のを取り違えたり混同したりすると、原理主義者になってしまう恐れがあるからだ。自分が知っていると信じていることは、現実には単なる思い込みに過ぎないかもしれないのに。

忠実さはその人が信じている物事すべてと関わってくる。世論が某政治家のことを「彼はみずからの主義・方針に忠実ではない」と中傷した有名なエピソードを思い出す人もいるだろう。ウルグアイのユーモア作家までもが愉快なコメントをしてたな。「彼が自分の主義に忠実でない、というのは正しくない……

もともと彼には主義や方針はないんだから」ってね。

「わたしは忠実な人間だ」というのは、すなわち「わたしは自分が忠実だと信じている」ってことだろう。そしてこの「信じている」は「今日は信じている」。つまり「明日は信じていないかもしれない」という意味も含まれるんだ。夫婦に関して言えば、大切なのは今ではもう信じていないことをまだ信じているように振る舞って伴侶を欺かないこと。いずれにせよ、パートナーに最後まで忠実であろうとするなら、考えが変わったら変わった、ときちんと相手に伝えられなきゃならない。

もう一つだけ述べると、矛盾と支離滅裂はまったく同じではない。

たとえば、昨日はNOと考えていたのに今日になってYESと考える、そのような矛盾はけっしておかしなことではない。そのうえ明日には再びNOになる可能性だってあるだろう。それは人間だれもが持つ自己矛盾の一部だ。でも、毎日、瞬間瞬間に自分が信じていることには忠実なんだ。

わたしが究極・普遍の忠実さと考えるのはただ一つ。自分自身に忠実でなかったら、この世の中で自分以外の人や物に忠実になれるはずがない、ということだ。

ムサ・オズワルド・ビター　ここまでのお話をうかがっていると、何かを信じている者は忠実である、ということだと思うのですが、だとすると、信じるのをやめればそれまで信じていたものに忠実ではなくなるということですよね。でも、最初の信念がいつも自発的なものとは限らないわ。つまり、ある年齢の頃にほかの人々から信じ込まされた信念があって、のちにそれはどうも違うと感じ、確信したとしても、もともと自分の信念ではなかったわけですから、それによってその人が不実になるとは思えません。

人間は他人を服従させたがるもので、他人を操る最良の方法は相手に自分を信じ込ませることだと言います。だから、この件には支配という問題も含まれてくる気がします。

そこで質問ですが、このようなものの見方の変化はいつ頃起こるものでしょうか？

ホルへ　今のきみのコメントは、今日扱うテーマの二つ、「忠実」と「家庭の役割」に大きく関わってくるものだ。教育の一環として、われわれは忠実で信心深くあらねばならないという教えに従ってきた。きみがうまく表現してくれたことを分析するのは大切だと思う。「他人を支配しようとする、あるいは、操ろうとする試み」っていうのはつまり、だれかの信念をコントロールできれば行動をもコントロールできるようになるということ。なぜなら、その人の行動は信念に基づいているからだ。このことは、大量消費に走らせるための宣伝広告や、政治的無関心へと誘う大衆操作などの大きな鍵でもある。それらはひとえに、相手の信念を変えられれば行動も左右できるという、まったく同じ原理に基づいている。

ところで、唯一きみと見解が異なるのは、人がだれかに何かを信じ込ませる能力の持続性についてだ。確かに四、五歳、あるいは七歳頃まではまだ自発的に疑問を呈するような状態ではないから、家族が子どもに信じ込ませることのできるものもあるだろう。そんな中で、あまり権威主義的でない両親に育てられるという幸運に恵まれた人は、同時に、疑問を持ったり議論したりする幸運にも恵まれたってことかもね。

つねづね言ってることだけど、現在四十歳から六十歳までのわれわれと同世代の親たちは、子どもの反抗を最初に認めたという長所を持っている。これは『自立の道』（原注4）でも述べたことだけど、われわれの子ども時分には、疑問に思ったことを父親に「どうして？」と尋ねても「わたしがそう言っているからだ」というような答えしか返ってこなかったものだ。当時はそれが充分な理由だったのさ。別にうちの親父が権威主義者だったからではなく、一般的にそうすべきだと考えられていたからだろう。翻って現代、同じようにせがれが「どうして？」と訊いてきたんで、親父を真似て「わたしがそう言っているからだ」と答えてみたら、「パパ、いったい何様のつもり？」と切り返されちゃったよ……。（笑）

いつ、どのようにこのような支配の状況から抜け出し、変わるのか？　ということだが、まずは反抗期に入って自由意志が芽生えた時。次は、他者が信じ込ませようとする力に、従えなくなった時だ。だれ一人として、わたしが与えた権限以外のものをわたしに振りかざすことはできない。それから、わたしが相手に与えた力なら、逆に相手からそれを奪うこともできる。だとすれば、わたしを信じ込ませようとする者からその影響力を奪うことだってできるはずだ。

その結果、信じるのは自分自身となる。何に対して忠実になるか、ならないかを決めるのは自分なんだ。そのような行動をとることのできる能力に対し、幼年期、思春期には疑いを持つこともあるだろうが、成年に達する頃にはきっと、一人ひとりが自分の行動に責任を持つようになるだろう。

わたし自身が認めた人以外、だれ一人としてわたしを信じさせることはできない。そう決めた瞬間こそ、自分の行動を自覚し、他人に責任転嫁するのをやめる時だ。

もし、広告に載っているような車を持っていないからおれはダメだ、と信じ込んだとしたら、それは宣伝の力がそうさせたのではなく、むしろ、自分のほうが宣伝にその力を与えたからだ。

マルコス　今のホルへの話は興味深かったですね。会場が静まり返って、だれもが熱心に聞き入っているのがよく分かりましたよ。

確かに彼の言うとおりではありますが、一般的にはそううまい具合に行っているわけではありません。なぜなら、そのような反抗は大概、誤った反抗心に端を発する行き場のない行動に帰結しがちだからです。

これは家庭においても教育現場においても、批判的思考を教えていない結果ですから、みんなでもっと訴えていくべきでしょう。

批判能力とは相手に敬意を払ったうえで意見に耳を傾け、聞いたことを処理する方法を学ぶ訓練の賜物です。何でもかんでも賛成だから文句を言わないということではなく、適切に評価し、議論できる手段を使って批判をするということです。相手の意見への尊重と、それに対して異議を唱える能力の両方をうまく結びつけていかねばなりません。相手の言うことをまったく尊重しなければ、当然、批判的な考えは発展させられませんし、せっかくの反逆も何の役にも立ちません。このようなタイプの行動をとる人のことを通常「理由なき反抗者」などと呼んでいます。反抗心は思春期にごく自然に芽生えてきますが、それをプラスに向かうよう上手に導く必要があるのです。

ところで、批判的な思考は権威主義的体制や独裁・圧制政治下ではありえないもので、わが国の教育にも長いあいだ存在しませんでした。アルゼンチンでは二つの学習指導法が流行《はや》りましてね。一つは銀行式、つまり、知識は詰め込むがその処理はまったくしないというもの。もう一つは子どもたちに体験的な学習をさせるという目的で教師と生徒を同じレベルに置き、本来必要な知識の伝達を軽視したもの。いわゆる博学も無知も存在しないというゆがんだ平等主義です。

原注4　ホルヘ・ブカイ『*El camino de autodependencia*（自立の道）』（Editorial Sudamericana / Del Nuevo Extremo 2000）
ブカイの用語では〝auto dependencia 自己依存〟であるが、本書では〝自立〟と訳出した（訳者注）。

これら二つの流行は、学校だけでなく親子が友達のようになった家庭においてもマイナスに働きました。親と子の関係は感情的に深いものになったかもしれませんが、親子関係とは友情ではありません。親と子はそれぞれ違った役割を持っているわけで、そこから健全な批判の精神が生まれ、成長していくものなのですから。

批判に対するみずからの態度を省みることは、ホルヘが言っていたような、ある広告のメッセージを信じてしまうのは広告が大きな支配力を持っているからではなく、自身がそうなるよう認めてしまっている、という現実を自覚させてくれます。

アドリアーナ・チュリゲーラ（司会者） 現在、多くの人がそのような信仰に苦しんでいて、思春期を過ぎても簡単には捨てられず、三十代・四十代になっても悩まされている場合もあります。それまで抱き続けたもの、信じてきたものに惑わされ続ける一方で、相変わらずそれらに権力を与えてしまっている。そんな状況をどのように打開することができるのでしょうか？　どうすれば「あなたに権限を与えたのはここまでだ」と言えるようになりますか？　どうしたら自覚することができるのでしょうか？

ホルへ　これは一つの道のりだよ。そこを歩んでゆくためには、わたしが「悪いテーブルの神話」と呼んでいるものを疑ってかかることから始めなければならない。その神話とはこういうものだ。

部屋の中を走り続け、テーブルに頭をぶつけ回って、子どもの額はこぶだらけだ。

それを見た母親は、慌てて駆け寄り、わが子を慰めてこう言った。

「坊やにぶつかるなんて、何て悪いテーブルでしょう。さあ、こっちへおいで。一緒に悪いテーブルを叩いてやりましょう」

子どもは、前をよく見ない自分が愚かだと思わずに、テーブルが悪いと信じてしまう……。

このような場合、どうやってその子はテーブルのせいではないことを悟るようになるだろうか？カール・ロジャース〔7〕が唱えるヒトが人間へと変わっていく過程は極めて困難だ。ヒトは人間として生まれるのではなく、さまざまなプロセスを経て人間になってゆくのだから、これは大いなる挑戦と言える。運良くそんな過程を助長してくれるような両親や教師に恵まれた人たちは、より高い可能性を手にできるだろう。この点に関しては、おそらくわたしの見方はマルコスの意見とは一致しない。教育者が子どもの建設的な批判能力を育成すべきだというのにはわたしも同感だが、それ以上に、自分自身ですべき過程もあると思うからだ。

もうここまで来たら事実上、自己責任だ。いつまでも親や教師を責め続けるのは無理だし、テーブルのせいにもできない。自分の責任を自覚したうえで決断してゆかねばならない。人生の探求者となって自分の知らないものは何かを認識し、それらを探し求めに行かなければならない。

今日この会場に集まってくれた人たちは、自発的にこの一冊の本を作るプロジェクトに参加することを決めたわけだから、あなた方はみんな探求者だ！　何かを探し求めている、だからこそこの場にいるんだ。では、探求者ではない人々を探求者に変えるにはどうすればいいのだろうか？　彼らの関心を引き寄せるために、このわれわれの共同体のような組織を作り出すべきだろう。そのための唯一絶対の答えは存在しない。しかしながら、マルコスとわたしが提起しているのは、参加型の教育。みずからの責任を負い、その責任において行動することだ。

ビビアーナ（34歳、報道関係者）一昨日、手元に届いたばかりのデータをご紹介したいと思います。サラトガ大学がおこなった調査によると、既婚女性の78％が自分を偽って結婚生活を送っており、残りの女性は別居・離婚しているということですが、これについてはどのようなご意見をお持ちですか？

ホルヘ（ビビアーナに）回答する前に、失礼ながら一つお尋ねしたいのだが……きみは別居中かい？

ビビアーナ　ええ、そうです。でも、なぜ？

ホルヘ　きみの言ったことが本当かどうか確かめたかったので……。（笑）

78％の女性が自分を偽り、残りは別居というそのデータは、単なるジョークとしてなら理解できるが、そこに何パーセントの真実が隠されているかは分からないよ。だけど、きみの質問に対する答えとして、ロシアで起こったと言われている逸話をお話ししよう。

あるユダヤ人コミュニティに、やっとのことでソビエト連邦を出国してイスラエルへ渡航する許可が下りた時――実際、彼らはその権利を得るために何年もかけて闘ってきたんだが――ＫＧＢは申請者たちにアンケート調査を実施した。

秘密諜報機関の捜査官が、搭乗前に調査用紙への記入を済ませたユダヤ人男性に質問した。

「ソビエト市民との共同生活はどうだったか？」

「その件について不満を言うことはできません……」

「では、秘密警察とは何かあったか？」

「その件についても不満は言えません……」

「われわれの政府とは？」

「その件も言えません……」

「経済状態については？」

「それも言えません」

「この国の平等や信教の自由の原則に関しては？」

「言えません……」

「ならば、何故この国を出て行くのか？」

「まさにそれは……不平不満が言えるようになるためです！」


（ビビアーナに向かって）離婚した女性たちってのは、偽ることができるようになるために結婚したのかな？（笑・拍手）

マルコス　偽りに関して少し指摘しておきたいと思います。女性が自分を偽っているということですが、もちろん男性だってそうでしょう。ただ、男女のあいだにはちょっとした差異、恩恵とも言える微妙な違いがあり、そのおかげで女性のほうが男性よりも容易に装うことができるという結果になっているのです。たとえばセックスの際、女性が絶頂《オルガスムス》を装うことは可能ですが、男性が勃起《エレクト》のふりをするのはほとんど不可能に近い。だから、男性は偽ることがより下手なのかもしれません。（笑）

さて、話をまじめなほうへ戻しますと、この場合の偽りとは、実際にはけっして相手に向けられたもの

ではないと思うのです。あなたのご質問が、夫婦の貞操と結婚生活の継続との関係について指しているこ
とは承知しております。サラトガ大学の統計によると、女性には偽るか別れるかの二者択一しかない。と
いうことは、今わたしたちがここで取り上げているような忠実さは存在しなくなりますが……。

ビビアーナ　でも、わたしは、偽っている78％の女性たちは不誠実だと思います！　だって自分の主義や信念に不実なままでいるわけでしょう。残りの22％の女性たちはそれに立ち向かう勇気があるんだわ。どうしたら自分を偽って暮らさねばならない78％の女性の数を減らしていかれるのかしら？　もちろん、これは男性についても言えることですが！

マルコス　失礼、あなたは今、手がかりとなりそうな言葉をおっしゃいましたよ。「偽って暮らさなければならない」、それはすなわち、彼女らは自分の身に起こっている事実を素直に認めることへの無力感を覚えている、というわけですね。今の状況について、夫にどう持ち出せばいいのかが分からない。問題にどのように対処し、改善してゆけばいいのか分からない。あるいは、すでに夫婦関係が機能していないのに、別の道を選択する決心がつかない。先入観があるからか、勇気が不足しているのか、家族を失うのが怖いのか……多くの理由があって、その結果、素直に認めることができず、嘘をつくのを余儀なくさせられてしまうのでしょう。

わたしがあえてこう述べるのは「女性の78％が偽っている、由々しいことだ、何て度胸がない……」などと思い込み、誤解しないためです。気をつけていただきたいのですが、彼女らが偽って暮らすのはほかの手段がとれないからなのです。そんな女性たちの中には、いわゆるＤＶ被害者も数多く含まれていることを考慮に入れましょう。彼女らがいつも喜んで嘘を言っているとは限りません。むしろ、絶望感から偽

っている場合も多いのです。

ホルへ たとえそうだったとしてもさ、マルコス、だれ一人として偽らねばならない義務なんかないよ。いずれにせよ、本当のことを言うことによってかかる代償を払いたくない、ってことじゃないのかな。「むごたらしい」真実を告げる方法なんて、いくらだってあるだろうからね……。

先程から話題になっている78％の女性たち、すべては終わったのだ、と面と向かって夫に告げる気になかなかなれない彼女たちのために「フランス式」解決法を提案したい。

大筋はこんな具合だ。

まばゆいほどに明かりをともして、ロマンチックな食卓を演出し、キッチンのテーブルに、フランス産シャンパンの注がれたグラスを二つ用意して夫の帰りを待つ……。

帰宅した男は、愛情を込めて準備された食卓にびっくりした様子だ。

そこで妻は彼を揺り椅子に座るよう促し、だいたい、次のような内容のセリフを語りかけるんだ。

「ねえ、あなた。一度しか言わないから、よく聞いて、文字どおり解釈してちょうだい。キッチンには、シャンパングラスが二人分用意してあるわ……だから……。一人で飲みやがれ！」（爆笑・拍手）

メルセデス・ゴンサレス（51歳、サン・フアン出身） お二人が述べていらっしゃるプロセスは至難の業ですわね。なぜなら、自由の実践や自立した人間であることを認識する勇気を持つ、というような多くの困難な事柄を実行することになるからです。そのような自由、自立心はわたしたちが何かをしたり言ったりするごとに責務を生み出します。ですから、ある状況に直面した時、被害者の役を演じ、他人に責任をなすりつけるほうが楽だと感じるのでしょうね。

ホルへ　どうもありがとう、メルセデス。あなたにはマルコスの作品の一節を借りてお答えするよ。白立した人間になったから勇気を持つのではなく、そこへ至るまでの充分な度胸を持つことが肝要だ。

匿名の女性　わたし、とても不安で……。

ホルへ　名前を明かさずにいきなり発言するのはいただけないな。前に困ったことがあってね……その件についてては知ってるでしょ？

匿名の女性　いいえ。

ホルへ　ロサリオでこのライブ対話ツアーを始めた時、最初に挙手した年配の男性が「フアン」とだけ名乗った。苗字を尋ねても答えてくれない。年齢を訊いても「二ケタ」とだけ。それなのに彼、結婚関係について非常に厄介な質問をしてきたんだ。われわれは何者かを明かさないという彼の決意を尊重したうえで問いに答えた。ところが翌日、地元の新聞にその対話の内容が載って、こんな具合に書かれちゃったんだ。〈最初に質問をしたのは自分の姓を名乗ろうとしない男性であったが、われわれはそれがフアン・リカルド・某であると確信した。彼はどんな仕事をしていて、何歳で、二人の子持ちで、こういうような質問をして……〉ってね。きみ、本当に何某って記載されてもかまわないの？

マルコス　会場には、報道の方々もいらしているようですが……。

身元が割れるのを恐れる女性　わたしは、ここでは自分を人間的な集団の一員と考えています。そういう意味では、名前が何であろうと重要ではないでしょう。

ホルヘ　だれかしら、魔術師が失敗するよう願う人がいるんだよなあ！　……まあ、いいとしよう。ところで、質問は何だい？

身元が割れるのを恐れる女性　信頼と信仰、両者のあいだに相互関係は存在しますか？　合流点があるとすれば、どのようなものでしょうか？

マルコス　信頼と信仰は常に一緒とは限りません。両者のカテゴリーは別のものです。信仰とは自分で決めた、または外から課せられ、習慣づけられた信念であり、信頼は何かこう、時間をかけて構築されていくものだと思いますが、いかがでしょう？　どちらも挫折に終わることがあるのは確かですね。

ある人に多大な信頼を寄せ、のちに裏切られた時、わたしたちはその人が期待を裏切ったと考えがちです。しかしながら、相手を深く知り、見抜く度量が不充分だったという点では、わたしたち自身も自分の期待を裏切っている。つまり、自分や他人を常に被害者や加害者の立場に置く必要はないのです。その辺を考慮して自分自身をコントロールしていかれれば、より真実に近づくことができるでしょう。

マヌエル・キレス（51歳）　婚姻は自分自身と直面し、確実に変化へと導く関係。だとすれば、夫婦間の忠実さとは結婚によってもたらされる変化に対する忠実、と言えるのでは？

ホルヘ　「fiel（忠実な・貞節な）」という言葉は「信じる者」を意味する。では、忠実な妻とは、忠実な夫とは、いったい何を信じているのだろうか？　わたしの見解では、結婚生活において忠実な人間とは、自分が探し求め必要としているものを自分の伴侶の中に見出せると信じている人のことだと思う。さっきマルコスが信頼と信仰と区別してくれたけど、これはその信頼の基盤に支えられた一つの賭けだ。

それならば、不実な人間とはどんな人のことだろうか？　と疑問を持つかもしれない。だれに対して不実だというのか？　妻とは別の女性との関係を持つ男性、夫以外の男性と付き合う女性、いずれにせよ、彼らが婚姻外に愛人を作るのは、自分の求めるものが自分の伴侶の中に見出せると信じていないからだ。良くも悪くも、また適切であろうと間違っていようと、不実な者たちは相手を信じていない。

わたしの提案は、本当の意味で信じているものに支えられた夫婦の基盤を築くことだ。そうすれば、おのずと互いに信頼し合える人間になれるだろう。

では、結婚後の問題は何だろうか？　自分は変わったのに相手は何も変わってないと思う時、不均衡が生じ、調和が乱れる。半分冗談、半分まじめに、メキシコでは、女性は男性が変わってくれると信じて結婚し、男性は女性がけっして変わらないと信じて結婚すると言われている。そのどちらも間違いだ！

（笑）

イルセ・コンソリ（48歳、医師、離婚経験者）　近頃、男性は結婚にあまり関心がないように思われます。友人たちやわたしの経験からも言えることですが……交際するにあたって、結婚は前提にしたくない、責任は負いたくない、厄介事は勘弁してくれ……と相手の女性にあらかじめ告げるなんて、男性たちに何かが起こっているような気がします。そんなの、多くの女性たちが望んでいることではありません。

なぜ、こんなことが起こっているのでしょうか？　お二人はどうお考えですか？

マルコス　女性解放運動は公正なものもあったとはいえ、男性の側に性的な面も含めたある種の動揺をもたらしたことは事実でしょう。このライブ対話ツアーの初回でも述べたことですが、かつては夫婦生活に問題が生じると、責任は常に女性の側にあると見なされたものでした。ところが今日では、男性の性的機能障害の診察をする診療所もあります。これは男女平等という面においては重要な進歩と言えますね。

まだ、男性たちが完全にこの状況に慣れていないのも確かですが。

しかしながら、女性解放運動は感情面において不安定さを見せています。いまだに、男性を自分の庇護者やパトロン、ご主人さま（！）として必要としている女性たちもいるのです。わたしも今までに何人もの女性たちが「わたしのご主人さまになってくれる男性が欲しいわ」と言っているのを耳にしたことがあります。そのセリフによって、劣った立場や従属をみずから容認していると気づきもせずにね。一方、男性は女性解放を前に恐れをなし、愛情を回避しようとしている。総括すると、男女関係は不規則性と驚きに満ちた新たな局面に差し掛かっているというわけです。

ホルヘ　（イルセに向かって）たとえば、ある男がさ、きみに（悪意に満ちた声色で）「よお、ネエちゃん……すげえベッピンだな、おれ好みのタイプだ……なあ、おれと付き合わねえか？　でも束縛するのはごめんだぜ」な～んて言ってきたら、ゾッとするよね。あっちこっちに出没して、こんな具合に交際を始めようとしてくる輩に、きみはうんざりさせられてる。だって、婚約話を持ちかけるや、さっさと逃げてしまうからだ……ところで、奴らがどこへ逃げていくか、きみには分かるだろう？

イルセ　いえ、分かりません。

ホルヘ　奴らの申し出を受け入れてくれる女性のもとへさ。

イルセ　（無言）

ホルヘ　これを男性だけのせいにする？　なぜ、こんなくだらない申し出を女性が受け入れるのか疑問に思わないかい？　この申し出自体が、はっきり言ってクソッタレだよ……どうして女性は遊びで付き合おうと誘ってくるような奴らを認めてしまうんだろう？　これじゃ、だれもプロポーズなんかしやしないさ。たとえば「おい、映画に行こうぜ。でも、約束はしないぞ」なんてほざく奴と友人でいられると思うかい？　そんなの絶対に無理だ。

女性たちがこんな要求を受け入れないためにも、ここで彼女たちのことを考えてみよう。女性が申し出を受け入れるのは、需要と供給の問題があるからだ。この世には男性よりも女性のほうが多いとはいえ、世の中はフリーな女性であふれている。いっぱいいるんだ！　いったい、どうしたって言うんだ？　だれにも分からない。この件に関しては、わたしなりの解釈があるんだけれど、今この場で説明することではないので割愛する。

男どもがそんな要求をするのは、単にそれを受け入れる女性がいるからだと考えてみないかい？　それから母親たちのメッセージも変えていこうよ。娘たちに「恋人の要求には従いなさい。男の気まぐれを受け入れなければ一生独身のままになってしまうわよ」などと教えないようにね。そして、より若い世代の女性たちがそんな男どもに対し、毅然とした態度でNOと言える女性もいるんだってことを知って、確固たる態度で生きていかれるようになるために働きかけていこうよ。なぜなら「遊び」の関係を受け入れてくれる女性を求める男どもは、わたしの相談室でもマルコスのところでも「付き合う価値のない連中」と呼ばれ、当然ながら、彼らに見合う女性で価値ある者もいない。（拍手）

オスカル・ロドリゲス（69歳、社会の通信員で滑稽な年金生活者）　あえて「滑稽な」と自称するのはそれほどまでにわれわれ年金生活者は馬鹿にされてきたからだ……今までアルゼンチン人は祖国に対し、どれほどの忠誠心を持ってきただろう？　国民は皆、みずからを偽っているのではなかろうか？　最も不実なのはわれわれ自身ではないか？
よく、国政が落ち着くためには戦争が必要だなどと言われるが、何て美しい言い訳だ！　違うかい？何千回と民主主義を叫び、ようやく民主主義を手に入れたがね、過去に何度も手にしたのに、そのたびに中断させてきたのはわれわれ自身だ。
アルゼンチンの将来を担う、などとまことしやかにほざく厚顔無恥な政治家連中は、恒常的に国民を騙している。奴らこそ、自分の言葉や国民に対して不実な人間だ。にもかかわらず、われわれはおとなしく従順な子羊のように投票所に足を運び、そんな連中に一票を投じている。われわれは愛する祖国に不実な人間なんじゃないか？　われわれは何を望んでるんだ？　戦争か？　それとも誠実さを伴った平和か？

ホルヘ　いいねえ、気に入ったよ。われわれアルゼンチン人の不実さは「信じない」ことと大いに関係しているね。「これ以上良くなるわけがない」とか「何をやっても同じだろうよ」「可能性なんかないね」などと言っている人たちは、変化という概念に対して忠実な人間にはなれない。なぜなら、自国の人々の可能性を信じていないからだ。

マルコス　もしも唯一・真のパラダイスが失楽園だとするならば、悲しいことですがアルゼンチン人は失楽園でのエキスパートですね。わたしたちはあまりにも不平不満を言うことに慣れ過ぎてしまいました。愚痴るための政治や社会の話題がなければ悪天候の話をする、でも、コメントするのはいつも悪いことについて。不平を通じて自分をインテリに見せる習慣が身についてしまっているのです。
しかし、アルゼンチンにはとてつもない人材と道徳の蓄えがあります。今日ここに集まってくださった人々は、わが国の人的・道徳資源を構成する計り知れない勢力ですよ。また、自発的に奉仕活動に参加する、官でも民でもない、いわゆる「第三の分野」と呼ばれる社会ボランティア団体が、アメリカ合衆国並みの高いパーセンテージを誇り、全国各地で活動を展開しています。数え切れないほど多くのアルゼンチン人が、名声もなく、汚職もなく、情熱を持って、連帯を支持して、食糧の配給や麻薬の乱用防止などさまざまな問題解決の活動に従事しているのです。われらが恥ずべき政府首脳陣が、悪化する経済への「その場しのぎの」対策を繰り返してばかりいる時に。

ビル・クリントンがまだ大統領候補だった頃、「ダメなのは経済だ、馬鹿者!」と乱暴に叫んだことは記憶に新しいと思います。アルゼンチンの場合は、「ダメなのは精神に巣くった数々の堕落と腐敗だ」と言わねばなりません。何しろこの国では、社会も公共機関もまともに機能していませんからね。そのうえ未曾有の経済危機に瀕している。それなのに、良質の専門家を養成し、無償で先進国に輸出しているなんて。あちらでは大学生は新たな利益を生み出す知的財産だと見なされているのですよ。そういった意味では、世界で最も矛盾を抱えている国と言えるでしょう(原注5)。

ホルへとわたしはアルゼンチンに信頼を寄せ、素晴らしい国であると信じ、大きな希望を共有しています。世界中、至るところで、いまだに戦争状態が続いておりますが、アルゼンチンでは戦争は排除され、今では紛争の推測さえも時代遅れの事物になっています。豊富な天然資源に恵まれてはいますが、不当に搾取されています。核の脅威の範囲外にあり、ラテンアメリカ全土で最も高い識字率を誇るアルゼンチン。ここ四年間で、ブエノスアイレス大学だけでも、学生数が38%増加しました。このことは、アルゼンチン人にまだまだ学ぶ意志があり、知識を蓄えたいと考えている表れと言ってよいでしょう。

わたしたちは非常に困難な状況に直面しています。一九九〇年代に劇的な変革が起こった際、それを誤ったかたちで過ごしてしまったのです。ヨーロッパ諸国において同種の変革が起こった際には、失業保険制度が導入されました。ところが、アルゼンチンではそれがなされなかった。その結果、多くの人々が飢えに苦しみ、絶望のどん底に突き落とされました。しかし、それでもまだ、すべてを失ったわけではありません。わたしたちには資源があるのですから。アルゼンチンが二十世紀初頭に享受していたような、ぜいたくな暮らしを取り戻せるとは思っておりませんが、一人ひとりが自分の責任を引き受けるようになれば、わたしたちはより良くなれるだろうと確信しています。（拍手）

フェルナンド・ペレス・ラサラ　ちょっとした振り返りと質問です。

これまで、貞操、変化に忠実であること、しばしば恐れによって自分を偽ったり、口をつぐんだりすることがあるということに触れ、そのほかにも家族を失うということや、自立についても取り上げました。また、独立した人間になるために充分な価値を持つことの重要性も述べられました。

今、わたしたちはこの場に集まっていますが……わたしが心配しているのは、このようなチャンスのない人たちのことなのです。経済的な可能性がないために沈黙を強いられ、恐怖を感じている人たち。必要最低限のものすらなく、自立することの価値を口にすることさえ無謀な行為になってしまうような暴力のはびこった家庭のことが気になります。そこで、この場に来る機会に恵まれたわたしたちが、今日のメッ

原注5　これらの内容は、マルコスの著作『*El atroz encanto de ser argentino*（アルゼンチン人であることの残酷な喜び）』（Planeta 2001）の本文中、「¡No es la economía, estúpido !（ダメなのは経済じゃない、馬鹿者！」の章より引用されている。

セージをそのチャンスがない人たちに伝えるにはどうしていったらよいのでしょうか？

ホルヘ　これは素晴らしい提起だ。ここで取り上げた問題を気にかけ、同時に、この会場に来られなかった人たちのことを考えるという具体的な行為、それこそが出発点だ。われわれ以外の人々のことを考え、心配する。彼らの力になれそうな活動や方法はそれこそ無数にある。たとえば、各種ＮＧＯ団体、地域の援助組織、自治体など。また、自分が学んだことを別の場で語り伝えるということも鍵の一つだろう。詩人、ハムレット・リマ・キンターナ［8］の作品中にも手がかりがあるよ。

「La meta ― 到達点 ―」
頂に辿り着かねばならない
光に達しなければならない
一歩一歩の前進に意義を見出し
一個一個の何気ない出来事を称え
一日一日を謳歌しながら

恐れや失敗をあとに残して、登ってゆかねばならない
上昇するには、這いずり皮膚をすりむかねばならない
そして、頂上へと到着した暁には……
うしろを振り返り

みずからの手を下へと差し伸べよう
あとから来る者たちの助けとなるために

（Hamlet Lima Quintana *La meta*）

みんな一緒に頂上へと辿り着くべきだなどとはけっして考えないこと。全か無かという考えは、われわれの歩みを抑制することになりかねないからだ。溺れた人を助けるのに全員が水に飛び込んでも何にもならないだろう。だれかは陸にいなければならないし、ある者はロープを投げ、別の者はロープをしっかりと握り締め……それぞれが自分の行かれるところまで前進していく。そのために、勇気を奮って挑戦していこう。人間の持つ優しさと団結の本質を心から信頼しながらね。

われわれの中には、苦しんでいる人の力になりたいという抑えがたい必要性が存在している。その隣人を助けたいという人道的で明確な願いは、だれかに指図されたものではなく、もともとわれわれの中にあるものだ。

マルセラ・モレノ（メンドーサ出身）　人生の道の途中では、人は常に自分自身を育んでいるものです。わたしたちの目を開かせてくれる人もいれば、反対に、こちらが相手に悟りを開かせることもあります。ちょうど、すごろく遊びでだれかを助けようと立ち止まると三つコマを進められるように。愛を実践することや人から学ぶことによって自分の旅が促進されると思います。わたしも過去に、ほかの人の力になろうとして自分が立ち止まったことがあります。時間を失ったものの、自分自身について、みずからの限界、人生の目的、必要性、そして他人のそれらについても知ることができました。

ホルへ　きみが今言ったことはとても重要だ。

以前、アメリカ合衆国のある有力者がカルカッタのマザー・テレサに、あなたのために何をしたらよいかと尋ねた時、彼女の返答は次のようなものだったという。

「わたしのためにあなたができることはあります。早朝、それもとても早い時間帯に家を出て、あなたの住んでいる街を車で走り回りなさい。そうすれば、毎晩ビルの入口をねぐらにしている者たちの一人を見つけるでしょう。車から降りてその者の傍らに座り、話しかけなさい。そして、そのまま会話を続けなさい。社会から見放されたその者に、自分はけっして独りぼっちではないと納得させるまで」

われわれが各自、今日この場に来られなかった人たちに、あなたはけっして独りではない、と理解させられたらいいな。たとえ彼らが必要としている食事を持っていってあげても、解決になるかどうかは分からない。問題はそれだけではないだろうからね。おそらくそれに加えて、ちょっとやそっとじゃ理解させられないことを、相手に分かってもらうための努力をしなければならないだろう。食事を差し出すのは三十秒で充分かもしれないが、社会から見捨てられ背を向けられたと感じている人に、あなたは孤独ではない、と納得させるには、間違いなくより多くの時間を費やさねばならない。われわれが皆、そのような時間を持てるようになりたいものだ。（拍手）

マルコス　忠実と信頼に関するこの談話を終了するにあたり、祖国への忠誠という観念を提供してくれたオスカル氏のコメントを思い出し、改めて強調したいと思います。

このライブ対話は、現在、苦難に見舞われているわが祖国に対し、忠実であろうとわたしたち自身を勇気づける、またとない機会でした。そして、今後もけっして希望を失わずに生きてゆこうではありませんか。（拍手）

2　真の家族とは

アドリアーナ・チュリゲーラ（司会者）　人生設計と自分自身との絆が確立されていないと、家庭を築くのは非常に困難ではないかと思われるのですが、家庭があってこそ、自分に出会え、自己実現が可能となる、と主張する向きもあります。自己探求か家庭か、いったい、どちらが先なのでしょうか？

マルコス　あなたが今、わたしたちに投げかけた質問は、進歩の構成要素の一部です。一昔前までは家父長制だったため、家庭内の衝突は解決が楽でした。一家の主である父親がこうと決めたら、みんなその意向に従わざるをえなかったわけですからね。現在は前ほど家庭内の上下関係は強くありません。母親は役割を果たし、子どもたちは自由に意見を述べることができ、以前にはなかったような状況が現れてきています。家族を構成するすべてのメンバーが各人の大切さや価値、発言権を持つことを自覚しなければならないという新たな局面に居合わせているのです。父親、母親という役割はもちろん、それ以外にも制限を設けることなど、重要な役目を果たさなければなりません。子どもたちは制限されるのを好みませんが、周知のとおり、ある程度の規制があったほうがより良く成長していくようです。

モニ・バジェステーロ（音声学者、サン・ニコラス出身）　家族について、ちょうどお尋ねしたいと思っていたところでした。

子どもの恋人たちと上手に暮らしていくにはどうしたらよいのでしょうか？　わたしには思春期の子が三人いて、二人は男の子、一人は女の子です。息子たちが恋人と付き合うようになってからというもの、彼女たちをまるで家族の一員のように加えてしまい、その結果、たとえば家庭で何かを決めようという際、親としては家族のプライバシーが完全に侵害されてしまったような気持ちになります。また、何かの問題について話し合いたいような場合にも、彼女らがいることでそのための時間がなかなか取れなかったり、機会が失われたりすることもあります。特に、わたしのほうが何だか振り回されているように感じます。夫と息子らのあいだで板挟みになって、へとへとに疲れて。エネルギーの消耗たるや、ひどいものです。

夏のバケーションも頭痛の種で、息子たちときたら、ガールフレンドの家族や友人たちを誘う代わりに、わたしたちを誘うのです。わたしはだれの責任も負いたくないし、それほど長い休暇が取れるわけでもないので家でのんびりしていたいのに。でも、その一方で旅行を拒否すると、何だか自分が「冷酷な人間」になってしまう気がして。お二人のご意見をうかがいたいのですが。

ホルヘ　思春期の子を持つ父親・母親になると、必ずと言っていいほど厄介な可愛い「侵入者」の問題が持ち上がってくる。

われわれの多くは家庭というものをほとんど意識せず、いわば自動操縦で構築してきた。慣習に従って……というように、深く考えることもなく結婚してね。

現在は家庭についてますます意識されるようになってきている。若者世代が晩婚化しているのだって、成熟していないうちからそんな重要な決断を下すことなどできない、と気づいているからさ。家庭を築く大変さに立ち向かうには困難な時代であるには違いないが、その一方で、家庭が存続してきたのも確かだ。

そうなると、家庭がうまく機能するため、新たなかたちを見つける必要があるだろう。

わたしだったらとりあえず、自分がこれまで子どもたちに教えてきたことを信頼し、状況を見守るね。

アリシア　わたくしはあの輝かしい一九六〇年代に二十歳でしたの。年齢についてそれ以上は申しませんわ。二つの学位を持ち、国内での職務経験は三十五年、海外に住んだこともございまして、現在は無職。一九八四年にエチェベリアやホセ・インヘニィエロス、アニバル・ポンセとともに文学賞を受賞した、アルゼンチン共和国でも名高い作家の未亡人です。別に今や化石と成り果てた彼らの名をよみがえらせようというわけではございませんのよ。

五月革命の未遂や共和国における偉業から始まったダイナミズムの意義を、そう、あれは一九三〇年のことですわ。詳しく説明いたしますとね、人々は戒厳令下での生活を強いられていて。戒厳令とは法による保障を逸脱するということで、自由に考えたり意見を表明したりする権利も制限されたんですの。支配階級に耳障りな思想は受け入れられませんでね。ま、彼らはいまだに時代遅れの石頭ですけど。

上辺だけ民主化しても、結局は一枚のコインの表裏同然だという事実をわたくしたちは認識しなければなりませんわ。それとも、このまま騙され続けていらっしゃりたいかしら?

このことを論題と結びつけるために、個々の時間が存在する、ということを述べさせていただきますわ。だれしも、自分が生きているあいだに世界が変わる様子を見たいものでしょう。つまり、この世には歴史的な時間があり、地球的な時間があり、宇宙的な時間があり、近年では量子物理学の分野において……。

ホルヘ　すまないが、言いたいことを要約してくれないかい。

アリシア　あら、ごめんあそばせ。でも、わたくしは質問したいのではなく、意見を述べたいのですわ。

ホルヘ　お気持ちはよく分かる。だけど、この場はみんなで共有したいんだ。

アリシア　承知いたしました。要約しますと……確かに、世の中は変わってきておりますが、まだ家父長制の構図が幅を利かせているということですわ。それに、権利は与えられるものではなく、みずから勝ち取るもの。ですから、わたくしたちは今、変革をおこなっていて、それが困った状況に陥る男性たちを生み出しているというわけですの。

わたくしたちは、ユングの言う《結婚は男女の内面で育まれるべきだ》ということに適応していかなければなりませんわ。女性が服従しながらも豊かな感受性を持つ一方で、男性は愛情を持つことができずに好戦的な性格を保つ、そんな両者の隔たりがある限りは、うまくいかないのは自明のことで……。

ホルヘ　はい、どうも。

アリシア　ちょっと待ってくださいな！　もう一つだけ言わせていただきますわ。結婚の新しい範例は、男性が恥じることなく愛し、泣くことができるようになり、女性も二重の役がこなせるようになった時に、初めて可能になると思いますの。

マルコス　わたしたちアルゼンチン人がスペイン、イタリア、アラブ、ユダヤなどの文化から受け継いできた、家族が最も重要だという伝統は評価に値するものです。しかし、ここで注意を要するのは、宣伝と教養の違い、そして家族の真の意味を理解しなければならないということです。家族とは単に同じ家に住むことではありません。もし、そうだとしたら、本当の地獄になりかねませんからね。子どもと一切会話しない親、妻に暴力を振るう夫、互いを尊重しない家族……。家庭とは、愛情が築かれ、庇護・安堵・休息・平和・励まし・躾・価値観などの存在する核であると同時に、家族という絵を縁取る額でもあるのです。

先程ホルへの発言にもありましたように、今日、若者たちの結婚年齢はより遅くなり、さらには子どもを作る前にうまくいくかどうか様子を見るために――かつては罪だと見なされた――結婚前の同棲までするようになりました。母性・父性は責任あるものでなければなりません。悲惨な人生を送らせるために、この世に子どもを生み出すわけにはいかないからです。わが国では多くの変化が起こりました。少し前までは、子どもたちは割と早い時期に家を出、独立したうえで好き勝手にしていたものですが、今は逆で、いつまで経っても家を出て行こうとせず、親たちはわが子をどう自立させたらよいか分からない状態です。このような現実は、当世のご都合主義の表れでしょう。

ホルヘ それから、結婚のお試し期間である同棲時代を極端に延ばしてもいけないよ。四十年間恋人と一緒に暮らしている男の友達がいるが……先週、パートナーとこんな話をしたそうだ。「ねえ、あんたは六十歳、あたしは五十六歳。そろそろ結婚する潮時だと思わない?」「ああ。でもさ……今さら、だれがおれたちの結婚なんて望むかい!」(笑)

ロサ・エバ・ソーサ(48歳) アギニス博士、互いが健全に愛し合えるような家庭を作るにはどうすればいいのでしょうか?

マルコス まず大人たちは、子どもが自分たちの言動を注意深く見聞きしてそれを真似るということを自覚すべきでしょう。両親がある種の価値観にのっとって道徳的に振る舞わなければ、子どもたちだって正しい行動はとらないでしょうし、あとでいくら叱っても、何にもなりません。

リリアーナ(コルドバのビジャドローレス出身、メンドーサの家庭で養女として育つ) はい! わたしは二十七年間結婚生活を送り、離婚して……。

ホルヘ　（皮肉を込めて）自分を偽らないためにね……サラトガ大学の統計によると。

リリアーナ　そのとおり。たぶん、以前は自分を偽って暮らしていたと思うので……セラピーをはじめ大変な努力で離婚を決意し、二杯のシャンパンではなく、除虫菊をあいつに食らわしてやったわ。

ホルヘ　「除虫菊を食らわす」[9]か。いいねえ。

マルコス　基礎コルドバ語を学ばなくてはなりませんね……。

リリアーナ　代償はすごく高いのよ。子どもたちを養うには充分な度胸が要るんだから。男たちはいい気なもんで、無責任に去っていき、あとに父なし子を残していく……わたしは、断固としてアギニスの意見に同意しないってことを表明したい。それと、子どもたちには必要な規律を与え続ける母親はわたしだってことを理解する権利があると言いたい。彼らが、父親のしたことを繰り返さないために、そして世の中には性別によらず、信条を持ち、他者を信頼し、危険をもいとわない人々もいるってことを知るためにね。

マルコス　同意しないですって？　周知のとおり、この企画は各自が好きなように聴いてくださればいいのであって……。

ホルヘ　子どもたち、いくつなの？

リリアーナ　二十五、二十三、十八歳……。

ホルヘ　かわいそうに！　いい加減、規制を課すのをやめたらどうだい。いいか、きみが課しているのは八歳児までの規律だよ。もう、やめなさい！　それ以上、与えなくていい。うちのおふくろもいまだにわたしが車を運転するって聞くと「気をつけて、ゆっくり運転するんだよ」なんて電話してくるんだけど、それとこれとは別だ。だって、それは断じてわたしを制約するようなものではないと言いきれるからね。きみが子どもたちに、十二歳や十四歳だった頃までに教えられなかったことはすべて、彼らの恋人たちの手に任せて……忘れなさい。規律制定者、教育者、主人、手本としての母親の役割は終わったんだ。ねえ、ほかにやるべきことを見つけなよ。子どもたちに「必要な規則」を課すんじゃなくてさ。その仕事は、もう終わったんだ。（拍手）

ダニエル（39歳）現在、妻とは別居中で七歳と四歳の女の子がいます。わたしはアギニス氏がおっしゃった、子どもはわれわれ大人のしていることをいずれ真似するようになるだろうということについて、ずっと考えていました。わたしがあることをしようとすると、彼らの母親は別のことをし……。

ホルへ（皮肉っぽく）何て奴だ！　きみが望んでいることをあえてしない勇気があるなんてさ！（笑）そりゃ、間違いなく悪者だ。（大爆笑）

ダニエル　まじめな話なんですよ。娘たちが母親に甘えているってことは理解しています。分からないのは彼女たちがいつ寝返るかということで……これが目下最大の疑問です。二人とも幼くて、先程のコルドバの女性（リリアーナのこと）のお子さんたちほど大きくありませんからね。わたしは娘たちに対して抑圧的な人間にはなりたくありません。でも、彼女たちを導く必要があると感じていて……。

ホルへ　あのさ、ダニエル。この件について、わたしは厳しい姿勢を崩さないよ。ほかの件についてはかなり甘くしているけど、これは別だ。これからわたしの考えを率直に話すけど、その発言で気を悪くしたらごめんと、きみやみんなに前もってお詫びしておくよ。

わたしはセラピストという職業柄、両親の別居・離婚がその時点で何歳であっても子どもの内面に苦痛を引き起こすという事実を知っている。痛みが大きい子もいればそれほどでもない子もいるが、痛みによってもたらされる傷の度合いは別居後の夫婦の関係に左右される。子どもたちが両者の争いや拒絶の戦利品となった場合には、傷はより大きくなるだろう……だから、時にはセラピストがお手上げのこともある。相談室では皆、こんな風に訊いてくるんだ。（皮肉いっぱいに、はっきりと）「先生、子どもたちにとってどちらがいいでしょう？　離婚はしてもそれぞれ幸せな生活を送っている両親の姿を見るのと、結婚生活を続けてはいるけれど毎日いがみ合い、日増しに喧嘩が激しくなっていく親の姿を目にして暮らすのと」

わたしの返事はこうだ。「子どもにとって一番いいのは、両親が互いに深く愛し合っていて、子どものことも深く愛していることに決まっているじゃないか。離婚という事態にならないに越したことはない」したがって、「どちらが良いか」ではなく、「どちらがより良くないか」ってことから考え始めようよ。これは家族というものが持つ価値だ。子どもにとって、両親が仲睦まじく、さらに自分のことをも愛してくれること以上に建設的なものはない。これに匹敵するものはないんだ。その基本が根底にあって初めて、それ以外の、人生から与えられる個々の課題と折り合いをつけていかれるんだから。

両親の離婚は子どもにとっての不幸であり、その成育に何らかの支障をきたす厄介な問題だ。だからと言って（大げさに）恐ろしぃぃぃぃく許しがたぁぁぁい不幸だあ！　というわけではない。特に最近では、離婚によって破滅する者なんかいないよ。だが、難問であることに変わりない。

だから、きみに言いたい。何より重要なのは、きみと子どもたちの母親との関係。両親の別居によって生じるであろう傷から、子どもたちを守るのは、きみと彼女との関係だ。

（腹を立てたようなリアクションを真似て）「ああ、そりゃそうさ！　だけど、彼女ときたらひどくって、とてもじゃないが我慢ならないよ！」……。

（重々しく）そうかもしれない。だけど、ともあれこの点から取り組むことが大切だとわたしには思える。どうやって子どもたちを擁護していくか。おそらく、きみは子どもたちに最良のものを与えていくだろうし、それで充分だ。もし充分でなければ、まあ心配するな。うちのせがれが精神科医になる予定だから……あとで電話番号を教えるよ。（笑・拍手）

マルコス　この事例はわたしたちに厳しい現実を突きつけます。両親が互いに深く愛し合っていて、どちらも子どもを愛し、子どもたちも自分が愛されていると感じているといった理想の家庭は存在します。ですが、そんな状況とて家族とは無関係の要因で崩れることもあります。その一例が両親のいずれかが亡くなった場合です。その後、家族はどうなるか？　遺された側は別の女性、あるいは男性と再婚すべきか？　またその場合、子どもにどのような影響を及ぼすことになるか？　状況としては離婚と似ていますが、最近ではかなり受け入れられてきているとはいえ、子どもにとってはなかなか耐えがたいことなのです。

しかしながら、親権や財産権をめぐる争いが始まると、その光景にショックを受け、苦しんでいるわが子がいるということを忘れて、醜く振る舞う父親・母親の姿をよく見かけます。その瞬間に起こっていることが子どもに深い傷跡を残す可能性があるのに。かと言って、愛し合うことも一緒に暮らすこともできない両親が、偽りの家庭を保ちながら傷つけ合っている場合も、子どもにとって非常に良くありません。

かつては子どもたちのために「我慢」すべきだとか、二人のあいだにはもう存在していない愛情をあたかもあるように装うべきだ、などと言われていました。しかし、いくらそんなことをしても、両親のあいだに愛が失われた時には、子どもはそのことに気づくものだとわたしは確信しています。

クラウディア・ドミンゲス（32歳）　離婚した親を持つ子どもは傷つく、という考えに同感です。わたしの経験から言うと、うちの両親はけっして離婚しませんでしたが、家族という枠の中で不自然な演技をしながら暮らすくらいなら、それぞれの幸せを探し求めてほしかったです。そんな家庭の状態にわたしは神経をすり減らし、不安な気持ちにさせられ、ずいぶんと悪影響を受けました。どのようなことかと言うと、強い恐怖心、不安、罪悪感、自分に対する怒り、自己信頼の低さ、決断に際する自信の欠如などです。この証言が別のケースの理解や問題の予防に少しでもお役に立てばと願っています。

マルコス　家族の問題は単純なことではありません。よく、何でも単純化して諭そうとする狂信的な人たちがいますが、彼らは現実離れしています。理想の追求が問題を複雑にしているのですが、理想的なものとは、いつも実現可能であるとは限りません。では、何よりも大切なことは？　それは両親が一緒であろうと別居していようと、子どもたちが自分は愛され、大切にされていると確信していることでしょう。

マリア・マルタ　セラピーや読書、講演などから、この何年間で愛とは「条件つき」のもので、ホルへが言うように、子から親へ、ではなく、親から子に対しての愛だけが「無条件」の愛だってことがだんだん分かってきた気がするの。愛をカテゴリー化するのは好きではないけど、自分が子を持つようになって（一番上の娘は五歳）「条件つき」と「無条件」の愛の違いを、さらに強く実感するようになったわ。

そこで質問です。子どもを制約しないように、「型」にはめないようにするには、どうすればいいの？

わたしたち親にとって、望みどおりに子どもが行動しないとか、子どもは親とは違った人格を持っていることとか、子どものありのままの姿を愛すべきだってことを受け入れるのは、難しいのかしら？　それは分かっているし、合わせるってことも理解しているけれど、まだ、ちょっとはっきりとしていない部分もあるので、できれば二人の意見も聞きたくて。

ホルヘ　マリア、きみの問いに簡潔に答えるとしよう。子どものありのままを認め、受け入れることは、常に愛が克服すべき大きな深みだ。

マベル　わたしは別居中で、十七歳の息子と十四歳の娘の母親です。教育は結婚の挫折に何らかの影響を及ぼすのでしょうか？　お互いが違いを認め合い、相手にないものを無理に要求するのをやめれば、離婚率が減少することもありうるのでしょうか？

マルコス　夫婦を構成するには、二つの歯車、二つの違った世界を噛み合わせ、それぞれの歩んできた人生、異なる個性を共存させねばなりません。相違があるのは確かです。まったく同じ人間は二人と存在しませんからね。それに、二つの世界を共存させるだけでなく、互いに感嘆し、発見し、高め合ってゆくことも必要になります。

フェデリーコ（31歳）　わたしの質問はとても個人的なことです。このテーマに宗教的な意味を含めたいのです。とは言っても、自分なりに、ですが。今日に至るまで、わたしは神を受け入れぬまま、つまり、神の存在も、神に対する信仰にも確信が持てないでいます。わたし、あるいはほかの例でもいいのですが、神を信じない者はどうなるのでしょうか？　もし、信じていたとしたら、現在の年齢ではどうなっていたでしょうか？　けっして自分の両親を責めているわけではありません。でも、どうすればそういう価値観を得ることができるのでしょうか？　どのようなタイプの信念を通して？　また、いまだに自分と神との関係を解決していないとすると、どんな価値観で自分の信念を養っていったらよいのでしょうか？

マルコス　今、取り上げているテーマからは逸れてしまいますが……わたし自身は不可知論者です。そのことはこれまでにも何度となく明言してきましたし、ラグーナ司教との対談（原注6）でも話題にしました。司教はわたしが不可知論者であることをお気に召さないらしく、その後、著作を贈ってくださった際、献辞にこう書かれてあったのです。〈会うたびにますます良き友人となり、不可知論者ではなくなってゆくマルコス・アギニス氏へ〉。わたしは彼に「それはあなたの願望でしょう」と申し上げましたよ。

信仰を持つ幸運に恵まれた人々は、たぶん、何も信じていない人たちよりも自分たちは優れていると感じているかもしれません。でも、信仰とは教令でなされるものではなく、個々人の必要性や感情のほとばしりの一部として形成されるものです。人は、神の恩恵を受けている者と、それ以外の者を信仰によって区別します。恩恵を受けている者は神を信じない者のことを、悪人で、モラルに欠け、永久に不幸な状態で生きると見なしています。しかし、そんなことはありません。多くの不可知論者、そして無神論者も、とても礼儀正しいですし、幸せに暮らしています。

そこでわたしたちは大きな疑問にぶつかります。二十世紀初めには消滅するのではないかと言われていた宗教が、今日では再興隆し、より完璧になってきました。何百万という人々が宗教を必要としています。

原注6　マルコス・アギニス／フスト・ラグーナ司教『*Diálogos sobre la Argentina y el fin del milenio*（アルゼンチンと世紀末に関する対話）』（Sudamericana 1996）

おそらく、特に社会の調和や倫理面で重要な役割を果たしているからでしょう。しかし、神を信じない人たちも存在しているのですから、信仰がないからと失望することはありません。

ゴンサロ・カサレス（自称〝人間〟）自分の体験をみんなと分かち合いたいと思います。ぼくは離婚経験者ですが、前の妻とはとても良い関係を保っています。今、横にいる恋人は、前妻の友人で……ぼくが娘たちを愛するように、彼女も娘たちを愛してくれています。つまり、そういうこともできるんだ、と言いたいんです。

ホルへ きみは今、非常に重要なことを言ってくれた……もうそれ以上、何も話さんほうがいい……（笑）な～んてね。本当のことを言おう。きみのとった方法は…… いかなる説明もかすませてしまうよ。別れた妻と心のこもった関係を保ち、なおかつその状況を理解し、同じように娘たちを愛し、実の母親と愛情をめぐって争ったりもしない、それができる新しいパートナーと巡り会えたのは、きみの功績であり、もちろん、彼女の功績でもある。きみの発言に感謝するよ。

マリア・アンヘラ・パスカレ（興奮した面持ちで、にこにこしながら）大満足な出来事について話します。幸運なことに娘の協力もあって、おかげさまで別れた夫と恋人として付き合うようになったの……家族みんなが幸せです！ 今は安心してスーパーマーケットへ買い物にも行かれるし……それというのも、彼がわたしを信頼して……お金を渡してくれるんですもの！ こんなこと、以前にはなかったわ！（笑）

ホルへ おいおい、どうなっているんだ？ 突然、素晴らしいカップルのオンパレードじゃないか！何かの宣伝広告でも撮影しているんじゃないの？（大爆笑）

話をまじめなほうへ戻すけど、こういうのがさっきマルコスが言っていた「新しい家族の状態」なのかもしれないな。統計はジョークなんかじゃない。アルゼンチンでは、子どもの半分以上が両親ともに揃った家庭で暮らしていないのが現実だ。それが大多数だという事実をわれわれは目の前にしているんだよ。まずは父親として、母親として、調和のとれた新しい関係を再構築する決心が必要だってことを理解するところから始めよう。それが子どもたちの状況理解や解決への助けとなるだろう。そんなわけで、マリア・アンヘラの証言は冗談を超えた、大変意義深いものだった。

フェデリーコ（22歳）　談話のあいだに、批判的な意味で境界線が引かれてしまったような気がするな。隣人を助けようって話をアルゼンチンのことに限定してしまって。本当に助けを必要としている人たちの力になろうって時に、国境はどれほどの意味を持つんだろう。

ホルヘ　なあ、ルワンダ難民の子どもたちのこともコソボの子どもたちのことも、苦しんでいるだれもが等しく痛みを患っているってことも分かっている。今からする回答によってきみが攻撃されたと感じるといけないので、前もって謝っておくよ。けれども、わたしはこの場では、できる限り正直に心を開いた状態でいようと努めているんだ。

わたしにとっては……同じものではないんだよ。

どちらも同じ人間だ。どちらも苦しんでいる。苦しむ姿を見て、わたしの心は痛む……だが、本音を言うとね、わたしはまず、自分の身近にいる人、わたしを大切に思ってくれる人たちを助けたい。自分の兄弟、近所の人、同郷人の力になりたい。その後、彼らがほかの人を支援できるようになるためにも。

こんな風に考えるのはクソッタレだろうか？

ああ、確かにわたしはクソッタレ野郎だ。別の者よりも先に、ある者を助けようとするわけだからね。

しかも、自分がより好きな人たちを選ぶんだから。

隣人といっても、たとえ家から等距離であったとしても、向かいに住んでいる人も角に住んでいる人も、どちらも同じくらい大切に思っているわけではない。なぜなら向かいの人とは付き合いがあるが、角の人とはまったくないからだ。どちらも同じ人間だし、両方ともわたしに助けてもらう権利があるのも確かだけれど、わたしはまず、向かいの人の力になろうとするだろう。

わたしは自分の持つ優先順位を理解している。その優先順位とは、わたしの愛情に基づき、その愛情はわたしの約束に基づき、その約束はわたしがより多くの物事を分かち合っている人たちとのものだ。

以上のことを考えると、わたし個人は、きみの持つような人間愛の理念を持ち合わせていない。だから、そのような理念を持っているなんてすごいと思うよ。誤解しないでほしいのだが、わたしは何もその考えを捨てろとか、変えろと言っているのではない。きみの指摘した境界線が存在するのは確かだ。だけど、それはわたし自身が設けたからあるわけだ。もちろん、わたしがそう思っているだけだが。

きみが掲げるヒューマニズムを高く評価するよ。ぜひこれからも持ち続けていってほしい。

それと……自分の利己主義に対する言い訳っぽくなるけど、こういう見解を表すのはわたしも年をとってきていて、みんなの力になれる時間があまり残されてないからかもしれないな……たぶん……（拍手）

ベロニカ・ソタノ（32歳） 子どもが小さければ小さいほど、両親の離婚に対する耐性は低いものですか？ できるだけ子どもにとって一番良い時期に離婚したいのですが。

マルコス あなたの質問に対し、一つの問いで返答したいと思います。父親または母親との死別により耐えられる子どもの年齢というものがあるでしょうか？ 離婚は子どもにとっての心の傷で、それによるダメージはその傷をどう扱っていくかにかかっているのです。たとえ子どもが小さくても、両親の離婚が発展的なもの、つまり子どもをしっかりと庇護し、付帯するそのほかの苦しみを回避するならば、傷はうまい具合に扱っていかれるでしょうが、反対に、たとえ子どもがそれほど小さくなくても、それらの事柄を両親が考慮しなければ、そううまくはいきません。子どもによく起こりがちなのが、自分のせいで両親が離婚したのではないかという妄想です。それがさらに両親に対する複雑な愛憎感情、エディプス・コンプレックスなどを生じさせることもあります。いずれにしても、子どもの不合理な罪悪感を取り除く唯一の方法は、自分が愛されているということを子どもに実感させることです。子どもが小さければ小さいほど、さまざまな面でもろいことは知られています。でも、もろさの度合いは数値で判断できるものではなく、心の痛手が八歳よりも五歳の子どものほうが大きいと断言するのは不可能です。

アウロラ（43歳） 想念が現実を形作る。もしそれが本当だとしたら、自分が望む家族、頭の中に描いた理想の家庭を持つのも可能となり、その結果、結婚生活もうまくいくことになるのかもしれません。思う・信じる・行動する、この三つがうまく連携していくには、どうすればいいのでしょうか？

ホルへ あなたの問いは手がかりになるもので、自分にあるものを調和させられるようになったり、自分の進む方向へ共に歩んでゆけるパートナーと出会ったり、といった幸福の概念と大いに関係してくる。夫婦とはひとりでに生じるものではなく二人で築き上げてゆくものだ。どのような場合にも、その中に生まれてくるのは愛であり関心である。夫婦を構築するのは本当に骨の折れることで、多大なエネルギーを要するし、それこそ一生続く作業だ。したがって、あなたにこれだと答えられる一つのかたちはない。ある種の決まったかたちの家庭や夫婦、結婚のあり方があるわけではないからね。各家庭、各夫婦が、それぞれの構成に見合った独自のスタイル・形式を作り出すべきだろう。もちろん二人が共に望んだ夫婦のかたちに適合すべきことをきちんと理解したうえでの話だ。そして、もし子どもがいるのなら、まず子どもを優先し、庇護すべきだろう。なぜならば、子ども自身は両親から自分の身を守ることはできないからだ。逆説的な感じがするが、これはわたし自身からだれかを守る、という唯一のケースかもしれない。

フェルナンド・アミン（〝常に、ではないが、時々幸せな夫〟） 多様性を認め、尊重すべきだ。それぞれが異なったやり方で幸せを見出すんだから。ある人は幸せを家庭の中や配偶者への貞操に見出し、それで幸せなんだろうけど……自分は忠実だと感じながらね！ でも、別の人はそれを幸せだとは思わない。不実だと感じることで幸せな者だって世の中にはいるんだ。だから、違ったかたちで幸せだと思っている人たちのことも尊重しなければならないよ。

ホルへ ぶしつけな質問をしてしまうが、きみの奥さんはこの会場に来ているの？

フェルナンド・アミン （手で示しながら）ああ、ここに。

ホルへ （奥さんに向かって）あなたが？ ……そう、お気の毒に……。（笑）

フェルナンド ここは個人の価値を裁く場じゃないと理解してるけどな……。

ホルへ ねえ、落ち着いてよ！ みんな、そんなことは分かっているし、きみの発言に対してはノーコメントとするよ……少なくとも、この本が出版されるまではね。（拍手）

冗談はさておき、わたしはきみの言うことに全面的に賛成だ。それぞれの夫婦が独自のテントを立てて、独自のサーカスを演じるべきだからね。

ヴァレリア（18歳） 離婚した両親を持つ子どもの家庭はどのように構成されるのでしょうか？ 母親

と新しい夫によって？　父親と新しい妻によって？　それ以外の子どもと同居している人によって……？

子どもがどっちつかずの位置にいる場合、その子どもに関する家族の役割とは何なのでしょうか？

ホルへ　これはよく、「家族」の価値という概念を見失った時に陥りがちのものだ。

われわれの相談室には、離婚して子どもと暮らす女性たちが毎日のようにやってくるが、彼女たちに「家族構成は？」と尋ねると、ためらうことなく「子どもたちとわたし……」と答える。だが、別居中で一人暮らしをしている男性たちにも同じように「家族構成は？」と訊くと、「ええと……、その……」と口ごもってしまう。中には、「前妻とわたしの息子たち」と答える人もいるし、「わたしの母、父、叔父と愛犬」なんて言う人もいるが、そのほかの人たちはどう答えていいのか分からないんだ。

一人の人間の家族は、その人の心の中を占めている人々によって構成される。きみの質問の場合だと、子どもの家族はその子が自分の家族だと感じている者たちによって、家族間の争いの中で確立された愛情の絆によって、構成されるものだ。わたしがつねづね言っていることだが、家族とは子どもの一人ひとりが自分の人生へ向けて飛躍するために通らなければならない踏み切り板以外の何ものでもない。後戻りはない。そして、その踏み切り板において支柱のような働きをした人々はすべてその子の家族だろう。

家族が著しく混じり合ったケースでは、このような人々の特定は困難になってくる。時には、母親の再婚相手に前妻との子どもがいたり、あるいは父親の再婚相手に前夫との子どもがいたり……何てややこしいんだろうね？　この問題はとても複雑だってことはわたしも理解している。今日では心理学において、このような「複合家族」を扱う専門分野も出てきているくらいだからね。その答えは各自が見つけ出さなければならないものだと思う。自分の家族とするために、だれに席を与えることができるか、だれにならなければならない心を開くことができるか見極めてね。それから、家族を選ぶ権利が自分にあると感じること。そのうえで、自分の家族がだれであるかを決定し、家族内での自分の役目を、愛情を持って果たすこと。それ以外の人たちはその家族を取り巻いて生活、機能している衛星のようなものだ。だけど、自分の両親や兄弟以外の者を家族愛にのっとって愛する・愛さないと定めることはできないし、まして「父」とか「母」と呼ぶのは無理だし、自分の兄弟になる人を選べるわけではないし……そんなことはできない。家族というのは、もっと生活体験に基づいたものでなければならないだろう。

マルコス　ホルヘの言うことには感心させられます。そこから行き着くところは、最初のほうで触れた、家族において何より基本的で重要なのは愛情面でのつながりだということです。命令によって編成された団体はなかなかうまく機能しないものです。多くの人が同じ家に住み、頻繁に顔を合わすことは可能でも、その中に愛情は存在しません。そこには真の家族の姿はないのです。

ホルヘ　マルコスも言うとおり、真の家族は愛情の絆によって決定される。ここでヴァレリア、きみにこの物語をプレゼントしよう。（原注7）

ニカシオ老人は、初めて胸に激痛が走った際、慌ててみずからの遺言を書き取らせるべく、公証人を呼びにいかせたという。

彼は自分の父親の死後に兄弟間で起こった醜い争いの後味の悪さを覚えていて、同じことを二人の息子、フェルミンとサンティアゴのあいだでは絶対に起こすまい、と固く誓っていたんだ。遺言状には彼の死後、測量技師を呼んで所有地をミリ単位で測量させるよう記されていた。登記が完了したならば、農地を寸分違わず二分し、一方を、すでにそこに小さな家を建てて妻と二人の子どもと暮らしている兄のフェルミンに、もう一方を、一人暮らしだが農地の西側中央にある古い家に時々寝泊まりしている弟のサンティアゴに譲り渡すとしていた。

家族は代々この土地を耕して生きてきたのだ。これで息子たちは食うに困らないだろう、とニカシオは信じて疑わなかった。

遺言状に署名し、息子たちに自分の決断を告げてから数週間も経たず、ある晩、ニカシオは亡くなった。彼の遺言どおりに測量技師がやってきて、土地をきっかり半分に分け、境界線の両側に二本の杭を打ち込むと、そのあいだにロープを渡した。

それから一週間後、故人の長男であるフェルミンは教会へやってきて、司祭と話をしたいと願い出た。年老いた賢者で温厚な人物として知られている司祭は、幼児洗礼の頃から彼を知っていた。

「神父さま、わたしは苦悩と後悔に満ちた気持ちで参りました。ある過ちを正そうとして、別の過ちを犯してしまったようなのです」

いったい、どういうことか、と司祭は尋ねた。

「今からお話しいたします。父は亡くなる前、自分の土地を二等分しました。でも、本当のところ、わたしにはそれが不公平に思えてなりませんでした。わたしには妻と二人の子どもがいますが、弟は独身で

原注7　この物語はホルヘ・ブカイの『*El camino del encuentro*（出会いの道）』（Sudamericana / Del Nuevo Extremo 2000）に掲載されたものである。

丘の家に住んでいます。遺言の内容を知った時、だれともその件で議論したくはなかったのですが、父が死んだ晩、わたしは表へ出て境界線の杭を本来あるべき位置に動かしました……そしてここからが問題なのです。翌朝、杭とロープが元の位置に戻っているではありませんか。あれは想像上の出来事だったのかと疑い、その夜、再び同じことを試みたのですが、翌朝になるとやはりロープの位置は元通りになっているのです。それからというもの、毎晩のように杭を動かしましたが何度やっても同じ結果です。わたしは、父が自分の決定に背いたわたしに怒りを覚え、そのせいで彼の魂がいまだに天国へ行かれないのではないかと思うのです。神父さま、こういうことは起こりうるのでしょうか？」

老司祭は眼鏡越しにフェルミンを見、そして言った。

「弟はこのことを知っているのか？」

「いえ、まだです」

「では、彼のもとへ行って、わたしが話をしたがっているからここへ来るよう伝えなさい」

「でも、神父さま、父は……」

「その件は、またあとで話そう。今はとにかく、弟を連れてきなさい」

司祭は、サンティアゴが彼の小さな書斎へとやってきて、自分の前に座るなり、即、話を切り出した。

「正直に言いなさい……おまえは土地を等分するというお父上の決定に同意できなかったのだろう？」

サンティアゴは、なぜ、司祭が自分の思いを言い当てたのか理解できなかった。

「そして、納得できなかったにもかかわらず、何も反論しなかった、違うか？」

「父を怒らせたくなかったのです」若者は反論した。

「つまり、お父上を怒らせたくなかったから、みずからの手で裁きを下そうと、毎晩、杭の位置をずらしていた、というわけか？」

若者は、驚きと羞恥心が入り交じった表情でうなずいた。

「おまえの兄が外にいるので、中に入るよう言いなさい」

数分後、兄弟は黙って床を見つめたまま、司祭の前に座っていた。

「何とも恥ずべき話だ！　……おまえたちのこんな姿を見て、お父上は悲嘆に暮れ、泣いておられるに違いない。わたしはおまえたちに洗礼を施し、聖体拝領を授け、フェルミンの結婚式だって執り行ったではないか。それに、フェルミンの子どもたちの洗礼の際、祭壇で子どもたちの頭を支えていたのはサンティアゴ、おまえだ。おまえたちは愚かにも、お父上が決断を遂げるために死の淵からよみがえったなどと勝手に想像しておったようだが、そうではない。お父上は間違いなく天に召され、永遠に天国に住まわれるはずだ。よって、この謎の原因はそのことではない。おまえたちは兄弟であり、ほかの多くの兄弟と同じように平等だ。それなのに、私利私欲の卑しい衝動に駆られるまま、互いにお父上の死後、毎晩のように杭を動かしていたというわけだ。朝になると杭が元の位置に戻っているのは当然だ。一方が動かせば、もう一方が反対方向へずらしていたわけだからな！」

兄弟は共に顔を上げ、見つめ合った。

「本当か？　フェルミン、おまえが……」

「ああ、サンティアゴ。だけど、まさかおまえだったなんて……てっきり親父が怒っているんだと……」

弟が笑い出し、兄もつられて笑った。

感激の面持ちでフェルミンが「弟よ、ありがとう」と言うと、サンティアゴも「こちらこそ」と答え、兄を抱擁しようと立ち上がった。

司祭は怒りで真っ赤になった。

「どういうことだ⁉　おまえたちは何も分かっていない！　罪人たちめ！　罰当たりめ！　それぞれがおのれの欲望を満たそうとしていたかと思えば、今度は偶然の一致を祝福するとは。これは大罪……」

「落ち着いてください、神父さま……分かっていないのは、あなたのほうです」フェルミンは言った。

「わたしは、妻子のある自分が弟と同じ面積の土地をもらうのは公平ではないと毎晩考えていたのです。子どもたちが大きくなれば、いずれ彼らが一家を養ってくれるでしょう。けれども、サンティアゴは一人暮らしで、やがてはわたし以上に土地を必要とすることになるでしょうから、少し多めにあげてもいいと思っていたのです。そこで、弟の土地が広くなるよう、こっち側に杭を移動させて……」

「そしてぼくは……」サンティアゴが笑顔で続けた。

「なぜ自分にそんな多くの土地が必要だろう？　一人暮らしなのに、四人家族を養う兄と同じ面積なのは不公平だ、兄のほうが広くて当然だと考えていたのです。そこで父の生前には議論したくなかったので、亡くなってから毎晩、兄の土地が広くなるよう杭を移動させていたんです」（大拍手）

3　成功か、成功主義か

アドリアーナ・チュリゲーラ（司会者）　最後のテーマを話し合う時間がほとんどなくなってしまいました。マルコス、あなたは著書『虚構の国』（原注8）の中で、成功者と成功主義者の違いを指摘されていますよね。これらの概念をどう区別できるのか、残りの時間でわたしたちに説明していただけますか？

マルコス　どちらにも「成功」という言葉が入っていますが、ほぼ対照的な理念を指していると言っていいでしょう。

「成功主義者」は欲深く、自己評価が低く、手っ取り早い勝利や称賛を必要とし、内面に持つ劣等感を打ち消してくれるような満足感を求める人です。それゆえ、どんな勝利にも同意します。たとえそれが、貧弱で実のないものであっても。忍耐や多大な努力を惜しまぬ気概も持ち合わせていません。なぜって、目的を達成できると信じていませんからね。したがって、いつも残りものを追いかけている状態です。

一方、真の「成功者」とは、高い自己評価を持ち、辛抱強く待つことや、長期的なプロジェクトに向け、多大な努力を費やすことができ、明確で、絶対的な勝利にしか自分を賭けない人です。

原注8　マルコス・アギニス『*Un País de novela*（虚構の国）』（Planeta 1988）

「成功者になるに越したことはないが、意志だけでなれるものではない」と端《はな》からあきらめて、社会全体が成功主義者を目指す傾向にあります。それには多くの要因があって、たとえば、わたしたちアルゼンチン人は、さまざまな困難やルールの変更、あるいは不安定な状況に直面すると、こんな風に言いがちです。「これこそ、おれのチャンスだ」「今やらなきゃ、チャンスを失ってしまう」「こんなチャンスは二度とやってこないだろう」。要するに、労力をかけず、簡単に、しかも短期間で、場合によっては、人を騙してでも手に入れたいということです。「クリオーリョの要領よさ」と呼ばれる、長年培われ、身に染みついた悪癖が、わたしたちを成功主義者へと駆り立てます。この場合の「要領がいい」とは、「手抜きや人に取り入るのが上手」の意。なぜなら、心の奥底では自分が貧しい人間だと分かっているので、それを慰めるために周囲の称賛や拍手を必要とするからです。

これは成功主義者がハイレベルのプロジェクトを手にできないという意味ではなく、安易な征服にかまけていて、自分がより高いレベルの成功に手の届く状態であることに気づかないのです。

とはいえ、自分の能力をはるかに超えた目標を設定しても失望に終わるだけ。成功者を目指す人は、フラストレーションに陥らぬよう、難易度の低い目標から始め、成功体験を積み重ねていくべきでしょう。

わたしたちアルゼンチン人が、成功主義者である以上に成功者となれたらよいのですが。しかし、成功の亡者になるべきではありませんよ。

あるアルゼンチン人が、国では得られなかった「exito（成功）」を求め、アメリカ合衆国へと旅立った。英語もろくに分からなかった彼は、まもなく、故郷の家族宛に、こんなことを書いて送った。

〈実際、米国人ってのは、とっても知覚の鋭い連中だよ。どこかから出ようとすると、至るところで、ぼくの成功を願ってくれているんだ。exit...exit...exit って。〉（笑）

ホルへ　スペイン語の「éxito（成功）」の由来はラテン語の動詞「exire（出る）」から派生した「exitus」。文字どおり訳すと「出口へ」という意味だ。語源から見ても、成功とは数多くの小さな達成や人生の概要を最後に評価することを示しているのではないかな。一方、成功主義とは他人の承認を得ることだけを重要視している。今夜のライブ対話を一つのストーリーで締めくくるとしよう。

むかしむかし、とある村にホアキン・ゴンサレスという名の男が二人いた。一方は教区の司祭、もう一方はタクシーの運転手だった。運命の皮肉か、共に同じ日に亡くなり、聖ペテロの待つ天へと辿り着いた。

「名前は？」聖ペテロが一人目に尋ねた。

「ホアキン・ゴンサレス」

「司祭か？」

「いや、違う。タクシー運転手だよ」

聖ペテロは手元の名簿を確認すると、男に告げた。

「よろしい、おまえは天国行きじゃ。この金糸で織られたチュニックとルビーが埋め込まれたプラチナ製の杖をおまえに贈ろう。さあ、入ってよろしい……」

「こりゃ、どうも……」タクシー運転手は礼を述べた。

それから二、三人ののちに、ようやくもう一人のホアキンの順番がやってきた。

「名前は？」

「ホアキン・ゴンサレス」

「司祭じゃな……」

「ええ」

「よし、おまえは天国行きじゃ。この麻糸のガウンと、御影石が埋め込まれた樫の杖をおまえに贈ろう」

司祭は言った。

「お言葉を返すようで恐縮ですが、けっして異論があるわけでは……何かの間違いではありませんか？　わたくしは聖職者のホアキン・ゴンサレスです！」

「ああ、分かっておる。だから天国行きじゃ。この麻糸のガウンと……」

「そんなはずはありません！　同じ村に住んでいたもう一人のホアキン・ゴンサレスがどのような者だったか、わたくしはよく存じております。あれはどうしようもないタクシー運転手だったのですよ！　歩道に乗り上げ、毎日のように車をぶつけ、家に突っ込んだこともあります。メチャクチャな運転で街路灯の柱を倒し、目の前のものを何でもかんでもはね飛ばし……一方、わたくしは九十五年間の人生のほとんどを日曜ごとに教区で説教して暮らしてきました。それなのに、どうして彼には金糸のチュニックとプラチナの杖で、わたくしにはこれなのですか？　何かの間違いに決まっております！」

「いや、そんなことはない」聖ペテロは答えた。「なぜなら、ここ、天においては、何よりも結果によって判断しているからじゃ」

「何ですって？　おっしゃることがよく分かりませんが……」

「よいか。最後の二十五年間、おまえが説教するたびに村の連中は眠っておったが、奴が運転するたびに乗客や周囲の人々は祈っておった。これで分かったか?」(大爆笑・大拍手)

ライブ対話　3　マル・デル・プラタ

1　個の危機

2　孤独

3　罪

ライブ対話の参加者

フアン・カルロス・サレルニ
マリア・ラウラ・ボナベーラ
エドゥアルド・ダマート
オズワルド・F
リリアン・シモン
ニルダ・L・ディ・セサレ
ルイサ
マリア・エレーナ・ハウレギ

ガブリエル
フェリペ
ルイス・ペレス
ホセ・マリア・オナイテ
エリザベス・ニチェルマン
グロリア・ラマス
ベロニカ・ニコリ

1　個の危機

ホルヘ　ようこそ、みんな。今夜このライブ対話で取り扱うテーマは三つあるんだ。対話を開始するにあたって、それらを組み合わせて文章にするとこんな風になる……。

暮らしを取り巻く〝危機〟を憂慮し、千二百人もの人々が休暇の何時間かを割いてこの会場に集まり、ライブ本の誕生を共に分かち合う決心をしたなんて。この愛情いっぱいの出会いに、驚きを禁じえない。予想していた最も楽観的な概算よりもはるかに多くの人々が集まり、思い描いていた〝孤独〟を払拭してくれたことを感謝すると同時に、素晴らしいマル・デル・プラタの夏の一夜を無駄に過ごしてしまった、とみんなに後悔させ、われわれが〝罪〟の意識を覚えるような結果にならないよう、全力を尽くすことを約束するよ。

マルコス　「個の危機」は別の言い方をすると、「一人ひとりが直面している危機」と表すこともできるかもしれませんね。わたしたちは、危機のまっただなかに暮らしています。日々、四六時中というわけではありませんが、おそらく想像以上に頻繁に、危機に直面しているはずです。人間は次々と起こる危機と隣り合わせで生きています。それらの多くは重大なもので、残りはそれほど深刻でないものです。

まず、人生の始まりである出生そのものがとてつもない危機です。想像してみてください。母胎の平穏な楽園、子宮から対立と騒乱に満ちたこの世へと移る、生きるか死ぬかを決定づける瞬間ですからね。オットー・ランク[10]のように、出生外傷は個人の心的外傷のモデルとなり、生涯にわたって背負ってゆくもので、新たなトラウマを経験するたびに、意識的にせよ無意識的にせよ、人は出生時の劇的瞬間に受けた深刻な心的外傷を呼び覚ますものである、と考えた学者たちもいます。

次の危機は離乳時によって引き起こされ、次いで歩き始めた頃、その後は小学校への入学、中学、高校、大学と続いて……学位を修得して卒業したのに仕事がないという現実に直面する。職を探すがさっぱり見つからない、または職を得たけれど解雇されてしまった。ほかにも結婚や離婚、伴侶に先立たれるといった危機を思い描くこともできます。言い換えれば、わたしたちは自分を成長させることも潰すこともできる、個人的な危機の連続を生きているということです。命を奪われかねない危機もあります。でも、それらを乗り越えられれば、皮膚はより硬くなり、心臓はより活力にあふれ、より強くなれるのです。

いくつかの危機は決断と結びついています。これからわたしが自分の職業選択に関して直面した二つの重大な危機についてお話ししようと思います。それらはどちらも断念を伴うものでした。

思春期の頃から自分の天職は音楽だと確信していました。コルドバ大学医学部に進学してからも音楽家への道を捨てきれず、毎日何時間も精力的に練習に打ち込み、ソロ・ピアニストを目指しました。同時に作曲家にもなりたかったのです。このような状態が十五年間続きました。

医師としての研鑽を積むべくフランスに渡った時、当然、音楽のほうも極めたいと夢見ていました。そんな折、当時はまだとても若くて無名だったピアニストのブルーノ・ゲルバーと出会い、一緒に部屋とピアノを借りてパリの大学街で生活し始めました。彼が昼間、八時間ピアノの練習をしているあいだ、わたしは病院で研修。部屋に戻ってきた時にはくたくたで、まもなく二足の草鞋《わらじ》ははけないと悟りました。そうなると、どちらかを選択しなければなりません（すべての選択はもう一方の放棄を意味しますからね）。わたしは十五年間大志を抱いて打ち込んできた音楽家への道を、断念せざるをえませんでした。

その後、長期にわたって痛みと無念さを抱きながら暮らしましたが、自分にはその選択が正しかったと分かっていました。それとは別に、のちにそれで生計を立てることになろうとはまったく考えもせずに、内緒で執筆活動も続けていました。とはいえ単なる自己満足の域で、自分のことは可能性を秘めた物書きくらいにしか考えていませんでしたし、みずからの才能を見抜いてもいませんでしたが。

二度目の断念は神経外科学です。御存じの方もいらっしゃるかと思いますが、わたしの医師としての最初の専門はそれでした。情熱を持って学問にいそしみ、それも十五年間続けました。フランス、ドイツで腕を磨き、かなり真剣に取り組んでいたのです。四十にも及ぶ神経外科に関する研究レポートを、アルゼンチンだけではなく、ヨーロッパの医療関連ジャーナルなどでも発表しました。ところが十五年目にして、この専門はわたしの持つ人道主義的な関心とうまく調和していないという結論に達しました。というのは、自分自身が分裂しつつあり、このままでは統合失調症に陥ってしまうと予測したのです。

手術室に何時間も閉じこもって手術を続ける生活は、人間の抱える問題を目の当たりにするたびに自分を急き立てる省察や熟考と何の関係がある？　こんなかたちで続けていくことなど、できやしない。

わたしは四十歳代で方向転換を決意し、神経外科医としてのキャリアを断念し、精神分析・精神医学の道を選びました。一つの選択のために一つの断念をしたのです。それからというもの、長いことわたしは膝がガクガクと震えるほどのノスタルジーを感じることなく、手術室に再び足を踏み入れることはできませんでした。本当ですよ。

要するに、これら二つの厳しい危機は、わたしが自覚して自分の意志で立ち向かったものです。選択は断念を意味することを記憶に留めておきましょう。わたしたちは自由にそれができるのです。したがって、《人間には選択の自由がある》というジャン・ポール・サルトル〔11〕（現在、ある面においては名誉を回復した哲学者ですが）の意見には同感です。

わたしたちは、たとえ服従を余儀なくされ、抑圧され、奴隷の状態に置かれ、あるいは挫折した状況でさえも、常に選択をしているのです。

ホルへ　マルコス、何よりもまず、きみ自身の経緯を語ってくれたことに感謝したい。なぜなら、われわれが自分たちのことを考えていくうえでの大きな助けとなるからだ。

危機を表す言葉「crisis」はギリシャ語の「criptos」から派生したもので、批判や非難を意味するスペイン語「critica」も起源を同じくする。どちらの言葉も、われわれの持つ「決断」の観念と関係してくる。マルコスが言うように、決断を迫られるごとに危機を体験する。なぜなら、危機とはまさに決断を下さねばならない機会だからだ。

ある者たちは、前進か後退か、どちらにするか判断できない、つまり、先へ進んだほうがいいのか、引き返したほうがいいのか決心がつかない瞬間を危機であると定義している。彼らがその過ぎゆく時の中で危機を問題と区別しているのは興味深いと言えよう。なぜなら、両者はまったく別のものだからだ。

危機とは解決するまで続く問題ではない。危機はその人が決断を下すまで続き、問題はそこから始まる。したがって、決断を下していない段階ではまだ問題を抱えてはおらず、危機の途中になる。これは、個人、夫婦、集団、国家……何に対しても言えることだ。

ファン・カルロス・サレルニ（38歳、ブエノスアイレス出身） ブカイさん、問題は決断を下したあとに始まるとおっしゃいましたが、失礼ながら言わせていただきますと、わたしはむしろその逆、適切な決断を下したあとにこそエクスタシーやチャレンジ精神、日々の行動によって表現する特権など、より良いものがやってくると考えます。決断の次にやってくる願いは問題とはかけ離れたもので、モチベーションやそれをさらに高める行為、つまり、相乗効果のようなものだと思うのです。たとえその決断がのちに間違いだったと見なされても、それをうまく切り抜けられたことがすでに成功なのです。よって、わたしはけっして問題ではないと思います。

ホルヘ 対話に参加してくれてありがとう、でも、われわれのあいだに意見の食い違いは何もないよ。あなたが言ったこととわたしの意見はまったく一致しているし、反対のことを言ったとも思わない。というより、あなたが説明してくれたとおりだよ。最終的な成功が一番重要なのではない。大切なのは自分自身で決断を下すことだ。

「問題」が始まるとは、解決策がないとか苦痛を伴うということを言いたいのではない。わたしが言う「問題」は解決を要する提起のことで、これはまさにあなたの言う挑戦にあたる。わたしが示そうとしていたのは（あなたのコメントによってとても説明しやすくなったのだけど）、立ち向かおうという決断を下さないあいだは、そこには問題すら存在しないということだ。もちろん、エクスタシーに至ることもない。だってそのためには問題に首を突っ込む必要があるだろうからね。

マルコス 今のようなやり取りは良かったと思いますよ。言葉の使用には誤解が生じやすいですから。

わたしたちは問題を抱えることを不都合な状態と早合点しますが、実際には絶えず問題を抱え、常に何らかの決断をしているものです。シャツ一枚買う時だって、どれにするか決める問題が持ち上がります。

ある社会が発展するのは問題がなくなるからではなく、抱える問題が基本的なものからさらに複雑なかたちのものへと変化してゆくからです。たとえば、アルゼンチンは現在、失業や汚職など成長段階の苦境に直面していますが、深刻ではあってもそれほど複雑なものではありません。その問題を解決し、さらに一段上の、より民主的で成熟した社会につながる問題へと向かってゆきたいものです。

ホルヘ　長びく危機は、マルコスが人生でやったように危機を別の可能性に変えることができない人に起こる。もちろん、マルコスにしてみれば決断は重大問題だっただろう。まだ確実でないもののために、成功や評価を棚上げするのだからね。マルコスが神経外科の道を捨てたのはそれがうまくいってなかったからでも、他のほうがうまくいっていたからでもなく、自分の願いに基づいて決断を下したからだ。そして、決断しなければならないと彼が感じた時点で状況は危機から問題に変わり、新たな課題が発展する。

このライブ対話の意義はわれわれの見解の不一致をさらけ出すことでもあるので、ついでに一つ表明しておきたい。出生をめぐる考え方だ。とは言っても、出生に危機は伴わないと思っているわけではないよ。それはそのとおりだからね。

相容れないのは、母親の胎内という素晴らしい楽園から去るって考え方。古典的概念によると、胎内ではしなくて済んだ呼吸や栄養補給、体温調節などの行為を余儀なくされる、憎むべきこの世へ向かうとされているが、わたしは、新生児が母親の腹から追い出され、母体での安楽さを捨て去って生まれてくるとは思わない。何だかわれわれの人生の始まりをとても象徴しているような気がするので強調しておくけど、その楽園のような場所は、すでに何週間も前から楽園ではなくなってしまっている。思い出してもみてよ、赤ん坊が生まれるのは、生まれなければ死んでしまうからだ。そこを捨てなければ、難題に足を踏み入れなければ、あるいは文字どおり、生まれるという決断をしなければ死んでしまうんだ。

危機とは、決断を下さなければ自分の存在自体が脅かされるという恐ろしい体験からなっている。問題を避けるために決断をしない、そんな過ちをわれわれはどれだけ犯していることだろう！　かつては素晴らしかった子宮内にいるかのごとく、さらにその状態がいつまでも続くと思いながら、危機的状態に留まり続けている。しかも、時代は変わり、もう自分自身も以前のままではなくなっていることや、いつの間にかあの天国は地獄へと変わり始めているという事実にも気づくこともなくね。

このチャンスに決断しなければ、みずからの問題に首を突っ込むことができなければ、結局は危機にどっぷりと浸かったまま、自分が永久に消滅する危険性にさらされる。

たとえば、名誉ある地位を捨てる決断ができるのは、勇気ある者たちだ。マルコスは国内外で高く評価され、引っ張りだこになっていた著名な神経外科医だった。今日では思想や文学の分野で高い評価を得ているけど、それと同じくらい神経外科の分野で知られた人物だったんだ。音楽に関してはどうだったのか、わたしには分からないが……。

それにしてもマルコス、きみの行動は、すでに安楽さが存在しないことを認識し、危機に立ち向かう人々の勇気を物語っているね。それと同時に、それぞれが直面する危機についても語っているよ。

われわれには皆、決断を下すべき瞬間がある。それをしない者は、おそらく問題を抱えることはないだろうが、人生の意義も見出せないのではないだろうか……。

マルコス　出生外傷に関するわたしのコメントについて話が出ましたので、ここで今一度、あれはフロイト[12]に異を唱えたオットー・ランクの理論だということをはっきりさせておきたいと思います。フロイトは、出生が最初の深刻なトラウマを引き起こし、無意識の記憶の中に何らかの痕跡を残すに違いないことは認めていました。しかし彼にとっては、ランクのように出生外傷だけが葛藤の根本に迫ろうとする治療の対象ではなかったのです。

今しがた、新生児にとって子宮が小さいものとなってしまい、そこから抜け出さなければ死ぬと指摘していましたが、まさにそれこそが危機です。職業を例に考えてみましょう。何らかの理由で、自分はもうこれ以上、この仕事を続けられないと気づいたとします。それなのになお、居心地の良さを感じてしまう。毎日の手順は心得ているし、上司や同僚にも慣れているし、楽だし……その瞬間、人は危機に陥ります。なぜなら、会社に留まるか、去るかを決めなければならなくなるからです。胎児の場合はさらに複雑な、生命をも脅かされる状態にさらされ、そこから苦痛と変化を体験します。

では個の危機にどう対処していったらよいのでしょうか？　第一に、必要以上に危機を恐れないこと。これはごく普通の状態なのですから。はじめにも申しましたように、わたしたちは危機とともに暮らしています。危機が存在しなければ、人生は単調なものになり、人間的な成長もなくなるかもしれません。

危機はわたしたちに、自分が人生という名の冒険の主役であることを知らせ、人生に美しさを添えてくれます。『わたしは人生を生きてきたと告白する』というパブロ・ネルーダ[13]のみごとな作品タイトルを御存じですか？　いったい、これにはどういう意味があるのか？　おそらく、彼が逆境、問題、喜び、そして苦しみとともに生きてきたということなのでしょうね。

マリア・ラウラ・ボナベーラ　危機は変化の過程で起こるとおっしゃっていましたね。変化に対し、抵抗すればするほど、危機はより深刻化するとお考えなのでしょうか？

ホルヘ　中国人はアルファベットではなく表意文字（漢字）を使用していてね。中国語で「casa（家）」を表す文字は、人とそれを庇護する屋根をかたどったもの。表意文字とはそんな風に構成されている。「crisis（危機）」に相当する語は、一つの文字の上にもう一つの字を重ねた二つの表意文字からなる。上の字（危）は「危険」を、下の字（機）は「機会《チャンス》」を意味し、両方を組み合わせて「危機」となるんだ。危機に関わって変化が常に存在するのは疑う余地のないことだけど、われわれは決断を下すたびに何らかの変化を起こし、それによってチャンスにも危険にも直面する。危機において変化が引き起こされるのは、何といってもそれまでの状況を評価していた基準が変更されるからだ。この不確実な状態を、当世の専門家たちは「パラダイム（理論的枠組み）変換の時期」と定義づけている。

マリア・ラウラ・ボナベーラ　では、もし下すべき決断が明確でない場合は？

マルコス　その時には、しっかり目を覚まして、以前は気がつかなかった道を見出すことです。精神的に成熟し、新たな道を見分けられるようになった時、初めて危機に突入します。なぜなら、それまでは考えもしなかった方向へと進む可能性が開けるからです。

マリア・ラウラ・ボナベーラ　変わらないことも楽だと思うけれど……。

ホルヘ　決断を下さない人によく見受けられるリアクションの一つが、気楽さを言い訳にすることだ。これには注意しなければならない。たとえば、今わたしが座っているこの椅子は座り心地が悪い。座った時点ですぐに気づいたよ。もっと座り心地の良い椅子に変えれば、残りの談話も同じ姿勢で続けられるに違いない。しかしながら、心地良さを求めるには、対話を中断し、ほかの椅子を探す心地悪さを覚えねばならない。快適ではあるが、その快適さに至るには、より不快な状態を通る必要がある。ここがポイントだよ。何より大切なのは「気楽」ではなく「快適」だということに気づき、両者の違いを区別することだ。よく、「そりゃそうさ、おまえは楽《らく》をしたくてわたしに依存してるんだろ!」とか、「親元で暮らしていて楽だから、家を出ようなんて考えないよな!」などと言っている人がいる。そんな時、わたしはこう考える。その状況は「快適」なのか、それとも「楽」なのか分からない。疑ってかからなければってね。快適さを得るには多大な不快さを経る必要がある。これが危機というもので、みずからがしなければならない決断だ。決断を下さなければ楽なままでいられる。言い換えれば、いくら危機的状況に気楽さを見出したとしても、危機に陥ったままに変わりはない。

エドゥアルド・ダマート　迷いは避けられないテーマです。使命はその人自身から生まれる、それは確かだと思うのですが……変化を願う段階で、迷うようなことはないのでしょうか?　迷いの存在が人を責め立てる場合には、どうなるのでしょう?

ホルへ　迷いが人を責め立てることはない。自分自身への要求が厳しくなければね。

オズワルド・F　今晩は。わしは現在七十歳、イタリア人のせがれでヨーロッパに生まれ、その後、アルゼンチンに上陸した。両親はイタリアの農民だったが、幸運にも家庭が貧しいと感じさせることなく育ててくれた。わが家じゃ、使うものはすべて愛しい母ちゃんの手作りでさ。それに四つの時には、こんな教訓を与えてくれたもんさ。「土を耕しなさい、そうすれば土がおまえのために働いてくれるよ」とな。
何でこんなことを言うのかって?　わしはあの実存主義の時代にフランスに住んでおって、ジャン・ポール・サルトルの熱心な精読者（発言ママ）だった。サルトルは政治家連中を石炭商人と揶揄してたな。扱っているものがものだけにいつも手が汚いからだ。奥方のシモーヌ・ド・ボーヴォワール[14]が身の毛もよだつ『老い』を発表してね。その本を当時四十歳くらいだった義兄にあげちまうなんて、わしも愚かで軽率なことをしたもんだ。シモーヌ・ド・ボーヴォワールはかなりジャン・ポールに熱を上げ、つまり、素晴らしい愛人だったわけでさ、老いを男の知性の段階的喪失だと描写しておったな。文中で彼女は、愛するジャン・ポールの性愛力が低下してゆくのを見るぐらいなら死んだほうがましだ、と言って……。

ホルヘ　（話を遮って）なぜ、あなたはそれを危機のテーマと結びつけるんだい？

オズワルド・F　とても単純な理由からだよ。老いの危機は、数ある危機の中でも一番絶望的だからさ。アルゼンチン共和国では特権階級の文化が生じてしまった。ペロン[15]主義者たちは反対派と同様に乱暴だし、労働組合主義者たちも野蛮だ。

新聞「Clarín」が毎週発行している別誌で、第一期ペロン政権時代の歴史を特集しているが、今日出た最新号では、一九六二年のフロンディシ[16]政権崩壊を取り上げておった。フロンディシの下で経済大臣をしていた素晴らしい男、ロヘリオ・フリヘリオの後釜に就いたのがだれだったか御存じか？　アルバロ・アルソガライだよ。

マルコス　それが個の危機とどんな関連性があるのか、わたしには理解できないのですが。

オズワルド・F　至極簡単なことだ。それはわが国に初めて「冬を耐え忍ばねばならない」という考えが確立した時なんだよ。

ホルヘ　大変恐縮だが、全体主義者だと非難されるのを覚悟のうえで、あなたの話をここで打ち切ろうと思う。ほかのみんなに発言の場を与えるため、言いたいことを要約してくれるなら、話は別だが……。

オズワルド・F　分かった。じゃあ、最後に。

ホルヘ　お願いしますよ……。

オズワルド・F　わしが何を言いたいのかって？　それからアルゼンチン経済の崩壊は始まったんだってことよ。つまり、フリヘリオが経済省を去った時から……。

マルコス　（つぶやく）フリヘリオは経済大臣ではなかったはずですが……。

ホルヘ　再度申し上げるが、御仁、この辺でご勘弁を。ご発言に感謝します。ありがとう。（拍手）

わたしはシモーヌ・ド・ボーヴォワールの愛読者ではないが、『老い』は読んだことがある。彼女があの本で語っていたのは、老けることに関してではなく、もっと別の、衰退についてだった。

加齢を危機の到来とばかりに毛嫌いする愚かな考えには陥りたくないね。もちろん、老いは以前にはなかった問題や異なる年代への移行に対処する決心を伴うものだ。上手に年をとるのはなかなか難しいことだし、思考の明断さを保つのもおいそれとは……でも、これは個の危機ではありませんよ、御仁。（拍手）

ある老夫婦が、ラジオで牧師の宣教番組を聴いていた……。

〈愛する兄弟たちよ、本日、わたくしたちは素晴らしい現象を経験することでしょう……なぜなら今日、わたくしはこの場に、奇跡と回復をもたらしてくださる神の存在を感じているからです……病を癒し、苦痛を取り除き、苦悶にさいなまれている者すべてが救われるために、信仰を用いようではありませんか。そう、皆の信仰があれば、それを可能にすることができるのです。そこで、わたくしは信仰心とともにあなた方に告げます。ラジオの受信機を手にとって、体の病んだ部分にあてがうのです……そう、病んだ箇所、痛みを感じる箇所です。そうすれば、主の信仰が奇跡を起こし、癒してくださるはずです……〉。

放送に聞き入っていた爺さんは、すかさずラジオをズボンの股間にあてた。それを見ていた婆さんは叫んだ。

「何で耳にあてていないんだい、このツンボ！　病人を治すって言ったんだよ、死人を蘇生させるとは言ってないよ！」（大爆笑）

リリアン・シモン（マル・デル・プラタ出身）　ええと、どこから話すのか分からなくなったわ……。

ホルヘ　わたしが答えてあげよう。前から二列目・三番目の席だよ……。（笑）なんてね。どこにいるってこととは関係ないよね……。

リリアン・シモン　どうもありがとう。成長することが人生だ、ということですが（危機がなければ成長はないというならば）、そうなると青春時代や成功などから決別するというように引き離しが必要となります。精神を強くしていけばできるかもしれませんが、その場合、何を拠りどころにしていったらよいのでしょうか？　わたしたちは執着して生きています。真実を明かされると痛みが生じます。決別、危機、決断の時……わたしたちは何によって、何を頼って自分自身を支えていくのでしょうか？

マルコス　ある種の言葉には人に先入観を抱かせる力があって、たとえば、「決別」や「離別」からは剝奪のようなネガティブな印象を、「自立」からは翼を広げて飛んでいくようなポジティブな印象を受けます。しかし、翼を得、自立を成し遂げることができるのは、何かを手放した時だけです。

もし、子どもが母胎の子宮から離れられなければ、親元を離れなければ、成長することはできないでしょう。しかしながら、それは何も決別やそれまで培ったものの喪失を意味しているわけではありません。人間の心理作用は蓄積されてゆくものです。忘れたり、無視したり、抑圧するものもあるでしょうが、生きてきた過程はすべてわたしたちの中に残っていきます。年をとると人生の初期の体験を取り戻し始めます。人は定着と離別の狭間で変化しながら生きているもの。ですから、必要以上に執着し共存しようとする者にはより不幸な運命が待っていて、成長はできません。その一方で、いかなる執着も感じることなく育った者は、満足感の持てない自閉症ぎみになります。人間はだれかを必要とする生き物ではありますが、同時に、ある程度の距離も必要なのです。

ところで、この件に関しては、無愛想な男ではあったが偉大な観察者でもあったと言われている哲学者、ショーペンハウアー[17]のたとえ話を思い出すのがよいでしょう。

彼の『ヤマアラシのパラドックス』によりますと、ヤマアラシは寒くなると互いに温め合おうと身を寄せ合うが、近づき過ぎると互いの針で傷つけてしまう。そこで、針が刺さることなく、ある程度の暖かさを感じることのできる距離を見つけるまで、くっついたり離れたりするらしいのです。

人間も同様で、ある程度の執着は必要であり、それを捨て去っても、それに支配されてもいけません。

ホルへ　ちなみに、この話は本日二つ目のテーマである「孤独」へとそのままつながっていくんだ。

2 孤独

ホルへ　さて、二つ目のテーマに入るために、ここでウンベルト・マトゥラーナ[18]の言っていたことをみんなに紹介しておこうと思う。彼は隣国チリの思想家で生物学者、哲学者、詩人、人類学者でもあり、対人関係について実に多くを語っている傑出した人物だ。

ヒトが人間になる、すなわちネアンデルタール人をホモサピエンスへと変化させたものは、知性の発達ではない。原始人とそれ以降に現れた人類とのあいだに脳の質量における発達の差異は存在しないが、確実に変化が見られるのは顔のつくりとその配置で、それは人間の特質である「言語」の獲得に起因する、というのがマトゥラーナの主張だ。要するに、ヒトを人間にしたのは言語である、ということだ。

その後、彼はさらに一歩踏み込んで、言語はたった一つの目的のために出現した、それは他者とのコミュニケーションである、と述べている。では、人は何のためにコミュニケーションを取り合うのか？　彼は自問し、その唯一の理由は「愛」である、という結論に行き着いた。そのうえで、「ヒトに人間性を与えるものは、知性でも知恵でも知識でもない。それは愛だ」と断言している。

孤独を恐れない、なんてことがあるだろうか？　もし、われわれが自分から愛や他者との愛情あふれる出会いを奪ってしまったら、人間性が取り消されてしまうかもしれないね。

かなり前からセラピストたちは、「わたし」という概念は「わたしでないもの」の概念なしには存在しえない、ということに気づいていた。わたしは、自分自身ではなく、自分と関わりのある他者がいないとありえない。相手が存在し、その存在をわたしが知っているから、わたしはわたしでありうる。つまり、「あなた」という存在なしには「わたし」は存在しない。

マルティン・ブーバー[19]、さらにさかのぼってルソー、もっと昔のプラトンの時代から、人は「わたしを認識する者なしに、どうすればわたしでいられるだろうか？」という概念とともに暮らしてきたんだ。

マルコス　自己分析や自分の内面への旅、思考、音楽を聴いたり読書したりして楽しむことなどと関連した、孤独の探求は存在します。わたしたちには、一人になるのが必要な時があるのです。

これは確か系統分類学で言われていることだと思いますが、傷ついた子犬が隅っこのほうへ行きたがるように、人間も傷ついたと感じると布団に包《くる》まって一人になるものです。

回復力のある有益な孤独の探求とは、たとえば、静かになれる場所に隠遁して自分を振り返る中で元気を取り戻す、というような行為で、多くの人が実践しています。

しかし、そういう状態を受け入れられず、常に騒音と接していないと気が済まない人もいます。チェコの偉大な作家ボフミル・フラバルの『あまりにも騒がしい孤独』には、《騒々しさの中に孤独を求めるのは、自己探求という困難を前に気が萎《な》えてしまうような連中だ》との名文があります。

ホルヘ　ここで「一人でいる」のと「独りだと感じる」ことの違いについて述べておきたい。前者の概念には選択の余地があるが、後者にはない。

ニルダ・L・ディ・セサレ　あなたが著作で述べていた「自立」の段階に到達したあと、それを実行に移したことで完全な孤独に陥った場合には、どうなるのでしょうか？

ホルヘ　「自立」は孤立無縁とイコールではない、ということを思い出してほしい。そりゃあ、すでに自立を成し遂げた人たちだって、孤独だと感じることもあるだろう。でも、だからと言って、それから逃げるために首を吊ったりするようなことは絶対にない。

話がシリアスになり過ぎてしまったので、少し和らげるために、小噺をしよう。

ある老婆が森で木こりに襲われた。事が果てたあと、彼女は泣いて木こりに訴えた。

「これから、あたしゃどうすりゃいいのさ！　どんな顔でうちへ帰って、何度も何度も乱暴された、と孫たちに話せばいいんだい？」

木こりはズボンをはきながら答えた。

「何度も、じゃなくて、たった一回ぽっきりだろ？」

そこで老婆は訊き返した。

「何だって？　もう行っちまうのかい？」（爆笑）

ルイサ（43歳、彫刻家）　マルコス、愛する人を身近に感じ、自分自身も愛されていると感じることができる家庭生活は、先程おっしゃっていた、回復力のある有益な孤独を乱すものにならないでしょうか？

マルコス　根本的な幸せとは、愛し、愛されていると感じ、広い意味で多くの人々や活動と愛の絆を持つことです。

家族、仕事、祖国、市、町、地区、家……さらにもっと小さなものたちを愛すること。そんな愛情が、わたしたちは独りではない、と感じさせてくれるのです。しかし、その一方で、一人でいる時間、自分の内面を探求できる瞬間を楽しむ能力を持つことも好ましいでしょう。これぞ二重の幸福感だと思いますよ。

マリア・エレーナ・ハウレギ（マル・デル・プラタ出身、音声学者） 今からわたしが語るのは悲しい話になるかもしれませんが、このテーマにはちょうどいいと思います。

わたしは母親で、夫とのあいだに七人の子どもをもうけましたが、不幸にも、二年ほど前、息子の一人を亡くしました。皆さんのお話をうかがいながら、「わたしが彼を死なせてしまったのか？ 彼自身が保《も》ちこたえられなかったのか？ それともわたしたち家族が死なせてしまったのか？」といったことを考えていました。

息子は病弱で糖尿病を患い、介護が必要でした。彼の死後、わたしは罪の意識にさいなまれました。母親として息子を守ることができなかった。万能ではないから救うことができなかったと。実際には天命だったのでしょうが、同時に、わたしや家族、彼自身の責任でもあったと思うのです。

もう一つ、同意されるかどうかは分かりませんが、わたしが教えられたことを話しておきたいと思います。それは、苦痛はより生物学的なものと関係し、苦悩はより感情的なものに関わるということです。わたしにとって、生き続ける何よりの支えとなっているのは、人々のぬくもりです。

ホルへ 心からきみに述べておきたいことがある。きみは人間に起こりうる最悪の出来事を経験した。ラテン文化圏に属するわれわれにとって、子に先立たれるのは自分が死ぬこと以上につらいことだ。

こんなことを言うのは申し訳ないが、避けるわけにはいかないので言わせてもらうよ。きみは万能の神になれなかったからといって、自分自身を責めることはない。息子さんの死は、おそらく、きみがしてあげられたかもしれないこととはまったく関係ないだろう。きみがこうなってほしいと願っていたこととは、関係あるかもしれないけどね。

でも、だからと言って、きみがそこで立ち止まっていなければならない罪はない。きみが経験した苦痛、それだけで充分だ……息子さんの死を、心からお悔やみ申し上げる。

マルコス　愛する者と死別した際、人は大変衝撃的な、非常に痛ましい状況に直面します。あなたは、精神的な「痛み」よりもつらい心的「苦悩」があったと、とてもうまく言い表していましたね。

わたしたちは理不尽な考えだと知りながら、自分を独りぼっちにして逝ってしまった者を責めがちです。しかしそれは、愛する者を失い、大きく穴の空いた状態で生活し続けていくのは困難だ、ということを示すために発せられる言葉であり、愛する者の死という深い悲しみに立ち向かう方向へと導いてくれる、一つの理にかなった苦しみでもあります。

「あなたの死のことで、もうそれほど悲嘆に暮れていないから大丈夫だよ」と、逝去した人を安心させなければならないのは、遺されたわたしたちです。生き続けている者こそが、亡き人々に敬意を払い、あの世から見守っている彼らが心配することのないよう、精一杯努力してより良い人生を送っていかなければならないのです。

マリア・エレーナ・ハウレギ　でも、実は……先程の男性が、最悪の危機は老いだ、とおっしゃった時、わたしは正反対のことを考えていたのです。「老いが来れば、どんなにいいか」って……。（拍手）

3 罪

ホルヘ　残念なことに、もう、本日最後のテーマ「罪」になってしまったよ。

マルコス　この世に罪が存在しなかったら、心理学者や精神科医はどうなってしまうのでしょうか？飢え死にしてしまうかもしれませんよ！（笑）

ルイサ　マルコスは『罪神礼讃』(原注9)、ホルヘは『セルフエスティームからエゴイズムへ』(原注10)の中で、それぞれが罪について違った角度から焦点をあてて独特の取り上げ方をしていらっしゃいますね。

マルコス　確かにそのとおりです。わたしたちは別の立場から出発しているので、言及の仕方も異なるのでしょうが、最終的には意見の歩み寄りが見られることでしょう。

あなたが指摘してくださったように、わたしたちはどちらも罪をテーマにした本を書いています。『罪神礼讃』では法的、心理学的、神学的、人類学的、歴史的……と罪の多面的な分析を試みています。本文中でも述べているのですが、少なくとも西洋文明においては、罪は今も昔も大変強い存在感を保っていて、多くの病を引き起こしています。ですから、臨床医の診察室では罪の意識についても取り扱うべきです。

ところで、この本を書いていた一九九二年は先進諸国の面前で新たな大量虐殺を伴ったユーゴスラビア紛争のさなかです。ほんの数年前まで結婚式に同席し、共に踊っていた住人たちによって演じられた戦争。

互いに破壊し合い、女性たちを辱め、赤ん坊を壁に投げつけ頭蓋骨を粉砕し……想像を絶する光景でした。アメリカ大陸発見から五百年を祝う特別な年に、ナチズムが和らいだネオナチではなく本来の姿で現れた。死滅しなかったペストのごとく、世界中の至るところで再びナチスが出現し始めたのです。わたしは悲嘆に暮れながら自問しました。「ヨーロッパ古来の罪の意識の機能はどうなってしまったのだ?」「残虐行為のあと、罪悪感を覚えることはないのか?」「何かが間違っている」……ユーゴスラビアの人々が生まれながらの殺人者だなんてとても思えません。彼らだって、どこにでもいる一般市民だったのですから! それなのに、ある日突然、靴職人が、大工が、商人が、店員たちが殺戮者に変わり、機関銃を手に難なく殺人を繰り返しながら行進したのです。どうすればそんなことが起こりうるのでしょうか?

わたしは罪というテーマを人類学の観点から分析し始めました。それによると、はるか先史時代には、罪が人類の消滅を回避するメカニズムのような働きをしていたといいます。

ガブリエル(23歳、心理学専攻の学生) その観念は、のちに精神分析が取り入れていくものですか?

マルコス そうです。あらゆる神話に共通して言えることですが、たとえ全部が全部、真実ではなかったとしても、その中には真実の根源となるものが含まれているに違いありません。

太古、ヒトはみずからの弱さのために(人間は時期尚早に、つまり未熟児の状態で生まれます。母親の

原注9 マルコス・アギニス『*Elogio de la culpa*(罪神礼讃)』(Planeta 1993)

原注10 ホルヘ・ブカイ『*De la autoestima al egoísmo*(セルフエスティームからエゴイズムへ)』(Del Nuevo Extremo 1999)

子宮内に九ヶ月間いるというのに、出生後、それと同じ期間、自分を守り、食事を与えてくれる者に依存しなければならないからです。そうしなければ確実に死んでしまうでしょう）生き残ることが困難だったと考えられます。そのうえ、自分の身を守るための牙も、爪も、毒も持ち合わせていません。それなのに、どうやって生き延びてこられたのでしょうか？

ライオンや馬などと同じように、ヒトも小さな群れを形成していました。ボスとなったのは群れの中で最も年長で権力を持ったオスで、彼の嫉妬が群れの中でのフリーセックスを阻んでいました。ほかの哺乳類と同様、ライバルから力強く守るものがすべてのメスの主人だったのです。やがて子が成熟し、ボスのメスに手を出そうものなら、群れからの追放や死というかたちで厳しく罰せられました。ローマ人によるサビニの女たちの略奪は、若い男たちが別の群れに属している女たちを得ようと周辺地域を略奪し回っていたような、古き時代の凝縮された伝説です。

やがて、近親相姦の禁止と血縁外結婚の義務という非常に重要な二つの掟が課せられるようになりましたが、それでもまだ確固たるものではありませんでした。なぜなら、掟を破るにはボスの力が衰えるだけで充分だったからです。そこで罪の観念が入ってきたのです。その出現はおどろおどろしいものでした。今からそれについてお話ししましょう。

一世紀あまり前、ロバートソン・スミス[20]は、最古の共同体儀式である「トーテミズムの祝宴」の謎を解明しました。これは、同じ血族集団に属するメンバーによるプライベートな儀式で、トーテム信仰と罪悪感の同時確立を祝うものでした。

かつて、わが子を食い殺す巨神族クロノスのように残忍だった長老に対し、息子たちが団結して反乱を起こしたことがありました。彼らは親を殺して肉を食べました。人を食い尽くすことは、相手の持つ力を自分に加えることを意味します。そうして、長老によって抑えられていた禁忌を犯す道が開かれたのです。

しかし、事態は混乱を極め、血族内で対立が起こり、皆殺しさえしかねない兄弟殺しが始まりました。絶滅の脅威が臨界点に達した時、亡父の霊魂が現れました。息子たちは父を殺し、むさぼり食った罪悪感を覚え、彼が生きていた頃よりも厳格にその意志を遵守していくことを決意しました。

トーテミズムの祝宴は重大な罪の名残ですが、共通の絆による調和と掟の尊重を示す儀式なのです。

近親相姦を禁ずる法が強化され、兄弟殺しが抑制されました。それから何世紀ものちに、文明が発達し、同族だけでなく、いかなる男女を殺すことも禁じる第五の戒律が設けられました。この長く緩やかな進歩は、そのような古《いにしえ》の出来事に端を発しているのです。最初の父殺しの罪が、どんなに殺人願望が激しくても、殺戮し続けるのを抑えようとする精神的メカニズムへと発展したわけです。

フェリペ（マル・デル・プラタ出身）　すみません、マルコス……宗教的観点からは、罪をどのように分析されますか？

マルコス　西洋社会に非常によく根づいた罪は、二つの重要な宗教的公式を持っていました。一つは古代イスラエルにおいて預言者たちが、伝染病や戦争など集団に降りかかる大災難を人為的に防止可能、あるいは不可能な事象としてではなく、一緒くたに社会のモラル逸脱に対する神の罰として説明したものです。これは倫理に沿った道を人間に歩ませようとする方法の一つでした。ここで忘れてはならないのは、イスラエルの神が古代エジプトにおけるアケナトンのような一神教の神であるだけでなく、人を殺すことを認めない道徳上の神でもあったことです。これは罪悪感と大いに関係し、それで預言者たちの公式では、厄災は起こるべくして起こるのではなく、倫理規範に背く行為をしたから起こるのだと主張されたのです。

二番目の公式は、それよりもさらに一歩踏み込んだキリスト教のものです。カトリック教徒の方々は、復活祭の土曜日から日曜日にかけての晩に、「キリストという贖い主をわたくしたちにもたらしてくださった罪に感謝します」というフレーズを唱えるのを御存じでしょう。キリスト教神学では、人間の堕落を引き起こした原罪によって神と人間の反目が確立したとされています。この対立は罪を洗い流すためにみずから犠牲となって死んでゆく贖い主を必要とします。この点が、キリスト教神学の教義における基本です。これに対して、ユダヤ教で重要なのは原罪ではなく、個が犯す罪です。

おしまいに心理学に話を戻しますと、罪は常に何らかのかたちで存在するものなのに、しばしば必要ない場面で極端に誇張されて組み込まれていることがあります。そのうえ、罪には意識的なものと無意識的なものがあり、現象はますます複雑になります。意識的に犯した罪は良心の呵責として認識されますから、その存在は明らかです。一方、無意識に犯した罪は認識されません。

では、どうやってこれに気づくのでしょうか？　どうすればセラピストたちは、患者に神経症の症状が見られるのは無意識の罪の影響である、と認知できるのでしょうか？

神経症患者が示す兆候の中で最も一般的なのは自虐的傾向です。患者は、本来ならば回避できるような精神的苦痛や打撃、失敗へと自分を追いやるような行動をとります。

ホルヘ　現時点で人類学的に分かっていることは、マルコスが述べたことでほぼ説明できるだろうね。だが、例によって理論的解釈はあくまでも理論上のものであって、理論が理論について語るのは世の常で、そして、理論はいつも実証したいことを実証するために組み立てられるから……おしまいには実証したい

ことが実証される結果になる。(笑)

だから、わたしはここで、日常的に起こっていることに焦点を当ててみたい。だって通常、われわれが自分の父親を殺したいと思うことは滅多にないし、文字どおり母親を殺したというケースも稀で、さらに、母親とセックスしようなどとは思いつきもしないからね……少なくとも頻繁には。(笑)

無意識的な罪についての提起にけちをつけようってわけではない。確かに、世の中の影の部分ではそのような出来事が起こっているかもしれないからね。しかし、日常生活のさまざまなやり取りの場面で、いつだって罪の意識は人が前進するのを阻み、必要な苦難を妨げ、しまいには、成長のプロセスを抑制し、危機を生み出し、深刻化させる足かせのような作用を及ぼす。

罪悪感を、ヒト特有の不道徳で下品な行為を犯さぬようブレーキをかけるものだとする考え方は、人間が本質的には悪で、有害で、邪心に満ち、下品で卑劣、残酷な、殺人鬼だという前提に基づいているが、これに対しては、わたしは議論の余地があると思う。

戦争や殺戮、大量虐殺といった犯罪や、それを犯す性質を持つ人間がいることを証明する具体的事実は、人間が本質的に悪だとわたしを納得させるには至らない。

そのように扱われた結果、人間が悪に変化したのだという考えには同意できる。つまり、だれかを人殺しのように扱えば、おそらく彼を人殺しに変えることができるに違いないし、逆に、ある人の殺人本能を抑制するため四六時中抑圧すれば、そのようになるだろう。いずれにせよ、人間はこうである、と証明できるものではないんだ。

一方、何世紀にもわたるわれわれのユダヤ・キリスト教倫理は、人間は悪であるという考えから出発し、罪が人間を抑える役を果たしてきた。悪を見つけ出し、説き伏せ、道徳を定め、植えつけねばならない……そして、何をしていいか、何をしてはいけないかを定めるために、非常に強力で公正な神が必要となる。

仮にこの世には善人・悪人が存在するという考えを受け入れたとしても……実際、臨床医としての経験から言って、殺人鬼って奴は罪の意識を感じないものなんだよ。だとすれば、人を殺そうなどと思いもしない人々だけにブレーキをかけるような罪が何の役に立つ？　わたしはこれをよく「罪は噛みつかない犬用の口輪であり続けている」と呼んでいる。

マルコスが著書で「責任を負う罪」と名づけたものを、わたしは「責任感」と呼びたい。つまり、より責任感のある人間になること、相手に何らかの損害を与えてしまった場合、すぐに「lo siento（申し訳ありません）」と言える人間になることを指している。なぜなら「lo siento」は「siento tu dolor como si fuera mio（あなたの痛みを自分の痛みのように感じています）」という意味で、相手の痛みと一体化するわけだから、謝罪したことで自分を非難する必要はない。少なくとも故意におこなったのでなければね。

では、故意にやった場合、罪は何に役立つだろうか？　この場合、罪はその場限りの自己非難をして許してもらい、その後、また同じことをし続けるための一時的な見せかけの機能を果たす。わたしにとって、これはまったく建設的なものではない。

要するに、どんなに効果的な罪であっても、それを科すべき相手には効き目がないってこと。そもそも、そういう輩には罪悪感がないんだから。

「……で、きみは自分のしたことに対して、何の罪も感じないのかい？」

たとえだれかにこう訊かれても、人間のクズの見本のような野郎の答えはＮＯだ。

たとえばわたしが、責任は彼にあると感じ、こう言ったとする。

「もし、わたしがきみだったら、罪悪感を持つだろうな」

それでも彼はこう返すだろう。

「ああ、そう？　おれは感じねーな」（笑）

ルイス・ペレス（40歳、新聞記者）　ホルへ、一つ反論したいのですが。あなたの、罪は犬の口輪のようなものという理論は矛盾していると思います。なぜなら、殺人鬼は罪など感じないということは、殺人鬼でない者たちには罪の意識があるということになるからです。あなたが「人を殺そうなどと思いもしない人々だけにブレーキをかけるような罪が何の役に立つ？」と問うならば、わたしは「罪があるからこそ、彼らはだれかを殺そうなどとは思いつかない」とお答えしますよ。

ホルへ　今の提起は何だか、死人はもうそれ以上コカ・コーラを飲まない、だから生き続けるためにはコカ・コーラを飲まねばならない、と断言しているのと同じに聞こえるけどね。まあ、それはさておき、提起に至った過程は分かったし、説明もしてくれたけど、まだ話し足りないことが多々あると思うんだ。罪に関して、あなたとわたしが合意できそうな点は、それが過剰になった場合についてだ。

自分自身を膨大な罪でとがめながら暮らした時、人を抑圧する有害で、悪辣で、ノイローゼ的な罪悪感が生まれるが、それはわれわれの発展にブレーキをかける役割しか果たさないから、何の役にも立たないのは確かだ。

マルコス　今、過剰な罪の意識について指摘がありましたが、極端さがどれほど致命的であるかを証明する一連の特質があるんですよ。たとえば、著しく空腹を感じるのと、まったくそれを感じないのは、どちらも同じくらい危険な状態です。極度の痛みは死に至る可能性がありますが、一方、まったく痛みを感じない状態も、同じく危険なことでしょう。なぜなら、体がうまく機能していないことを知らせる警告が無効になっているわけですからね。これらと同様に、極度に罪悪感を持つことも、臨床医学で抑うつ神経症や憂うつ症、倫理的マゾヒズムなどと呼んでいる恐ろしい病理に至らせます。逆に、まったく何の罪も感じないほうは、一般的に「ならず者」と言われる心神喪失の状態を引き起こすのです。

『罪神礼讃』の中では、これらのことや罪がどんなに失望しているかを指摘しています……何しろ罪が一人称で語っていますのでね。罪の概念を読者に消化しやすくするために（ロッテルダムのエラスムス〔21〕に着想を得たということもあって）文学的な手法を使わざるをえませんでした。そこで、罪をみずからの美を自画自賛する、とても魅力的な女性に見立てたのです。主人公がむさくるしい男だったら、だれも読んでくれなかったかもしれません。

罪は自分のしてきた善行をすべて挙げ連ね、そしてこう言います。

「何てこと！　はるか先史時代にはわたしが人類を消滅の危機から救ったのよ。それなのに今やわたしを気にも留めない極悪人だらけだなんて。彼らはわたし（罪の意識）を感じることなく犯行に及んでいる。しかも凶悪犯罪に。わたしの狙いがはずれたのかしら？　どうなっているの？　善人が悪人よりも罪を意識しているなんて！」

こんな具合に話は進み、おしまいに先程ホルヘが述べていたようなことを言うのです。「うまくいっていないことに気づいたわ。だって、働けど働けど埒《らち》が明かないんですもの。だから娘を産むことにしたの。何の病理ももたらさない、それでいて人間同士が傷つけ合うのを妨げられるような娘を……」

その娘の名は「責任」なのです。

心理学者と法学者、それぞれが考える責任は別です。心理学と法学の分野は相対するものだからです。法学にとって、罪は個人の責任と結びつく客観的存在です。過失行為が疑う余地なく故意で、責任能力（成人で正常）のある個人に属する場合にのみ、罪が存在します。言い換えれば、法律上で罪を負わせるためには、被疑者があらかじめ責任を負えるだけの力を持っていることが必要なのです。この言葉の語源は説得力がありますよ。responder（答える）能力のある人が responsable（責任能力のある者）、つまり、自分でしたことを説明でき、そのうえ納得させられる人だということです。ところが、心理学はそうではなく、はじめに罪ありきで、そのあとに犯した行為に磨きをかけ、妥当な責任を浮かび上がらせます。

罪の意識を感じない者には反社会的行動や心神喪失の傾向があります。そして後者を、専門用語になじみのない方々にも分かりやすいよう、単に「ならず者」と呼ぶのです。要するに、ならず者は罪など感じないから、そのような行為に及ぶということです。

ホルヘ　告白するとね、わたしはいろんなことに対して頻繁に責任を感じるが、罪を感じることはない。それはわたしが例外的存在であり続けているからか、それとも……卓越した隠れならず者だからか。（笑）

マルコス　ホルヘがわたしと教育分析をする気はほとんどなさそうですので、彼が罪悪感を抱いてきたか否かを知ることはないでしょうね……。

ホルヘ　違うよ、マルコス。感じたことがないではなくて、もう感じていないってことだよ。ところで、

きみと教育分析をすることだけど……そりゃあもう、喜んで……この件についてはあとで話そう。(笑)
わたしはその人にもたらされるべき罪がどれなのかを見極めるために、これらのことについて考えるのは大切なことだと思う。それを必要な罪と呼ぼうと、不必要な罪と呼ぼうともね……責任能力を果たす、つまり、行動で応えていくことが不可欠なんだ。

ホセ・マリア・オナイテ(マル・デル・プラタ出身) 罪人のほうが危機を脱するのはより難しいのではありませんか? 危機に対処する強さを持つために、人格に重要な要素は何なのでしょうか?

ホルへ アダムとイブが人類の祖となるくだりで、大きなテーマとなるのは原罪だ。そして、神罰は、最終的には不従順に対するものだった。これについて、ハロルド・クシュナー[22]というラビがみごとな明晰さで次のように解釈した。

本当の罪は神への違反ではなく、アダムの返答にある。「なぜ禁断の果実を食べたのか?」という神の問いに対し、アダムは「あなたの造った女性がわたしにくれた」と答えた。「わたしの責任だ」とも、「わたしがやった」とも言わなかった。つまり、彼は自分の責任を認めず、それをエバに転嫁したんだ。次いで、神はエバに「なぜ禁断の実を食べたのか?」と尋ねたが、エバも「蛇がわたしを誘惑した」と答えた。クシュナーいわく、この責任感の欠如こそが赦しがたいことである。違反行為がではなく、みずからが犯した違反の責任をとらないことが何より赦されない。なぜなら、違反するとは決断を下すことだからだ。

(ホセ・マリア・オナイテに) きみの問いへの答えとして、罪人というのは違反に対する恐れから決断を下す気になれない人のことだと言えるかもしれない。それゆえ発展できず、自分の過去の物語に安住し、抜け出すことなく留まっているんだ。しかし、いずれにせよ要は本人がどう物事を解決しようとするかにかかっている。そのことを真剣に考えねばならない時が来ているのかもしれないね。

とある禅の師匠の下で修業をしている、二人の弟子が瞑想にふけっていた。

一方がポツリと洩らした。

「ああ、タバコが吸いてえなあ！」

「おまえはアホか？　師匠にぶっ殺されるぞ！」

「いや……いくらなんでも殺すようなことはしないさ……おれはタバコが吸いてえ！」

ああでもない、こうでもない、ああでもない、こうでもない……。

「とりあえず、師匠に訊いてみるとするか……」

「だめだって言うに決まってんだろ！」

ああでもない、こうでもない、ああでもない、こうでもない……結局二人はタバコを吸うことができるかどうか、師匠に尋ねることに決めた。

さて、その翌日、二人がいつものように顔を合わせると、一方は瞑想しながらタバコをふかしていた。

「おい、タバコを吸いながら何してんだ、このトンマ！」

「だって、師匠がいいって言ったんだぜ」

「そんな馬鹿な！　おれも師匠に尋ねたが、だめだと言われたぞ！」

「どうしておれにはできるって言ったのに、おまえにはだめなんだよ？」

「おれはだめだと言われたんだ！」

「おれはいいって言われたんだ！」

「そんなことがあるもんか！　師匠がそれぞれに違う答えを出すはずがないだろ？」

「……ちょっと待て。おまえ、師匠に何て訊いたんだ？」

「おれはこう訊いた。『師匠、瞑想中にタバコを吸ってもよろしいでしょうか？』とね。そうしたら師匠は『とんでもない！　だめだ』って」

「ああ、そうか。違いはそこだ！　おれのほうは『師匠、タバコを吸いながらの瞑想は可能でしょうか』と訊いたんだよ。それで『まあ、できるじゃろうな』と言われたんだ」（笑＋拍手）

エリザベス・ニチェルマン　たとえ故意におこなった場合であっても、意識的な罪は許しを請い、また熟慮するのに役立つと思います。ところで、罪が無意識的なもので精神分析を通じて発見され、自分に罪、あるいは責任があることを知ったとしたら（わたしは四歳の息子を亡くした経験があるのです）、それを知ったことが何の役に立つのでしょうか？　無意味な罪悪感が何年もわたしを苦しめ、成長を妨げ、娘との楽しいひとときを過ごすことさえできなくしてしまいました。外では笑顔の仮面を被っても、家ではそれができずに茫然とするしかなかったからです。

ホルヘ　きみを傷つけ、何の役にも立たない、あまりにも無駄で病的な罪は確かに存在するよ。わたしの考えとは相容れなくても、マルコスの考えは理解できるだろう。アギニス博士が言っているのは、人間の持つ破壊的本能を抑制するのに罪が役立ってきたということだ。罪の意識を感じることが素晴らしいなどとは、けっして言っていないよ。

エリザベス・ニチェルマン　病的、そのとおりだわ。でも、それを捨て去るのはとても難しいのです。

なぜなら、罪を認識し、直視し、そこにあると分かったとしても、それからも長いあいだ存在し続けるでしょうから。

マルコス　あなたは心を揺さぶる話をしてくださいましたね。自分が無意識的な罪を持っていたことや、罪の意識を感じていることを発見するのが、いったい何の役に立つのか、という問いですが、わたしはその罪から解放されるために役立つと思います。この根拠のない罪は、心の中に現れた正しくないつながりの一部から生じたものです。人は罪の意識を感じ、みずからを責めたがり、正当化できない道理や現実的でない理由で苦しみますが、わたしは根拠のない無意識的な罪は病理を引き起こすと強く主張します。

神経症の分野から見ても、たとえば、強迫神経症や憂うつ症、倫理的マゾヒズムにも罪が潜在しているのです。病理なのですから明らかに排除しなければなりません。排除できるかどうかはそれぞれのケースで使用される手段によりけりです。著しい好結果をもたらす方もいらっしゃいます。

グロリア・ラマス　お二人は、罪と償いをどのように結びつけていますか?

マルコス　どちらも法律に関連する側面です。それゆえに、法律の近代化にともなって、あまり刑罰のことは語らず、むしろ制裁のことが語られるようになってきました。

重要なのは、その者が与えた損害を何らかのかたちで償うことです。もちろん、償いようのない損害があるのも事実ですが。復讐と怨恨は論理の絶対的な欠如に基づきます。なぜなら、これらの情動が目指すのは、すでに起きてしまった出来事を消滅させることですが、過去は残念なことに変更不可能だからです。

しかしながら、償いを成し遂げることは可能です。でも、過去を消し去ることでそれがなされるわけではありません。要するに、法律の分野では、制裁の概念は償いの可能性へと向けられていると言えるでしょう。完璧を求めることはできません。「より悪くない方向」に持っていくよう訴えていきましょう。

ホルヘ　だが、その償いのために罪は必要ないだろう。責任だけで充分だ。

マルコス　ここで、ノーベル賞候補と噂されたこともあるデンマークで最高の現代作家、ヘンリック・スタンゲルップの著作を引き合いに出そうと思います。

ベストセラーになった『罪人になりたかった男』というタイトルの小説ですが、激しい口論の最中に妻を殺してしまった人物を扱ったものです。犯行ののち、彼の引責性に関する分析がなされ、その結果、犯行時は精神が錯乱状態にあったと診断され、彼はリハビリ目的でサナトリウムへと送り込まれます。そこでは、みんなが彼に多大な愛情を持って接してくれ、彼は激情的な精神状態で殺人を犯したのだから、罪を問われることも刑務所に送られることもない、ということを示そうとしてくれます。主人公はますます絶望的な状態に陥っていきます。妻を殺した時の残酷な方法や、自発的行為であったことを語り、自分は殺人に対して罪の意識を感じており、刑を受けるに値し、それを望んでいるのだということも説明します。彼は自分の行動に一貫性がないと決めつけられることに同意できないのです。世の中は取り違えられているのかもしれない。しまいには、彼はついに正気を失います。なぜなら、彼自身が処罰されたがっているのに、非常に譲歩的で進歩的な現代デンマーク社会は、彼を刑に処するつもりがないからです。

ホルヘ　ただし、これは小説中の話だ……デンマークに旅行すれば問題が解決するなどと思わないように……。（爆笑）

わざわざこう言うのは、「ねえ、デンマークで暮らさない？　とってもいいところなんですって」と言い出す輩が必ずいるからなんだよね……。

マルコス　「あっちで殺せば、大丈夫」……。（笑）

ベロニカ・ニコリ（サン・ベルナルド出身）　わたしの質問は危機・変化・罪のテーマに関連することです。わたし自身は変化に対する用意ができているつもりです。お二人は愛する人々と助け合ってゆくことが必要だと述べていましたが、親しい人たちが変化に対する準備ができていない場合には、どう対処すればいいのでしょうか？

ホルヘ　（皮肉っぽい口調で）きみの質問は、相手が、きみが素晴らしい人間に変わった、ということに気づかないマヌケだったらどうしたらいいのか、ってこと……。

ベロニカ・ニコリ　そのとおりです！

ホルヘ　はは～ん。

ベロニカ・ニコリ　実はわたし、教師をしていて、同僚がたくさんいます。でも、彼らはわたしがプラスになると思われる改革を提案するたびに、「何でわざわざ生活を面倒にするの？」とか「馬鹿言わないでよ！」とか「今もらってる給料を考えたら、唯一望むのは、なるべく働かないようにすることだわ！あなた、おかしいんじゃない？」なんて言うんです。自分だけが孤立する結果にならずに、周りをより良くしていくにはどうすればいいのかしら？　これはわたしのせい？　だって、自分が正しいと思った考えに忠実でい続けているのに、ますます孤独を感じるんです。

ホルヘ　みんなにお願いがあるんだ。自分が正しいと信じたことを主張したあと、孤独を感じたことのある人、どうか手を挙げてくれ……。（聴衆の半数以上が挙手）

（ベロニカ・ニコリに）これでもまだ独りぼっちだと思う？　馬鹿言ってんじゃないよ！（拍手）

さて、お別れに詩人ホルヘ・デ・ラ・ベガの作品を読んで、今日のライブ対話をおしまいにしよう。

連絡する　親しくなる　訪れる　握手する　抱擁する　付き合う　隣接する　ピッタリ合う　抱き締める　群がる　一団になる　合流する　賛同する　融け合う　会合する　同盟を結ぶ　ひしめき合う　近づく　共生する　連合する　混じり合う　与《くみ》する　加わる　集合する　提携する　集成する　和解する　くっつく　結合する　ごちゃまぜにする　巻き込む　心を奪われる　あいだに入れる　折り合う　混合する　出くわす　より合わせる　同行する　伴う　触れ合う　離れられない　参入する　統一する　並列する　近接する　含有する　あとに続く　共通の目的に向かう……

ああ、辞書を読んだなら、人々はとてもじゃないが、独りではいられないだろうに（大拍手）

ライブ対話　4　ブエノスアイレス

1　幸せの探求

2　社会の暴力

3　身体礼讃

ライブ対話の参加者

ベト・カセージャ（司会者）
クララ・ドブラス
マルタ・クルク
エリナ・シュナイダー
ミルタ・アンヘラ・スピネリ
ディエゴ・クルス
イタロ・マルティネリ
エステバン
セシリア
テレサ
スサーナ・ペレス

ファビアン・サヨンス
ガブリエル・スバーラ
ドーラ・グロイス・デ・ストロバス
リカルド
アドリアーナ
ロドルフォ・ピアイ
リタ・セハス
フェルナンド・ダナ
ミリアム・ビビアーナ・グルス
ビルヒニア

1　幸せの探求

マルコス　本日はわたしが、美しい伝統建築物アバストの会場で、皆さんに歓迎の言葉を述べることになりました。

ブエノスアイレスの歴史を狭義に考えますと、この町の興隆は十九世紀、社会を底辺で支えた下層労働者、海外からの移住者たちの努力の結晶と言えるでしょう。彼らは苦悩と郷愁を抱えながらも、勇気と情熱をもって生き抜き、そんな中から数々のタンゴの名曲や幻想小説、英雄伝説が生まれました。また大都会ブエノスアイレスでは合法・違法を問わず、ありとあらゆる活動が営まれ、人的ネットワークも充実しておりましたので、夢を抱いた多くの人々が集まってきました。その後、軍事政権の圧政で荒廃し、一時は昏睡状態に陥りましたが、現在ではすっかりよみがえり、希望に満ちた首都・文化の中心となっています。

さて、本題に入りましょう。

何世紀か前の話になりますが、周囲から狂人だと思われていたユダヤ教のラビがいました。それというのも、彼がこんなことを言いながら森の中を歩き回っていたからです。

「わしは答えを全部持っている。だれかわしに問うものはおらんか？」

問いかけはすべての活動の要《かなめ》です。そのおかげで人は科学をはじめとするさまざまな分野で進歩を遂げることができたのですからね。

わたしは、皆さんがこの機会を必ずや有効に活用されることと願っております。では、さっそく、一つ目のテーマについて始めるとしましょう。

ベト・カセージャ（司会者）幸せは存在するのだろうか？　それは神話、あるいは抽象的概念でしかないのか、それとも、反対に、触れることや到達することができるものなのだろうか？

マルコス　今日に至るまで、幸せというテーマが心理学の巨匠たちから決然と取り扱われたことはありませんでした。まるでそれ以上付け足すことのない、分かりきったもののように置き去りにされて。しかしながら、幸福は人間の条件の基本となるテーマです。すべての人にとって、幸せとは何か、そして特に、それをどのようにして得たらよいかを知ることは大切なことです。

幸福になる方法に関わるジョークは山ほどあります。

一昔前、インタビューで「あなたは幸せですか？」と問われたウッディ・アレンが、彼特有の聡明さと懐疑主義をミックスさせ、こんな返答をしていました。

「ええ、幸せですよ……ぼぉっとしている時は」。

また、アメリカの心理学専門ジャーナルで読んだある研究レポートのタイトルは、あまり学術的ではないけれど、説得力のあるものでした。

〈われわれは裕福なのに、なぜ幸せではないのか？〉

人は、しばしば幸せを財産と結びつけがちです。実に多くの人々が、できる限りたくさんの財産を蓄えようと奮闘しています。そうすることで幸福が得られると信じながらね。この場合、財産は最終目標ではなく、幸せを得るための手段でしょう。にもかかわらず、とても裕福な人々も自殺や心身症、麻薬中毒、うつ病、家庭不和などの問題から逃れられないことは周知の事実です。

ジャンバッティスタ・ビーコ[23]やディヴィッド・ヒューム[24]、モンテスキュー[25]といった思想家たちは、個人の豊かな生活と社会福祉とのあいだに調和が存在する時のみ、幸福がもたらされると述べました。これは理にかなった評価です。なぜなら、事実、悲惨な状況にある人々に囲まれて暮らしていたら、よほど極悪非道な人間でない限り、自分が完全に幸福だと感じることはできないでしょう。

富の獲得は、仮に社会全体が高い経済水準を得たとしても、幸せを確実なものとしてくれるわけではありません。

古代ギリシアにおいて、このテーマについて精力的に取り組んだのが哲学者エピクロスでした。彼は、幸福をこの世の快楽と結びつけ、その追求を説きました。快楽といっても放蕩や不品行のことではありません。メノイケウス宛の書簡の中で彼は、幸せになるためには知恵や善徳、正義を身につけ、各人が「神のように生きる」べきであると述べています。

しかし、彼の主張は欲望のみを追う快楽主義と誤解され、人生の目的を徳とするストア派から軽蔑されます。また、彼の思想を継承するエピクロス主義も、後代まで誹謗の対象となります。たとえば中世キリスト教社会では、快楽は道徳に反する行為と見なされていましたし、「神のように生きる」など言語道断だったでしょうからね。

エピクロスは、幸福は一時的な快楽によってではなく、小さな喜びの積み重ねによって得られると断言していたのに、そのように意味がゆがめられ、中傷される結果となったのは誠に残念でなりません。

ホルヘ　マルコス、きみの話を聞きながら、「幸せになるために神のように生きる」という大胆な試みについて考えていたんだが、考えれば考えるほど、ひどく幸福が不可能なものに思えてならないよ。

わたしは自分が神ではないことも、きみが神でないことも、この会場にいるだれ一人として神でないことも承知しているよ。でも、もし、これを比喩としてではなく文字どおり捉えるような罠に陥ったら、幸せはわれわれのためのものではないと考える結果になってしまうかもしれない。

わたしは幸福が存在していると確信している。それは具体的な行動であり、照準を合わせてもけっして到達することのない遠近法の消点のようなものではない。幸せは快楽や享楽に縛られないという唯一の条件を伴う行動だ。かといって、去りゆく日常のひとコマと関係があるとも思わないね。

マルコス、きみに質問するよ。幸福とは、瞬間的な喜びや自分が一番好きなことをする、あるいは、今していることを楽しんでいるといった類の話じゃなくて、何かもっとそれ以上のものだと思わない？

マルコス　はじめに、エピクロスは「神になる」ではなく、「神のように生きる」と言ったということを思い出してください。両者は同じものではありません。質問への答えはNOです。好きなことをする、それ自体が一つの喜びと言えますからね。

だれもが幸せになる権利を持っているとはいえ、皆がその権利を行使しているわけではなく、外部からも内面からも多くの妨害や禁止があることを覚えておきましょう。外部からの禁止とは迫害や貧困など、多種多様な状況から生じるもの。内面からの禁止とは幸せになれる可能性があるのに、みずから妨げてしまうもの。これらは個人の人生に関わる禁止ですが、現世の幸福を罪と見なす文化圏があるように、民族全体に関わる禁止も存在します。

幸せの探求方法はさまざまですが、達成しやすいだろうと思しきものが一つあります。わたしはそれを自己目的体験《アウトテリカ》と呼んでいるのですが、平たく言えば、興味のあることに熱中し、集中し、楽しむことです。たとえば、スポーツ愛好家が練習を通じて運動を楽しみ、ダンス愛好家が踊ることに全身全霊を傾け、文筆家が執筆の過程に喜びを感じるというように。けれども、この言葉の捉え方にも「罠」が隠されていますので（人間の精神はそれこそ罠だらけですが）、これで良しとするわけにはいきません。働くのがとても好きだという人は、自分の仕事を喜びの源ではなく、目の前の喜びに恐れを抱き、それから逃げるための依存に替えてしまっている可能性があります。いわゆるワーカホリックです。そうなりますと仕事は幸せの源ではなくなり、逃避に変わってしまいます。

幸せとは、健康な人の血圧のようにいつも同じ状態を保っているものではありません。それどころか、とても幸せだと感じる時もあれば、まったくそうでない時もあります。

しばしば幸せは失望、挫折に対峙するものと見なされます。悪いことの逆ということでしょう。たとえば、疲労時の休息はより喜ばしく感じ、大仕事のあとの休暇はさらに楽しいものとなる。幸せは悲しみや苦悩、失敗、痛みなどと対極をなすものと言えるでしょう。

ホルへ　マルコス、きみは人々が人生を楽むことを阻止し、幸せになれるはずなのにそれを妨げている罠についてとても分かりやすく述べてくれたね。

ほかにも、それまで打ち込んでいたことから解放される幸せというのも考えられるんじゃないかな。スポーツ選手が運動している時の幸福って話はすごく気に入ったけど、そんな風に運動を楽しめる人は、おそらく運動を制限されるようになっても幸せを感じられることだろう。

幸せを達成や到達点のように考えるのではなく、一つの道のり、軌道のように捉えるほうが好きだな。いずれにしても、わたしは、幸せとは自分が目指す場所までの過程のようなものだと思っている。なぜなら、その方向へと進んでゆくことで幸せな気持ちになるからだ。ほんとだよ。特に、自分の歩んできた道に対する肯定的な、落ち着いた気分にさせてくれるんだ。

マルコス　ニュアンスの違いですね。たとえば、わたしたちは今この瞬間に一冊の本を作っているわけですが、この作業はわたしたちに喜びをもたらしてくれます。なぜなら、互いに意見を述べ合い、直接聴衆の皆さんとも接するからです。目的は本を出版することですが、他方で、その過程を楽しんでもいます。

ホルヘ　とってもいい例だね……ところで、この場を利用して一つ、きみに訊きたいことがあるんだ。昨日、「あーあ、明日はストライキだって！　交通手段がなかったら、みんな来られないじゃないか……残念だな！」と話していた時、正直、嬉しい気分なんかじゃなく、むしろ不愉快だった。でも、きみはあの不愉快さによって幸せでなくなった？　わたしはそんなことはなかったな。一緒に本を作るという計画は充足感を与えてくれるし、何より自分がしたいことだと思っているから幸せだったよ。

そりゃあ、もしも今日、この会場にだれも来られなかったなんて事態になっていたら、おそらく少しは落ち込んだかもしれないが、だからと言って、幸せでなくなるということはなかっただろう。

マルコス　そう、そこが肝心です。もし、本を完成させることが目的のすべてで、具体化していく過程を楽しまなかったら、そのあいだにある幸せを失ってしまうでしょう。先程述べた、自分のしていることを楽しむ、とはそのことを指していたのです。

すなわち、学ぶことが好きだとしたら、修得したと感じた時だけでなく、学んでいるあいだにも喜びを感じる必要があるということです。幸せは道のりである、というホルへの考え方は気に入りました。よく、人生は港なき航路である、と言われますが、この港とは、まさに人生の終わりのことなのです。

クララ・ドブラス（49歳、職業訓練指導員）　人は、自分自身の過去に目を向けた時、人生のさまざまな時期に自分が幸せであったことに気づきます。そして何度となくつぶやくのです。「そんなあ……なぜあの頃に気づかなかったのかしら？」と。

幸せを幸せとして探求し続けていくために人が発展させることのできる、道のりそのものを価値あるものと感じるための、何らかのメカニズムは存在するのでしょうか？　専門家の立場からお聞かせください。

ホルへ　わたしは、「唯一」のメカニズムがなければいいなあと言いたいよ。その考えに近づく方法は無数にあるはずだろうからね。そのメカニズムは、気づきや意識を高めていくこと、個の成長と大いに関係してくるものだ。自分自身や他者からの学びが、われわれの歩んでいる道のりを照らしてくれるだろう。

マルコス（クララ・ドブラスに）あなたの問いを、健康を自覚するのが難しいことと比べてみてはいかがでしょう。健康はふだん意識していない状態で、骨折したり発熱で寝込んだりした時に初めて、健康に恵まれていたことに気づきます。それどころか、無責任にもみずから健康を害していることさえありますよね。

幸せについても同じことが起こっているのです。幸せが手中にある時には、それをなかなか感じることができません。このことは、ホルへとわたしがおこなっている仕事、つまり、人々に気づきを促すこととも関わってきます。世の中には、幸せになれる可能性があるのに、そのことに気づかぬばかりに幸せでない人もいます。根拠もないのに年中、口癖のように嘆きを漂わせているような人たちのことです。

マルタ・クルク（46歳）　わが家に先祖代々伝わるショート・ストーリーを紹介します。幸せに向かってだれもが辿ってゆく試練の道のことが凝縮された話だからです。題名は「皇帝《ツァーリ》とシャツ」といいます。

病床についた皇帝が言った。

「余の病を治した者に、この国の半分を与えよう」

そこで、学識豊かな者たちが集められ、病気治療のための会議が開かれたが、解決策は見出せなかった。しかしながら、そんな中でただ一人、治療可能だと言いきった者がいた。

「幸せな人間を見つけ出し、その者のシャツを脱がして皇帝に着せれば、病は快方に向かうだろう」

皇帝は幸せな人間を探し出すよう命じた。

使者たちは国中を東奔西走したが、一人として幸せな人物を見つけ出すことはできなかった。ある者は金持ちだが病気で、またある者は健康だが貧しかった。金持ちで健康な者は妻に対する不満を口にし、子どもへの不平を洩らすという有り様。皆、何かしら不満を抱えていた。

ある晩遅く、貧しい掘っ立て小屋の前を通りかかった時、皇帝の息子はだれかが祈る声を耳にした。

「神さま、おかげさんで今日も一日よく働き、よく食べられました。これ以上、望むことはありません」

皇帝の息子は大喜びで、さっそくその者のシャツをもらい、要求するだけの金を与えるよう命じた。使者たちはシャツを得ようと大急ぎで家へ乗り込んだのだが……その幸せな男は、あまりに貧しくて、シャツすら持っていなかった。

エリナ・シュナイダー（63歳、役員秘書） 移ろいやすく、はかない現世に生きているのだということを踏まえ、人生の目的としては、幸せよりも外的要因に左右されない内的な精神の安らぎを達成することのほうがよいのではと自問しています。このことに関して、お二人のご意見をうかがいたいのですが。

ホルヘ おそらく、そのほうがいいのかもしれないが、幸せになることと精神の安らぎを得ることのあいだにわたしは何の違いも見出せないよ。なぜなら、わたしにとっての幸せは外での成功とはほとんど関係ないからだ。先程話していた本のことを考えてみてほしい。もちろん、本が出版されたら喜ぶだろう。でも、今こうしてみんなと分かち合いながら作り上げる過程を楽しんでいるあいだだって、紛れもなくわれわれは幸せなんだ。

幸せとは自分の道を歩んでいることを本人が自覚することで得られる、心の穏やかさに関わるものだ。一方、達成とは虚栄心の問題。たとえば、こんな風に言う時のね。「獲ったぞ」「一番乗りだ」「ベストセラーになった」「おれは成功者だ」「わたしの家はもっと大きい」……。

ミルタ・アンヘラ・スピネリ（自称〝青い天使〟、社会心理学者、マル・デル・プラタ出身） 幸せを何でもコントロールできる能力に基づかせるのは無益なことだわ。行動の選択はわたしたち自身の支配下にあっても、その選択による結果をコントロールすることはできないからよ。

翻って、普遍的な宇宙の法則や原理にはそれができる。だから、人生を統制しているのは、わたしたちではなく、宇宙の原理で……。

マルコス 人間の中には理想や義務、倫理的原則、願望、感情などが住みついています。わたしたちの内部でこれらすべてが衝突した時、あるいは理想が行動と一致しない時、内なる平穏に亀裂が生じます。もしも、わたしたちの理想が隣人と団結できる人間になることで、それがなされない場合には、穏やかな心情ではいられません。同様に、たとえ自分の両親を愛していたとしても、彼らを傷つけるような振舞いをしながら暮らしていたら、内面的な平穏を享受しようとしても無理でしょう。わたしたちを形成している種々の要素のあいだに、調和が存在していなければならないのです。

時には、自分の中での矛盾をはっきりと自覚できないこともあります。心の安らぎを得る方法はそれこそ千差万別です。適切なセラピー、知的な助言、とても深い瞑想、という具合にね。

ディエゴ・クルス（医師） この幸せというテーマはわたしたちの限界を超えた、あまりに包括的過ぎる問題だと思いませんか？ 人は、大小さまざまな出来事やプロジェクト、自己実現、愛情などから幸せを感じることができます。幸せが人に無理強いし、窮屈な思いやプレッシャーを与える結果となったということはないでしょうか？

ホルヘ ニンジンってことか。

ディエゴ・クルス そう、ロバの前にぶら下がったニンジンのように。幸せは、この世を去る前のわずかな期間でいいのでは。人生の収支勘定に応じて……。

マルコス 期待と成功のあいだには然るべき関係が存在します。人が実際の可能性よりもずっと上の目標を設定し、本来得られる以上の結果を求めると、ちょっとした成功を評価しようとは思わなくなるでしょう。反対に、現状にある程度見合った達成を望めば、一つひとつの成功は喜びの根拠となるでしょう。

時々、稀にではありますが、運も味方して、生活水準の低い人が一夜にして成り上がることがあります。

すると自分の幸運を祝いたくなるのか、十中八九は宴会を開きます。しかし、すぐにかつての不運を忘れ、現在の豊かさを過去の悲惨な状況とではなく、近所の金持ち連中と比べるようになるのです。新しく、より困難な競争に乗り出していくというわけです。

このように人は慢性的な欲求不満であり続け、その不満が幸せを妨げているのです。何も卑屈になれ、臆病になれというわけではありませんが、自分の可能性と釣り合った野心を抱くことはお勧めします。

ホルへ 今のマルコスのコメントに、次の話を付け加えたい。

ある著名な経済学者が息子と話し合いをしていた。

「そうじゃない、エルネスト。おまえは宝石商の娘カリナと結婚したほうがいいんだ。彼女は将来、家庭に絶対確実な資産をもたらしてくれるはずだ。父親が財産を遺贈するだろうからな」

「ぼくは靴屋の娘アレハンドラと結婚したいんだ」

「なぜ彼女と結婚する？　父親に財産はなく、援助は望めん。悲惨なことになるぞ。金欠、貧困……」

「そんなこと百も承知だよ。でも、分かるかなあ？　アレハンドラの傍にいるだけでぼくは幸せなんだ」

経済学者は眼鏡越しに息子を見、そして尋ねた。

「幸せだって？　金を持っていなければ、幸せになることがいったい何の役に立つ？」

おそらく、ハリウッド映画のような途方もない美しさ、けっして喧嘩になることのない夫婦、金銭的問題がまったくない家庭といった素晴らしい幻想や夢を追う物語は、観る者に対し、バーチャルなイメージとして機能すると同時に、刺激的な圧力をかけてくる。観る対象であるだけでなく、プレッシャーとして機能するからだ。「こういう生活が得られないなら、おまえは時代遅れの人間だよ」とね。

イタロ・マルティネリ　幸せは稀にしか到達できない場所でも、人生の途上に頻繁に現れて、何でもかんでも受け入れるべきものでもないと思うのですが。

ホルヘ　これはまさに先程マルコスが説明してくれたことだ。わたしも賛成だよ。だが、ここで「受け入れる」ことの意味をきちんと理解しなきゃならない。そうでないと、何も変えない、口答えせずに従う、何にでも同意して我慢することだと思い込んでしまう。しかし、まったくそういうことではない。かと言って、絶えず変わっている物事に適応しようと躍起になることとも違う。むしろこれまでとは別の場所から物事がうまく運ぶように接していかれるようになることに思える。そしてこの取り組みには、今回のライブ対話中、何度も登場している「満足（感）」という言葉が関わってくる。

幸せは、人が自分の望んでいる一つひとつの物事に対して、最善を尽くしていると実感している場合に現れる。人生において何かを試みる際、極端に常識はずれではない夢を持ち、欲深さからではなく、野心からでもなく、自分の資質の発揮を妨げず、他人と分かち合う可能性を出し惜しみせず、夢を達成しようとできる限りのことをするような状況に直面している、そんな時に幸せは現れるんだ。

エステバン（医師）　わたしは皆さんと若干意見が異なるので、変わり者だと思われなければいいのですが。アギニス博士がおっしゃる、幸せは物質的なものに基づかないという考えには賛成です。ただ、別にポスト・モダン懐疑主義者の代表になるつもりはありませんが、世俗的な幸せと精神的な幸せ、あるいは小さな幸せと大きな幸せの違いを区別しない限り、幸せは実現不可能な理想のように思えます。この場合、世俗的な幸せとは、日常的にわたしたちを満足させてくれる、小さな出来事の一つひとつのことです。

ホルヘ　あるクライエントがイタリア土産にくれた絵葉書を思い出したよ。素晴らしい五つ星ホテルの写真にこんな文章が添えてあった。〈金は幸せを生み出しはしない。金銭を抜きにして、想像してごらん〉。

エステバン　巷で言われる幸せとは小さな幸せのことなのでは。本当の幸せはもっと大きなもので、だれも到達したことがなく、おそらく死によってのみ到達できる精神的概念を指しているのです。ちょっと修辞的な、有名な格言のような言い方になってしまいますが、幸せとは無知の産物ではないでしょうか？

ホルヘ　（しばし沈黙。それから眼鏡を下げて彼を見るなり）そんなの知らないぞ！（爆笑＋拍手）（すぐに、エステバンに向かって）ごめん。無知の産物かもしれないけど、何年も前からわたしは自分のことを幸せな奴だと思っている。そして正直、異論を挟んでほしくないし、頼むから解釈もしないでくれ。きみが言うように、幸せは精神的なものと大きく関係している。そしてそれは自分が達成した物事にではなく、わたしが生きている物事の中に見つかる。すなわち、幸せは夢物語ではなく、その人自身が幸せだと感じることに明確に関わってくるんだ。けっして客観的なものではないよ。

きみはわたしの人生を見てこう評するかもしれない。

「あんなマヌケが幸せだなんて、よくもぬけぬけと言えたもんだ！」

確かに。でも、わたしにとっては充分なんだ。なぜなら、わたしの感じている幸せとは（きみの言う精神的な幸せと大きく結びついたものなんだけど）自分が正しい道のりにいるという心の穏やかさだから。どこかに到達することとはまったく関係がない。

探求者の幸せは道を歩き続けること、日々の暮らしの中で何かを見出そうと試みること、活気あふれる人生を生き、人生に触れ、そして、悩むべき時には悩むことだ。

愛するだれかが苦しんでいる場面に遭遇し、痛みを感じたとしても、自分まで幸せでいられなくなるとは思えない。悲しい気持ちになることと幸せであることは別だからだ。

わたしにとって、幸せはフィクションではない。なぜなら、うまくいってなければいけないとか、歌をうたってなければいけないと縛られてはいないからね。

幸せとは歌ではなく、むしろ自分には歌がうたえるという事実を認識すること。そうでなければ、帰宅時に靴を脱ぐ幸せを感じようと、わざわざ自分の足のサイズより二回りも小さい靴を買う愚かな男の物語になりかねないよ。

マルコス　さて、二人の医師たちが意見を交わしたようなので、わたしからはある心臓病学の国際会議での逸話を紹介したいと思います。「若く裕福で健康な人ほど梗塞を引き起こす可能性が低い」という研究結果が報告された時、タンゴをこよなく愛するあるアルゼンチン人がこう叫んだとか。

「当然だ！　若く金持ちで健康なほうが、老いて貧しく病気よりいいに決まってるじゃないか！」（笑）

セシリア　わたしは、みんなとは反対に、質問する代わりに答えようと思います。自分が見つけた数少ない答えのうちの一つで、ほかは疑問のままなのですが。

わたしにとって幸せは外から来るものではなく、基本的に内側から来るものです。日々の出来事の中に幸せを見出すことができますから、あまり大きなことは望んでいません。たとえば、よく晴れた日にブエノスアイレスの通りを歩き、緑を満喫する。そんな小さな出来事がわたしを感動させ、満たしてくれます。

以上です。

ベト・カセージャ（司会者）今のお話をこのテーマのまとめと受けとめ、次のテーマ「社会の暴力」へと移りましょう。

2　社会の暴力

ベト・カセージャ（司会者）　もしこの本が今から二十年前に書かれていたら、おそらく暴力がテーマの一つになることはなかったでしょうね。ここ数年、暴力が社会現象や恒常的な課題になるなんて、わが国、そして世界はどうなってしまったのでしょうか？

マルコス　まず、二十年前にこのテーマを強いて扱わなかったのは、暴力が存在していなかったからではなく、それについて語るのを禁じられていたからです。

暴力は人類が記憶を持って以来、いや、それ以前からあったものですが、それについて考察されるようになったのはほんの少し前からで、まだ二百年も経っていないと思います。かつて人々は暴力について意識しておらず、呼吸することや食べることのような、何かごく自然なものとして捉えていました。

しかし、フリードリッヒ・ニーチェのような偉大な哲学者が、暴力とは睡魔に打ち勝つように精神の高いレベルに到達する一つの方法であると考えたのです。ニーチェは全体主義的な思想を持っていたわけではありませんので、その辺りを間違って解釈されたのかもしれません。もう一人の偉大な思想家カール・マルクスは、暴力を《歴史の産婆》のようなもの、つまり、人類がより高次の段階へと進み、より良い生活水準に達するための手段であると定義づけています。変革に対する抵抗は発展を妨げるものであるから、変革を成し遂げる唯一の方法は既存の構造を破壊することだというのです。このように、暴力は人間性の向上に役立つ手段として位置づけられました。

特にフランス革命の後、まるで世界が封建制から近代へと変わるためには山ほどの頭がギロチンで切り落とされる必要があると言わんばかりに、暴力は人々から支持・称賛されるようになりましたが、他方、これを疑問視する思想家たちもいます。非暴力による抵抗運動の創始者マハトマ・ガンジー、人道主義的文学の祖レオン・トルストイ、ユダヤ人哲学者マルティン・ブーバー、あるいはカルカッタのマザー・テレサは、暴力に反対し続けてきた多くの知識人や政治家の例です。

したがって、この暴力というテーマに関しては、称賛する側に立って分析してきた者と非難する側に立って分析してきた者とのあいだに意見の食い違いや対立が生じています。

テレサ（29歳） 多くの著名人たちが、暴力は必要ないもので暴力と闘っていかねばならないと言っていますが……そんなこと、できるのかしら？

マルコス ユーゴスラビアやアフリカ、また、ナチズムによって引き起こされた出来事のように、人間が文明化によって身につけた倫理規範をまったく無視し、見境のない獣と化す瞬間があります。その時、何が起こったのでしょうか？ どうすれば、そのような事態を抑えられるのでしょうか？ おそらくいろいろな方法があったに違いありません。インマヌエル・カントが断言したように、人間だれしも気に入らないものがあるだろうが、たとえ嫌でも受け入れなければならない、と考える人たちもいるでしょう。ジークムンド・フロイトは、文明化がその文化における不快、つまり人々を不満や不安にさせる穏やかでない内面の状態を引き起こす規制を課し、その不快によってしばしば感情が爆発することを立証しました。

暴力を有益とする側と無益とする側に二分されていることは先程も述べましたが、その一例が、今現在、わたしたちの経験している強行的なストライキです。片や労働者にとって当然の権利、片や国内の治安を乱す暴力行為と考え賛否両論で、対話や交渉、妥協案への模索には向かっていません。

世界中には、全住民を二分した紛争による暴力の震源地が数多く存在しますが、これらも武力によらず、上手に交渉すれば解決へ向かったかもしれないのです。戦争の成りゆきを注意深く読み取ってみると、いったいどうやってこれほど多くの人間を殺害し、人々が悲嘆に暮れる状況を引き起こせるのかと考えさせられます。それもたとえば、長期的に見てさほど重要ではない国境問題の最低合意を得るためにですよ。何世代にもわたって憎み合い、残酷な殺戮の主役を演じていたフランスとドイツが、今やＥＵ（欧州連合）の一員となっているというのに。

オーストリアの小説家でノーベル平和賞を受賞したベルタ・フォン・ズットナーが、一八七〇年のドイツ・フランス戦争での残虐行為を綴った著作『武器を捨てよ』の中に記した、とても知的なフレーズを思い出します。《油の染みを油で消そう、インクの染みをインクで消そうと考える者はだれもいないが、血の汚れだけは、さらに多くの血によって消し去ろうとする》。

ホルヘ　今きみが言ったことについては、まったく疑問を挟む余地がないよ。特にわれわれ人道主義者にとってはね。暴力は生命への侵害、隣人を敬うことに対する違反行為だ。

ところで、心理学の立場から言うと、暴力はいつも自分自身の無能さに対する不寛容として現れるもので、人間として振る舞う能力の喪失だ。よってその行動は人間的なものへの侮辱を意味する。すなわち、物事を自分で修正できなくなると、自分の無能さを隠すために傲慢になり、暴力に訴えるということだ。

わたしにとって、暴力は人間の無能を示す最も具体的な表現で、物事を運ぶうえで邪悪なやり方だ。暴力の意味に関して、いつだったか哲学者で作家のハイメ・バリルコ氏が語った話を聞いたことがあるので、紹介するよ。これはわたしが知っている物語の中で、最も耐えがたく、恐ろしいストーリーだ。

あるところに、常にいがみ合ってばかりいる二人の兄弟がいた。

彼らの父親は王様なんだが、何とか息子たちを和解させたいと思案したあげく、王国を二等分し、職務を半々にして彼らに分け与えた。これを最後に妬み合うのを止めさせようとしてね。しかし、二人は敵対し続けた。一方が境界を越えて家畜を奪うと、もう一方も相手の土地に侵入して動物用の水桶を盗むという有り様。そんな状態が毎日のように続いた。

ある日の午後、見るに見かねた父親は、息子たちの互いに対する偏見を拭い去り、連帯感を目覚めさせることができれば、暴力行為もなくなるだろうと考えた。そこで二人を自分のもとへ呼ぶと、こう語った。

「おまえたちそれぞれに望むものを与えよう。ただし、一つだけ条件がある。頼んだ二倍をその兄弟にやることにする。つまり、馬一頭を欲すれば、本人に一頭、兄弟には二頭与えるということだ。城を一城要求すれば、兄弟には二城、宝石いっぱいのトランクを一つ望めば、兄弟には二つというようにな」

王はこれでやっと息子同士の醜い競争心を抑えられると思い、大いに満足した。ところが、息子の一方がすかさず手を挙げて要求したことは、だれ一人として聞きたくないほどゾッとする文句だった。

「では、わたしの目を片方くり抜いてください」

こんなことが起こるのは、憎しみが人の心の中に居座っている時や、自分を救うには隣人を破壊するほかないと思い込んでいる時だ。相手を潰すことさえできれば、もう自分自身が破滅してもかまわないと思う瞬間に至ってしまう。自分が望むものを手に入れるという目的が、いつの間にか相手も達成できないようにすることに取って代わり、自分が手にしてないものを相手も手にできないということで満足するんだ。

ベト・カセージャ（司会者）「社会の暴力」という考え方と同時に、経済システムの外に追いやられ、貧困や疎外の憂き目を見た人々によって生み出された暴力についても触れたいと思います。このことについてお二人は何かご意見をお持ちですか？

ホルヘ　この問題についてはだれもが何かしらの不安を抱いているよ。経済システムの外に追いやられた人々のことを知り、彼らに耳を傾ける機会を失ってしまったことは、社会における分かち合いの精神の足りなさや価値観の欠如と関係している。疎外された人々を見捨てること自体、経済システムが間違っている証拠なのだから、正しい方向を見つけ出すことがわれわれの挑戦だ。そしてこの挑戦には教育と個の成長が大きく関わってくる。

もし人が、どちらがボールを奪えるか、どちらが父親の愛情を得られるか、どちらが人気者になれるか、どちらがより遠くへ小便を飛ばせるか、どちらのおもちゃがカッコイイかと、何でもかんでも兄弟と競い合おうとするわがままな子どものように振る舞えば、愚かで競争心が強く、常識はずれで幼稚な人間となり、最終的には自滅するだろう。

医学を学ぶと嫌でも分かることなのだが、肝臓と脳が、どちらが優れているか争ったところで、いずれが勝っても体全体を殺してしまう。

マルコス　暴力は非常に大きな教育力を持っていますが、それによって教えられるのはさらなる暴力だけです。疎外と貧困の問題は家庭内暴力にも大きく関係します。虐待を受ける母親や自暴自棄で横暴な父親を見て育った子どもたち、相手に耳を貸さぬ醜い争いがはびこる家族関係、子どもに対する愛情伝達のない暴力的な家庭には、相手をののしり、攻撃する手本しかありません。そして愛情というものを受けずに育ってきた者たちは、当然それを与えることもできません。

しかし、連帯意識の欠如は社会から見放された人々だけでなく、充分過ぎるほど恵まれた暮らしをしている人々にも見られ、自分には連帯意識を持って行動する力量がないと感じている人が案外多いのです。

スサーナ・ペレス（50歳、理学療法士）　愛情の代わりに憎しみを伝えてしまう世代が拡大していくような状況では、人間はまだまだ長い学習をしていかなければならないようですわね。愛情を受けて育った者が自然と人を愛せるようになるのだとすると、その愛情がない場合にはどうなるのでしょうか？

マルコス　だれもが家族を価値あるものとして称賛し、政策要綱の基本方針にこれを掲げている政党すらあります。しかし、愛のない家庭環境で育った子どもにとっては暴力的になるという判決を受けたようなものです。世界中の教師たちが一堂に会しても、この状況を変えることはできないでしょう。

ファビアン・サヨンス　個人的な暴力と集団的な暴力を区別したほうがいいのでは。たとえば仕事面、あるいは愛情面で見られる個人的な暴力は不公平を生み出すもので、多種多様なかたちで現れ、さまざまな心理学的分析に任せるべきでしょう。一方、集団的な暴力と歴史的な暴力は、言うまでもなくこれとは違った性質のものです。たとえば、暴力なしに達成できた独立などあったでしょうか？　反面、暴力は権力者たちの私利私欲を守る最良の手段、恐怖を巧みに操る効果的な方法となっています。最後に、暴力の中には、何も変えないために変化を引き起こすような、一種のまやかし的要素を含んだものもあります。

マルコス　実にみごとな意見です。正当な暴力と不当な暴力は区別しなければなりません。たとえば、古代ローマ帝国で、暴虐な圧制に服従してきた何千人もの奴隷たちの先頭に立って戦ったスパルタクスの反乱、あれは不当な暴力でしょうか？　十九世紀にラテンアメリカ諸国で起こった独立のための戦いは？

どのように正当な暴力と不当な暴力とを区別していったらよいでしょうか？　その方法はただ一つ、目的達成のための手段や方策が残されている限り暴力行為は不当である、ということです。解決に結びつく手段がすべて遮断され、ほかに解決策がない状況に陥った時、初めて暴力は正当化されます。なぜなら、暴力は破壊行為であり、相手に被害を与え、深い遺恨をもたらすからです。

ホルヘ　非暴力的手段があるうちは暴力は不当な行為である、というマルコスの意見に同感だ。ただ、暴力以外に解決策がない状況が存在するとは思えない。これはガンジーやその他の例を挙げるまでもないだろう。ともかく、緊急時にどこまで暴力的手段をとらずに待てるかということだ。われわれがより創造性豊かな人間に成長し、非暴力的な手段をどんどん見つけ出せるようになれたらと思うよ。少なくとも、わたしには、どう控え目に見たとしても、日常的な場面での暴力に正当性を認めることはできないからね。

ガブリエル・スバーラ　「緊急時」と聞いて、幸せへの投資の望ましいあり方を考えさせられました。わたしは、両親や叔父たちが投資をするや「即」周囲と差をつけたがっていたことを思い出します。暴力の問題についてもこれと同じことが言えるような気がするのです。長期的な投資をし、けっしてあきらめないこと。もっとも、あっという間に周りと差をつけたいと願う傾向のあるアルゼンチン人にとっては、とても厄介なことだと思いますが。

ホルへ　われわれにとって、長期的な投資とは教育と人間性の計画的発展のことだね。

ドーラ・グロイス・デ・ストロバス（50歳、ウルグアイ・アルティガス出身）今日のポストモダン社会の偉大な理論家は、ペプシコ社のソフトドリンク、セブンアップのイメージキャラクター、ファイド・デイドでしょうね。……〈気楽に行こうぜ！〉というあのノリで、みんな物事を簡単に手っ取り早く成し遂げたがるから、別の方法を探そうとせず、暴力に訴えてしまうのよ。

リカルド（40歳、軍人。治安維持、紛争解決のスペシャリスト）暴力を回避するチャンスは常に存在します。《戦争は他の手段の代わりになされる政策の継続である》というクラウゼビッツ[26]の言葉を思い浮かべる方もいるでしょう。言い換えれば、政策によって解決可能な限り、戦争は回避できるのです。

現在、わたしたちアルゼンチン人は増加の一途を辿る暴力と隣り合わせに暮らしていますが、こんなにも暴力が増えてしまったのはこの国に法の文化がないからですか？　どうして諸外国は各々暴力に関して違った宿命を持っているのでしょう？　たとえばユーゴスラビアに暴力が絶えないのは？　貧しくても暴力がない国、裕福なのに暴力がある国、あるいはその逆の状況にある国が存在するのはなぜでしょうか？

質問をもう一度まとめて申し上げます。現代社会において、サッカーから家庭内まで、至るところで暴力が引き起こされるようになったのは、法の文化が切り離されてしまったがためではないでしょうか？

マルコス　何よりも、今のような問いがまさに一軍人から出てきたことを嬉しく思います。歴史的に見てアルゼンチンに法の文化がなかったのでは、という意見にわたしも賛成です。わが国だけでなく他のラテンアメリカ諸国においても、法の積極的侵害、つまり違反の精神を自慢するようなところがありました。法を逃れる術を心得ているという理由で称賛される、恥知らずな連中のことについてお話ししましょう。

これは先述の客観的要因（失業、社会からの疎外、貧困）、わが国の暴力犯罪を恐ろしいレベルに増加させる可能性のある原因です。なぜなら、ほぼすべての犯罪の元凶と言える無処罰特権が横行しているからです。刑罰の免除と暴力、犯罪件数は正比例し、免責が多ければ多いほど暴力も増加します。

ホルへ　（リカルドに）政治的解決策があるうちは暴力も戦争も意義を持たない、と述べてくれたが、そこに付け足しさせて。肝心な時に有効な政治的手段を見出せないような政治家たちには国政の場からご退場願うべきだろうし、別の政策を探すなり、政治以外の手段を用いる必要があるだろう。とにかく戦争しか打つ手がないなんてことにならないよう、ほかの解決策を見つけ出さなくてはダメなんだ！（拍手）

アドリアーナ　マルコスに質問です。あなたが『天啓を受けた者ども』（原注11）や『マラーノの武勲』（原注12）など大半の作品にリアルな暴力シーンを挿入し、登場人物を容赦なく苦しめるのはなぜですか？

マルコス　暴力はわたしの文学的なこだわりの一つだからです。過去にも数々のインタビューで述べてきたことですが、作家というものはいくつものこだわりを持っていて、それらをいろいろな登場人物や違った場面に映し出していきます。わたしが暴力にこだわっているのは、暴力を心底憎んでいるからです。なぜそこまで忌み嫌うのかというと、暴力を通して隣人を大切にするという戒律が踏みにじられてしまうからです。暴力は他人を傷つける行為のことですからね。

たとえば最近、中東における度重なる和平交渉が最終合意に達するかと思われた矢先に、二度目の民衆蜂起《インティファーダ》が起こり、多くの人々が大変心配し、メディアも頻繁に取り上げましたが、果たしてこの事件は正当化できるものだったでしょうか？　状況をより良い方向へと導いてくれたでしょうか？　メディアは不当な暴力行為を毅然とした態度で非難しませんでした。その代わりにこれを分析し、勝敗の要因をあれこれ推測し始めたのです。そうして、過激派の激しい怒りを煽ってしまいました。

ホルヘ　もし暴力以外に可能性が残されておらず、それが正当だと認められたとしても、わたしは疑問に思うだろう。だれがほかに可能性はないと決めるんだ？　銃を手にした人間か？　それとも「もうほかに方法がない」と言う奴か？　もし暴力を合法と認めれば、必然的に何が起こるかは分かりきったことだ。暴力が暴力以外のものを生み出すことはない。もうほかに手立てがないという事態に陥ったら、みんな暴力の行使に賛成するかもしれない。だが、繰り返すけど……だれがその瞬間を決定するんだ？　もうこれ以上待てないと決めるのはだれなんだ？

ロドルフォ・ピアイ（文筆家、58歳）《自分自身を愛するように隣人を愛しなさい》という聖句には《自分に対しておこなわない暴力は他人にもおこなうな》って意味もあるんじゃないか？

マルコス　ある意味ではそうでしょう。時々、自分自身に暴力を振るう人もいるので、そのことについても明言する必要があるかもしれませんが……。

ロドルフォ・ピアイ　自分に暴力を振るう連中のことは承知してるよ。ブエノスアイレスのリーベル・プレートやモンテビデオのナショナルの熱狂的サポーターになることから、自殺行為に至るまでね。（笑）

ホルヘ　暴力とは侵害を意味する。他人の意思や希望に反する行為をする、あるいは他人に、その人が

原注11　マルコス・アギニス『*Los iluminados*（天啓を受けた者ども）』（Atlántida 2000）

原注12　同右『*La gesta del marrano*（マラーノの武勲）』（Planeta 1991／八重樫克彦・由貴子訳、作品社、二〇〇九）

したくないことや賛成できないことをするよう強いることで、一般にこれが暴力だと考えられている以上にいろんな方法が存在している。今述べたようなことがすべて暴力だとすると、われわれも当然そのうちのいくつかをおこなっているんだ。依存症は自分自身に向けた暴力の一例と言えるだろう。

リタ・セハス　暴力とは何も武装蜂起することや物質的に攻撃を加えることだけではなく、世界中でたくさんの子どもたちが飢えによって死んでゆくことや、福祉が行き届かないこと、社会に不平等が存在していることも含まれると思います。わたしは暴力についてこんな風に考えるのですが、親から子、子から孫へと語り継がれるお話には悪者や残忍な人物、凶暴な狼などが登場しますよね。それらが幼い心に暴力の種を植えつけ……。

ホルヘ　まあ落ち着いて……おそらく物語は暴力を誘発するものではなく、まったくその逆のものだよ。問題は暴力だと分かりきっていることではなく、暴力かそうでないか不確かなものに対する個人的な解釈にあるんだ。誤った解釈の一例を挙げてみよう。

二人の若者がオープン・カーに乗ってハイウェイを猛スピードで突っ走っていた。すると前方のカーブを曲がり、外車がコントロールを失ったようにジグザグ運転しながらやってくるのが見えた。こりゃまずい、衝突してしまうぞ。若者たちはハンドルをみごとにさばき、相手も何とか衝突を回避した。すれ違いざま、外車の運転席に女性の姿を認め、彼らは男性優位主義《マチズム》的に野次った。
「おい！　何やってんだよ！　運転習って出直しな！」
すると女性は窓を開け、二人にこう叫んだんだ。

「豚！」

若者たちは振り返り、大声で怒鳴ったよ。

「何だと、馬鹿！」

彼らはそのまま全速力で先のカーブを曲がり、道路中央を占拠していた豚の群れに突っ込んだ。（爆笑）

この「豚」という言葉の解釈は主観的なものだから、これを侮辱と取るか警告と取るかはその人次第だ。女性ドライバーは道路に豚の群れがいると知らせていたのに、若者たちは侮辱と捉え、いつもの調子で乱暴な言葉で暴力的に応酬したってわけだ。本当はそうでなかったのにね。人に答えを返す前に、相手の言い分をきちんと理解できているかどうか、振り返ってみる必要があるだろう。

マルコス　このライブ本が出版された暁には、ホルへの語る悲喜こもごもの物語から今わたしたちが感じている波動を、何とか文字に乗せて読者の皆さんにもお伝えできればよいのですが。その波動のおかげで気が引き締められ、居眠りする人もなく、この難題を通り抜ける助けとなっているのです。

ホルへ　先に取り上げた暴力に対する二つの見方は、イデオロギーの別によって人類を二分している。半数は人間をフラストレーションがたまるや否や獣に早変わりする有害・邪悪なものと考え、残りの半数は少々「ナイーブ」な人々で、人間は心優しく・気高く・寛容で連帯感があり、対立や抑圧がなければ良い部分が自然と出てくるものだと考えている。思想家たちの意見も分かれていて、おそらく議論は今後も止めどなく続くに違いないから、各自が自分の立場を選択しなければならないだろう。

フェルナンド・ダナ（22歳、医学生）　七年前から多くの仲間たちとストリート・チルドレンのための施設で働いています。母親に暴力を振るうアル中の父親、レイプ被害を受けている十三、四歳の少女たちなど、先程のお話にあった問題すべてが、集会にやってくる子どもたちによってたくさん持ち込まれます。

毎週土曜日に三時間活動していますが、中には平日も自主的に活動しているメンバーもいます。でもその一方で、毎日のようにアルコールやドラッグに溺れ、週末になると町へ繰り出し、ディスコやグループ同士の抗争でだれかを殴り飛ばしている若者も多いのです。

ぼくの抱える不安は、今ここで問題提起をし、子どもたちの力となり、教育し……自分は何を期待すべきなのだろうか？　ということなんです。将来的な、それとも現在得られる成果か？　何か途方もない、得ることのできないものなのか。あなた方は、もっと期待できるものがほかにあると思われますか？

マルコス　医学生であるきみたちがおこなっている活動は、多くのＮＧＯ（非政府組織）でも取り組まれていることです。マスコミは地域社会の困窮の様子や政府の見当はずれな施策を紹介するばかりで、数多くのＮＧＯからなる「第三の分野」、すなわち社会ボランティアの活動について充分な報道をしているとは言えません。ＮＧＯは同じ社会の一員によって自発的に作られた団体で、経済的利益を追求するものではありませんので、政治団体のような腐敗が存在しませんし、メンバーたちは大いなる寛容さと奉仕の精神を持って、努力とアイデアで貢献しています。

現在、ＮＧＯは社会活動のほとんどの分野に及んでいて、始まったばかりの頃には百にも満たなかったのに、今や全国で八万以上もあります。彼らの活動が主導権を握るにつれ、社会はより調和のとれた近代的・進歩的なものへと変化してゆくことでしょう。政府が魔法使いや全能者のように政策決定や解決策を振り撒いてくれるのを待たず、独自に機能するのがＮＧＯの特徴です。社会は自分たちの問題を自分たちで解決することを学ぶべき段階に来ているのです。

ホルへ　（フェルナンド・ダナに）きみは「何をすべきか？」「現在の成果を探すのか、それとも将来的な成果を待つのか？」と訊いたよね。わたしはその質問にこう答えるよ。成果は今起こっている。きみのような若者たちが実際に行動していることが成果なんだ。われわれの社会にきみのように考え、活動する若者たちがいて、さらにきみのような二十二歳の学生が自分の土曜日の午後を、社会から見放された少年たちを施設に連れて行き、彼らを良い方向へと導く時間に費やしている、この事実こそが何よりも大きな成果だし、これ以上の成果はないんじゃないか？（拍手）

3　身体礼讃

ベト・カセージャ（司会者）　少し前に報道されたリポートによりますと、アルゼンチンはアメリカ合衆国、イタリアに次いで世界で三番目に美容整形が盛んな国で、ダイエットや痩身を謳《うた》った商品を最も消費している国の一つだということです。人間にはこの世で自分をより良く、より美しく、よりスマートに見せることを願う権利があると主張する人がいる一方で、それはダイエット信仰による奴隷化にほかならないと批判する人もいます。さてマルコス、ホルヘ、この件についてどちらが先にコメントしますか？

マルコス　ええと……。

ホルヘ　それじゃあ、マルコスが話しているあいだに、アルファホル〔27〕を食べに行ってこようかな。お腹すいちゃってさ……。（爆笑）

マルコス　今ほどバラエティに富んだ美味《おい》しい料理が食べられる時代はないというのに、かつてないほど食を制限しようとしているなんて、現代社会は極度のノイローゼに陥っているように思われませんか？　セルバンテスの『ドン・キホーテ』で、サンチョ・パンサがバラタリアの統治者だった頃、豪勢な料理を持ってこさせては「あれもダメ、これもダメ」と不平を言っていたのと同じことが起こっているのです。生きた肉体なくして人間は存在しません。魂の存在を語っている数々の神学はさておき、肉体が死んでしまったら魂は意思表示することができませんね。ですから、身体を大切にしなければならないのです。それにもかかわらず、今までいかに身体を粗末に扱ってきたかということに注目してみてください。わが国で軍事政権下におこなわれた拷問も当然、身体軽視の一つのかたちです。この件に関してはモロンの司教ラグーナ師が指摘しているように、当時、何人かの司教たちも容認していました。西洋においては、肉体の尊重は罪悪の根源であると考えられ、それを鞭打つことで魂が天国へ導かれるとされていました。

ラグーナ司教との最初の対談集が出版された時、いろいろな方々から「キリスト教信仰について最も驚嘆したことは何か?」と尋ねられ、「キリスト受肉の神秘」という答えが即座に頭に浮かびました。なぜなら、神のような無限の存在が人間の身体のように小さく弱々しいものになる決心をし、そのことによって間接的に、肉体は神聖で価値あるものだというメッセージを与えたからです。けれどもこの神学の中心的要素とは明らかに矛盾して、中世にはキリスト教徒たちは肉体を軽視し、鞭打ちを奨励し、異端審問によって異教徒を火炙りにし、さらに拷問も認めるようになります。何という矛盾でしょうか!

三位一体の教義《ドグマ》とイエス・キリストの状態を人であり神であることを確認したニカイア公会議以前には、グノーシス派の思想運動が起こりました。そのうちの一派は「もしこの世に悪が存在し、物質的なものはすべて悪だというのなら、神であるイエスが人間でありえたはずがない。それではイエスにも悪の要素が含まれていると認めることになってしまう。イエスは精霊なのだから、あれは幻想・幻影だったのだ」と主張していました。この思想運動は「世界は神によって作られたのではなく、神に代わる何ものかによって悪も含む不完全なものとして創造された。よってこの世はあがなえるものではない」と断言する一連の理論を引き起こしたのです。この論点については、偉大な作家アナトール・フランス〔28〕がその著作『天使たちの反逆』に書いています。
つまり、わたしが指摘したいのは、弱くて不完全な身体に最も注意を払わねばならないと認めるのに、人間の精神はかなりの抵抗を示したということです。ごく最近、身体に対する新たな風潮が現れ始めましたが、拒食症や過剰な形成外科手術といった攻撃によって、身体への配慮は損なわれる可能性があります。

ホルヘ　トラブルの発端は、倫理学と美学という哲学上別々に説明されるべき二つのことをごっちゃにしてしまったところにある。命を大切にすることを美容に気を遣うこと、健康であることを美しくあること、愛することを誘惑することと取り違え、混乱の中で方向を見失い、自分は身体を所有しているのだという著しく誤った考えを持つに至ってしまった。

わたしは人が身体を持っているのではなく、人が身体だと思っている。われわれは思考、感情、精神、記憶、経歴、意識の混ざり合った身体だ。われわれが身体なのであり、身体を持っているわけではない。どこがいけないのかというとね、身体を持っていると言う時、われわれは身体を自分の外にある縁遠くなじみのないものとして捉え、まるで自分のものではないように感じるようになって、外部にある、従わせ、適応させ、改良し、解決すべきものだと思い込んでしまうんだ。

そうそう、肉体崇拝者ってのも存在する……。

銀行に勤務しているわたしのクライエントには、同じ職場の女性にぞっこん惚れている同僚がいて、彼女の姿を目にするたび、うっとり見とれているらしい。

そこで、彼は同僚にこう言ったそうだ。

「何て目で見てるんだか！　お世辞にも美人とは言えないぜ、いや、むしろブスだ」
「分からないのか？　彼女は内面が美しいんだ！」
「だったら、内外ひっくり返してみてよ……」（笑）

ミリアム・ビビアーナ・グルス（27歳、事務職員、心理学専攻の学生）　肉体崇拝という方法で幸せを追求すると、自分自身に多くの暴力をもたらし、依存症という結末に終わります。ダイエットをして世間が望む身体を手に入れられれば、今の生活では見出せない幸せが見つかると信じているのです。それほどまでに外見・スタイルを気にする背景には、簡単には解決できない数多くの不安と寂しさが隠されていて、そのことがダイエット産業につけ入る隙を与える結果となっているとわたしは確信しています。身体をいたわる代わりに無理な要求を課して痛めつける。でも過度の要求に耐えるのは難しく、結局は必要以上に食べるようになり、病的な過食症に陥ってしまう。そして体重過多となり、「愚かな世間」の期待に応えるべく再びダイエットする、という悪循環を繰り返すのです。

ホルヘ　少なくとも健康上の理由で医師から規制されたダイエットでもない限り、そのような美の価値観にしがみつくことのないようにしようよ。拒食症すれすれにならなくちゃとか、三十歳以下に見せなくちゃとか、身長はこのくらい、ウエストは34以下……なんて条件を残酷に押しつけてくる美学など存在しないし、価値もないし、できっこないさ。身体を人間的成長という深いところで一生付き合ってゆくものと考えるためにも、あっという間の成果を期待する簡単主義を捨て去る時が来ていると思うよ。

わたしは身体への美的配慮に反対なのではなく、それに囚われて生きるとか、そのために生きることに反対しているんだ。肉体を称賛するというのは、何だかイワシ缶の中身が腐っているかどうかに注目する代わりに、缶にばかり気をとられているようなものに思えてならない。

ビルヒニア　自分の身体を受け入れられないのは、自分自身の価値を受け入れられないことと関係していませんか？　自分を唯一無二のかけがえのない存在だと考える代わりに、まるでこうあるべきだという考えを買っているかのように。教育者という立場からお話ししますと、人間としての発達は幼年初期に幼児・初等教育において、その基礎は家庭においてなされるものです。今日、学校に入学したての子どもたちのあいだでも数多くの暴力事件が起こっています。わたしがこの場で述べたいのは、教育予算にわずかな金しか費やさなくなった時に、教育に関心を向けるわたしたちアルゼンチン人の大きな矛盾です。

マルコス　アルゼンチン人は途方もなく不名誉なおこないでギネスブックに登録されてもいいでしょうね。与えられた絶好のチャンスをみごとぶち壊すといった、大失敗にかけてはエキスパートですから。

さて、教育予算の話が出ましたが、イリア[29]大統領在任中、教育予算は政府予算の22％を占め、アルゼンチン史上最も高い値でした。ところが、当時はだれもそのことを評価せず、のちに政府は無残にも潰され、やがてオンガニーア[30]率いる「啓蒙」独裁政権に取って代わり、有能な科学者たちの頭脳流出を引き起こしてしまいました。アルゼンチン人はせっかくのチャンスを無駄にしながら暮らしてきました。チャンスを手にしている時には、だれ一人としてその価値を認めないからです。

前向きな精神を維持してゆくために、現在アルゼンチンはいくつもの可能性を持っているということを申し上げておきたいと思います。それは同時に、今以上に悪化する可能性のあることも意味しています。

大いなる挑戦に正面から立ち向かった瞬間から、たとえ目には見えなくても間違いなくチャンスはあるということを理解すべきですし、そのチャンスを逃さないことが不可欠なのです。（拍手）

ライブ対話　5　プンタ・デル・エステ

1　愛……その言葉が意味するもの

2　家庭内暴力と依存症

ライブ対話の参加者

エステル・ブック
ロクサーナ・グリクシュタイン
エビア
ウィリー・チャヤミ
エステラ・ファリーニャ
マルカ・ドレクスラー
カロリーナ・ロッシ
ラファエル・ガーファンクル
アリシア・ロカタグリアッタ
アルフレッド・マンブレッティ
ビリー・ウォラー
コラ
ロレーナ
ホセ・ミガリ
エステラ・デ・フェラーリ

アンヘラ・ネグリ
ドローレス
アナ・ブレサ
ダニエラ
フアン・ルーカス・ロンバルディ
シルビア・フェイ
リサ
ジョバンナ
ハビエル・ストロビンスキー
フローリス・ペチェニ
ガブリエル・サロン
ウーゴ・ラモニカ
ルイス・ペレス
パブロ

1 愛……その言葉が意味するもの

ホルへ　開会が遅くなって大変申し訳ない。チケットが完売したのに、買えなかった人たちに納得してもらえず会場係が困っていたんで、われわれも協力してあげたくてね。何とか全員入場させられないか、掛け合っていたんだ。立ち見の人たちが座れるようにもっと椅子を用意できたらいいんだけど。会場には清潔でふっかふかのカーペットが敷かれているから、席のない人は直接床に座っても大丈夫だよ。

では改めて、このライブ対話へようこそ！

われわれの呼びかけにみんながあふれんばかりに応じてくれた。これぞまさしく、最高の愛の証だ!!

マルコス　さて、本日のテーマをイメージしやすくするために、愛には恋人や夫婦だけでなく、親や子、友人への愛、神や人類への愛、創造への愛など、さまざまなかたちがあることを確認しておきましょう。

愛という言葉は、たとえば祖国や皇帝など、ある特定の理念への愛のために死んでいくというように、もとの意味とまったく逆のことにまで利用され、著しく浪費されてきました。

何かの折にホルへ・ルイス・ボルヘス〔31〕が述べた《かつて、自分は失明しているのだと思っていたが、今では、自分には先見の明がないのだということに気がついた》という一句のように、言葉本来の意味をもじった言葉遊びは存在します。しかし requiero, reodio, rehambre と、どんな言葉にも接頭辞「re」

をつけて強調するような当世流行《はや》りの変形《デフォルメ》は、多くの言葉からその真の意味を奪うことになりかねません。それと同じようなことが「愛」という言葉についても言えるのです。

愛は生命や創造、人間同士のつながりに関係するすべてのものであり、憎悪や破壊と反対の性格を持つとわたしは考えています。そして現在、「愛」という言葉はいまだかつてない効力を備えているのです。ライブ対話を始めるにあたって、愛を「自己の成長と愛する者の幸福への関心」と定義づけようと思いますが、いかがでしょう。

ホルへ　まったく同感。それに（突然、評論家のような重々しい口調で）「ほんの一握りの人間だけが人生で愛を享受できる」とは思わないし、「一生に一度、永遠に愛する」とも思わないし、ましてや「愛を失うことは人生におけるすべてを失うことを意味し、もはやその人生には何の意義も残されていない」なんてとんでもない。

ほかにも「愛にはけっして許しを請う必要はない」って概念や、使い古された美辞麗句はどれも大嫌いだ。正直に言わせてもらうと、意味がよく分からん馬鹿げた言い回しも結構ある。もしや著名作家らが、自分の主張を「絶対的な真実」として売りつけるべく広めているのではないかと疑っているぐらいだ……もちろん著名作家に敵対しているわけじゃないよ。事実、彼らの作品はとっても有益だからね。ただ理解に苦しむのは、どうして馬鹿らしくありきたりのフレーズをわざわざ文に盛り込まなきゃならんのかってこと。しかもそのうちのいくつかは……情けないことにわたしの本からの引用で（爆笑）、さらに胸が痛むのは、著作権料も支払われてないってことだ。（大爆笑）

要するに、人々は愛を何か桁はずれに偉大なものとして捉えるのに慣れているが、わたしはそうは思わないってこと。それよりは、だれかのことや何かのことをすごく愛しているという概念が愛だ、と考えるほうがいいな。それ以上でも以下でもない。大したことではないけれど、これがわたしの意見だ。

（聴衆の中の一人の男性に向かって）これで終わりにするからさ……気にせずあくびしていいよ。あともうちょっとだから……きみからのメッセージはしっかり伝わったからね……。（笑）

マルコス すごく愛しているといえば……「奴はだれのことも愛していない！」というセリフがよく聞かれますが、わたしはさらに「自分自身さえも」という言葉を付け足したいと思います。

ホルヘ それってあくびした彼氏のこと？（笑）かわいそうに。昼間ずっとビーチで過ごしたあとに、会場へ駆けつけてくれたんだから、無理もないよ……。

マルコス この会場には大勢の方々がいらっしゃいますので、退屈だと感じられた方は……どうぞ眠っている人を起こさずに静かにご退場いただきますよう、よろしくお願い申し上げます。（笑）

エステル・ブック ウンベルト・マトゥラーナは、「amor（愛）」がギリシア語から派生した言葉で、「a」は「…のない」、「mor」は「死」のことであると述べています。つまり「amor」は「不死」を意味するというわけです。

マルコス 確かに、愛は死と対立するものですからね。

ホルヘ 言葉の由来は興味深いけど、この語源に関する説明が、愛は死なないってことや永遠に続くものであるってことを証明しているとは考えてほしくないな。だって、人は愛するだけでなく愛するのをやめることもあるんだから。とてもつらく悲しいことだけど、これは事実だ。当然、賛否両論あるだろうし、論理的に白黒と決めつけられるものでもない。だが、少なくとも考えを明らかにすることは大切だ。

スペインの詩人ラファエル・デ・レオンは次のように表現している。

もう、愛するのをやめるのか？
そう、愛するのをやめるんだ
とっくに列車は去ったのに
いまだに気づくこともなく
泣いてハンカチ振っている
盲人みたいなものだろう

それまで自分が愛していた人を愛さなくなることほど悲しいものはないし、かつて自分を愛してくれた人から愛されなくなることほど侘しいものもない。しかし、これらもわれわれの人生の一部だ。愛さなくなるということが起こる一方で、もちろん、再び愛するようにもなるんだ、幸いなことにね。

マルコス　愛さなくなるだけではなく、疎遠になってゆく過程で憎しみ合い、恨み合い、互いのあいだに絆が存在しなくなると、相手にまったく無関心になることすらあります。

ところで、皆さんは映画『危険な関係』を覚えていらっしゃいますか。ピエール・ショデルロ・ド・ラクロ[32]によって十八世紀に書かれた有名な小説を下敷きに制作されたもので、ヴァルモン子爵とメルトイユ夫人という二人の主人公のあいだで交わされる往復書簡をテーマにした作品です。

メルトイユ侯爵夫人は大変インテリな女性で、フェミニスト運動の先駆者、有能で優れた観察力を持ち、ある伯爵と不倫関係にあります。ところが非常にショックなことに、彼女は伯爵に捨てられてしまいます。彼が夫人よりもずっと若くて美しく、しかも心の清い女性を愛したからです。メルトイユ夫人は元愛人が別の女性と幸せに暮らしているのが我慢なりません。そこで美しく聖女のような新妻に公の場で恥をかかせ、二人の生活を壊してやろうと決意し、目的を果たすために第三者の手を借りることにします。それが評判の女たらしヴァルモン子爵なのです。

人はしばしば愛情と誘惑を取り違えることがあります。世の中には驚くほど色仕掛けに長《た》けた人物がいて、愛している風を装って被害者たちを騙します。でも実際には、彼らはだれのことも愛していない。自分だけを、言うなれば、人々を足元に平伏させることのできるみずからの才能を愛しているのです。

話の続きですが、ヴァルモンはメルトイユ夫人に元愛人の新妻を誘惑するよう命ぜられ、苦労はするものの、ゆっくりと征服のプロセスを楽しんでいきます。新妻のガードは少しずつ崩され、彼女は完全に恋の虜となって夫への関心を失います。ところが、何とヴァルモンのほうも翻弄していたはずの相手を本当に愛してしまうのです。しかし、メルトイユ夫人に発破をかけられ、彼は取り返しのつかないことをしてしまいます。ほかの女性と一緒のところへわざと彼女を招き、公衆の面前で屈辱を与えたのです。恋人の誓いを信じていた哀れな新妻は失望します。

陰謀が進むにつれ、メルトイユ夫人、ヴァルモン子爵双方にとって状況は絶望的になります。ヴァルモンは、ベルサイユやパリの上流階級から絶大なる信望を集めるメルトイユ夫人の、知られざる狂気である書簡を公表するのです。物語は悲劇的な結末を迎え、愛に秘められた残虐性や複雑さが暴き出されます。

結論を申し上げますと、この話は深く心酔しきった、偽りのない愛というものが存在し、それは極度に大胆な行為にもなりうるということを示すと同時に、支配や操作、遺恨と結びついた別の「間違った」愛についても浮き彫りにしてくれるのです。

ロクサーナ・グリクシュタイン　わたしは一つ問題を抱えています。個人的なことですが、ほかにも同じようなことを感じて暮らしている人がいるのではないかしら。たぶん、お二人なら何らかのヒントを与えてくれると思うのですが……相手との関係が健全で、退屈で、単調な場合、どうすれば熱烈に愛することができますか？　わたしには不可能だと……。

ホルへ　はじめに、愛と恋を区別しなければね。セックス、恋、情熱、愛情、嫉妬、所有欲を一緒くたにしてしまったら何も理解できないよ。わたしは愛を偉大なものとは思ってないけど、このようなみじめったらしいことを引き起こしはしないって確信している。

いずれも不可解なことに恋愛関係の中で起こっているが……それは相手を愛しているから起こるの？　愛しているから相手を追い回し、支配し、苦しめる？　「わたしがあんなに愛していたのに、あなたの態度に傷ついたから」屈辱を味わわせたい？　こういった考えは愛の観念をゆがめてしまうんだ。

マルコスが語ってくれた小説は、まったく愛とは関係のない（とわたしは思っている）ある種の情熱によって、愛が度を超し破壊へと変化していく様子がはっきりと表されている。だけど愛は断じて破壊的にも悲観的にもならないものだ。だから、愛以外の別の何かを感じることができる相手かどうか、その辺りを吟味する必要があるんじゃないかな。

マルコス　ホルへは愛することと恋することの違いという、とても重要なことを指摘してくれました。恋は「わたし」を相手の中に注ぐ瞬間のことです。恋に落ちるとは、われを忘れて相手をかけがえのない全宇宙のごとく受け入れることを意味しています。したがって、報われない恋は悲劇に至る場合もあります。「わたし」が空っぽになるわけですから、これほど激しい痛みはありません。そしてバランスのとれた状態を維持するためには空白になった部分を相手に満たしてもらうしかない、つまり交換が生じなければならないからです。しかし、恋と違って、愛にはこのように「わたし」が空になることはありません。

エビア　ねえ、ホルへ、はっきりさせてほしいことがあるの。人はだれかに恋をし、それからまた別の人に恋することもありうるって言ってたわよね……『自立の道』の文中で、愛が存在するためには恋していなければならない、相手へのちょっとした思いやりや……寛容さとか、ほかにも……もちろんセックスも必要……正直言ってだれもが好きなことだから。でしょ？　……でも、まだ話題に出ていない大切なものがあるのよ。それはカップル相互の自立。わたしはこれが一番大切だと思う。だって愛情をより確かにしてくれるんだもの。

ホルへ　ご指摘をどうもありがとう。ただ、きみの解釈とわたしが本の中で述べたことには違っている点があるから、いくつか付け加えておきたい。まず、愛するためには恋に落ちねばならないとは思わない。愛することと恋に落ちることは別もの。つまり愛情と情熱は違うってことだ。それから、愛とセックスを関係づける必要もない。愛とセックスはまったく異なるものだからだ。

マウリシオ・アバディというアルゼンチン人の精神科医が「セックスと愛はどちらも同じ木の葉である。時には共に存在し、時には一方だけが落ちてもう一方が残ることもある」と言っていたよ。セックスと愛情の両方があれば出会いは素晴らしいものになるかもしれない。でもどちらか一つだとしても素晴らしいものになりうるんだ。性的欲求がなくても人を愛することはできる。きみはたぶん夫婦関係を指して言っているんだろう。ありがたいことに、多くの場合、夫婦はこの両方がセットになっているものだからね。
愛を相手に依存しない状態と関連づけている点はわたしも同感だ。そしてそのためには所有欲を捨てる必要があると考える。ところが、所有欲ってのはひどく普及していてね。本当はそうじゃないのに、当然のように愛情の構成要素の一つと見なされているんだ。

ウィリー・チャミ　実際、相手を愛していると言っても、自分のために愛しているんだ。そして自分を愛しているならば、だれよりもまず自分と一緒にいることを選ぶべきだと考えるようになる。

ホルヘ　「わたしを愛してるんだったら、もっとガーリック・ピザが好きになっていいはずよ」ってね。もちろん、こんな馬鹿げた話はないけれど、そう思い込んでしまうんだ！

マルコス　両者の共同生活はたいていマイナスになりますね。

エステラ・ファリーニャ　愛と恋を区別することはとても理にかなっている気がします。でも、人生の自然な流れの中で恋することも愛することもあるので、断定するには議論の余地があるでしょう。

ホルヘ　今までに「自然な流れ」で恋に落ちたことは？

エステラ・ファリーニャ　もちろん、あるわ。

ホルヘ　じゃあ、だれかを愛したことは？

エステラ・ファリーニャ　ええ。

ホルヘ　で、今でも恋人同士なの？

エステラ・ファリーニャ　まさか！　今ではわたしの夫よ！

ホルヘ　な〜るほど、これですべて納得だ！（大爆笑）

マルカ・ドレクスラー　先程、『危険な関係』のご説明の中で、アギニス氏は愛を知能指数（ＩＱ）もしくは教養の高さと同意語のようにおっしゃっていらっしゃいました。わたくしはそれらのものは必要ではないと思いますの。どうして愛が知能指数や教養などと必然的に結びつけられなければなりませんの？

マルコス　わたしは一度もそのようなことは申し上げておりませんよ！

ホルへ　マルコスがそんなことを言おうものなら、わたしは間違いなく怒り狂っていた。だから確かに言ってない！

マルカ・ドレクスラー　いいえ、わたくしは『危険な関係』の登場人物の説明を言っておりますのよ。

ホルへ　いや……そりゃ登場人物の特徴のことだ。愛するために高いＩＱである必要はない。だけど、優秀な人だってちゃんと愛することができるから、安心して！（笑）

カロリーナ・ロッシ　（ホルへに）『目を見開いて愛し合う』で、恋するとは互いの共通点を愛すること、愛するとは互いの相違点に恋することだと述べていますよね。わたしは後者には同意できません。わたしにとって愛することは、互いの相違点に恋することと同時に、互いの共通点にも恋することだからです。

ホルへ　あのね、あれは文章表現上の美しさというか……一つの言い回しなんだ。だけど大切なのは、一時的に意識が高ぶった状態や本文中に定義してある恋の情熱と、愛との違いをきちんと理解することだ。人は時折、相手と意見がピッタリ合うという理由から恋に落ちる……だがその後、双方の違いを感じ始め、やがてそれほど同じではなかったかもしれないと気づくようになる。でも心配しないで。このフレーズは明らかにされた真理ではなく、言葉の組み合わせを楽しむものだと考えてくれ。

ラファエル・ガーファンクル　愛っていうのは単なる言葉に過ぎない。大切なのはむしろ感覚のほうだよ。だって動物はまさに感覚に基づいて行動し、匂いや接触によって共鳴するだろ。愛し合うために一番大切なのは百パーセント触れ合うことさ。

ホルヘ　マルコスとわたしはたぶん職業柄、どこからどこまでという定義や概念をかなり重視している。物事を言葉で正確に定義づけられるかどうかは重要なことだと思うよ。というのも、それができて初めて、物事を扱うことができるようになるからだ。

ラファエル・ガーファンクル　だとすると、言葉を持たず、しゃべりもしなかったぼくらの祖先は、恋に落ちることはけっしてなかったってことになるよね。

ホルヘ　話すことを知らなかったわれわれの祖先は、わたしが言葉によってもたらされたと定義している人間的なものは持ち合わせていなかった。われわれは職業柄、自制心と命名する能力を備えているのは人間だけだと知っている。名づけることすらできないものを完全に認識し、取り扱うことは不可能なんだ。これはわたしの見解だから、もちろん、きみは違った考えを持つことができる。だけど、言葉をうまく扱えれば扱えるほど、物事に対する判断力は冴えてくるものだよ。

マルコス　他の会場でも取り上げた、非常に優れた知識人ウンベルト・マトゥラーナについて触れたいと思います。彼は、愛は唯一、人間だけが持つ素質であると考えていましたが、それは誇張だとわたしは考えます。ライオンや犬、あるいは猫は「愛」という言葉に感動する能力こそないかもしれませんが、子どもたちに対する愛は感じているはずです。

アリシア・ロカタグリアッタ　動物たちの愛情とは一種本能的なもので、人類もこれを持っています。でも、そこに理性を加えることで人間の象徴的資質である人格が備わるのです。どうも愛から理性を切り離し、感情的なものだけにしようとしている感がありますが、両者は一緒に存在するとわたしは思います。

それから、今この場で言及しているのはどのタイプの愛のことでしょうか？　子どもへの愛なのか、それとも夫婦間の愛なのか。両者は異なる次元または水準のものです。夫婦の愛に関して、ホルへはセックスと愛を区別していましたね。確かに、肉体的魅力や性欲による愛のない性行為は可能でしょう。ですが、わたしにはセックス抜きに愛を維持できる夫婦など……特に若い世代においては考えられません。

ホルへ　（アリシア・ロカタグリアッタに）まず、きみが当然存在すると考えているような愛のタイプがあるとは、わたしには思えない。それぞれが自分のやり方で相手を愛するものであって、その違いは両者の結びつきによって変わってくるものだろう。

きみに一つ秘密を教えよう。ただしきみが四十歳以上だったらの話だが……。

アリシア・ロカタグリアッタ　そうですが……。

ホルへ　さまざまなタイプの愛があるって考えは、われわれの世代が勝手にでっち上げたもので、それ以前にはなかったってことをあらかじめ忠告しておくよ。

アリシア・ロカタグリアッタ　もしかして、それは発展だったのかしら。

ホルへ　いいや、まったくそうではないんだ。それにはちゃんと根拠があってね、これから説明するよ。特に、いろんな愛のかたちがあると思い込んでいる若者たちのために。

十六、七歳の頃、わたしはグラシエラって娘が好きだった。それはもう、すっごく可愛い女の子でね。しかし、実は彼女、ペドロにぞっこんだったんだ……そいつは色男でさ、よく日焼けした肌に半ば染めた髪、いつも白いジャケットできめ、車まで持っていて……。（爆笑）このような状況で世界中のホルへが

「きみってとっても美人だね、ぼくの恋人にならない？」と告白しても、世界中のグラシエラたちは一斉にこう切り返す。「だ〜めだめ……わたしはあなたのこと、お友達として好きなんだから……」（笑）

つまり、「だからペドロとわたしがくっつくよう何とかして」って意味なんだ。（大爆笑）

相談室に来た女性が（たいていこの手の問題を持ち込んでくるのは女性なんだが）こんなことを言う。

「だって、わたし……夫のことは一人の人間として愛しているんですもの」

そこでわたしは尋ねる。

「じゃあ、以前は何だと思って彼を愛していたんだい？　洋服だんすとしてか？」（笑）

おそらく彼女が言いたかったのは、もうこれ以上夫とは性交渉は持ちたくないということなんだよね。

それにしても……なぜ、セックスしたくないってことをわざわざ「一人の人間として愛している」なんて言わなきゃならないんだ？

（アリシア・ロカタグリアッタに）セックスと愛の問題については、きみの意見に同意しかねる。そりゃあ夫婦が機能するには性的な関係があったほうがいいだろうが、これは両方揃ってなければいけないと言いたいのではない。セックスと愛、二枚の葉のどちらかが落ちたら、確かにカップルも崩壊するかもしれないけど、だからと言って両者は同じ感情であるということではないんだ。

最後に、本能的な愛と人間が獲得してきた愛とを比較することはできないという点にはわたしも同感だ。マルコスは比喩表現として用いたのであって、別に人間的感覚の愛を動物たちのそれに置き換えようということではないだろう。

マルコス　そのとおり。さらに付け加えますと、人間の頭脳には累積性があり、太古ヒトが動物だった頃の記憶が無意識下に備わっていて、成長するにしたがって人間特有の象徴的な物の捉え方や理性的な要素などを組み込んでゆくとされています。このような理由から、人間の愛は動物の持つ愛よりさらに精緻であると言えます。それは膨大な経験、獲得、そして繁栄の中で幸運にも複雑化した愛なのです。「幸運にも」と申し上げましたのは、おかげで小説を書くためのテーマが得られるからでして……ラブ・ストーリーのない小説は、小説とは言えませんからね。（笑）

アルフレッド・マンブレッティ　ホルへ、白ジャケットのペドロについてなんだけど……そいつがその後どうなったか知ってるかい？　というのも、だいたい白いジャケットのペドロたちってのは、当時のホルへみたいに人生について深く考えるようなことはなかったと思うよ。きっと今頃、ペドロはぶくぶくに太って、成人病検査で引っかかり、前立腺疾患を宣告されて……。

ホルへ　だからと言って、あなたに「わたしと結婚してちょうだい」なんて迫らないわよ。これでもわたし、結婚しているんだから……。（大爆笑）

ビリー・ウォラー　本能的な愛、恋愛の領域、所有欲……と愛についてずいぶん多くのことが語られましたが、もし不確かなものを愛からすべて排除するとしたら、片思いについてはどうなりますか？

ホルへ　わたしの考える愛は、相手の幸せに対する純粋な関心以外の何ものでもないんだ。したがって、必ずしも見返りを必要とはしない。

コラ（49歳、秘書）　では愛とは、たとえばマザー・テレサがしているようなこと？

ホルへ　わたしにとっては……そうだ。愛、それもありのままの愛。そのうえ差別がなく無条件の愛だ。とはいえ、だれもがマザー・テレサのようになれるわけではないけどね。わたしの考える愛とは、自分がだれかをとても大切に思うこと。すなわち妻や友人、父親、叔父、隣人、飼い犬、人類、町、祖国……。

マルコス　愛は相手とのあいだに何らかの絆が存在する場合にのみ、与えることができるものです。その相手が自分自身であってもね。また祖国や思想、価値観などがその対象となることもあります。

ロレーナ（24歳）　ホルヘは最初のほうで、愛を偉大なものとは思っていない、と言っていましたが、わたしは、ひとたび愛を知ったなら、きっと偉大なものになると思います。たとえば、幼い頃に両親からの愛を体験すれば、もうそれなしでは生きていかれません。彼らを失ったあとは、その愛の思い出とともに暮らしてゆくでしょう。

ホルヘ　子どもとの愛情関係は例外だから、きみが述べた例は適切なものとは言えないな。それでも、きみが何を言いたかったのかはよく分かる。わたしが愛を「偉大なものと思わない」と言ったのは、愛が華美になる必要はないってことを主張したかったんだ。もちろん、時には愛が美しい場合もあるだろうし、そうでないこともあるだろうけど。でも、きみの証言もまた正当だ。だってきみにとってはそうなんだから……ぜひ、その理念を持ち続けていってほしい。それはきっと素敵なことに違いないからね。

ホセ・ミガリ　ホルヘさんに、ボルヘスの恋愛定義に興味がお有りかどうか、お尋ねしたくて……。

ホルヘ　おいおい、勘弁してくれよ……。

ホセ・ミガリ　あのですね、わたしは興味深いに決まっていると思うんですが、何分あなたのことは分からないので……今のはほんの冗談。（笑）

ホルヘ　すまないが、この会場で冗談を飛ばしても許されるのはわたしだけ。（大爆笑）この件についてはマルコスとも合意済みだ。だから軽々しく違反しないでもらいたい。

ホセ・ミガリ　いや、実はまじめな話でして。ボルヘスが大変みごとな言葉を使っていたので紹介したかったんですよ。《恋をするとは、相手が唯一であることに気づくことである》ってね。

ホルヘ　わたしは賛成できないな。（笑）……みごとではあるがね。

ホセ・ミガリ　なぜ、賛成できないんですか？

ホルヘ　第一に、恋している時には相手のことを自分が見たいように見ているものだからだよ。そうなると、唯一の存在かどうかって問題ではなくなる。それどころか、わたしは恋するものが相手のことを認識しているとは思えない。むしろ何も分かっていないのではないかと疑っているよ。何より恐ろしいのは恋愛期間（わたしの著作を御存じの方々は、その状態は短くて三分、長くて三ヶ月だということを理解しているだろう）が過ぎ去った時だ。その恋が想像上の体験だったのを忘れ、相手にこんな風に言うんだ。「何でそんなに変わっちゃったのよっ！」（爆笑）

現実には相手が変わったわけではなく、自分がそう思い込んでいただけなのにね。つまり、愛するとは相手の独自性を認識するってことなんだろうけど。ここから先は師匠に助け舟をお願いするとしよう……。

マルコス　ホルヘは時折ユーモアを織り交ぜて上手に問答の「キャッチボール」をしていましたが、一つだけ明確にしなかった点があります。それは、すべての愛がすぐに終わってしまうわけではなく、長続きする愛も存在するということです。長続きする愛は、さまざまな事柄に愛情を育む源泉を集中させていきます。始まりは大変激しい性的情熱だったとしても、のちに連帯や協力、相互理解や意見交換、育児、災難や喜び、あるいは創造的活動を分かち合うことなど、違った要素が加えられていくのです。こういった多様性は愛情をさらに豊かにし、多くの夫婦が生涯を幸せに暮らす方向へと導いてくれます。そのような愛はけっして例外ではなく、現実に存在しています。

ホルヘ　同感だ。長続きしないのは恋の情熱であって、愛情のことではない。恋のように長続きしない愛もあれば、一生続く愛だってあるはずだ。

コラ　夫婦の愛は隣人への愛よりも重要なのですか？　そのことばかり取り上げているようなので……。

ホルヘ　いや、そんなことはない。時に夫婦は隣人のようなものでもあるから……。（爆笑）ほかの愛より重要な愛などない。まず自覚しなければならないのは、自分自身の中にある相手を愛する能力やそれを探求し、発展させる能力だ。それから……愛をだれに、またはだれのために注ぐのか、どのくらい、あるいはどのようにして愛してゆくのかは次の課題になるだろう。その愛を生涯保っていかれるかどうか、あるいは恋愛の情熱を選ぶか愛を選ぶかの決断は、それぞれが自身で下していくものだから。

わたしはね、少なくとも自分の人生にとっては、恋の情熱より愛のほうが望ましいと思っているんだ。「ぞっこん惚れている」っていうのは嫌いだ。なぜなら、自分を見失うとか恋に落ちるという考え方は、どうもいただけないから。むしろ相手を愛し、そして愛の中で自分を高めていくほうがいい。「あなたはわたしのすべて」という考えも好きになれないな。所有欲は愛とは反するものに思えるからね。

マルコス　彼女は隣人愛について述べていましたね。この場に居合わせている皆さんは、きっと旧約・新約聖書にある《自分を愛するように隣人を愛せよ》という聖句を思い浮かべることと思います。果たしてこの言葉は現実的なものなのでしょうか？　何と言っても異端審問官たちでさえ、そう説いていましたからね……では、隣人や見知らぬ人、自分や自分の大切な人々に苦痛を与えた者たちまでも愛することができるだろうか？　わたしの答えはＮＯです。聖書の戒律は理想を教示しているのです。おそらく人類が最高レベルの精神に到達した時、自分自身を愛するように隣人をも愛せるようになれるのかもしれません。とはいえ、自分を尊重するように他人を尊重することは、現実的な戒律として実行すべきです。（拍手）

エステラ・デ・フェラーリ　わたしは《口先だけで愛していると言う人々の愛は、わたしの言う愛ではない》というフレーズに愛のテーマは要約されていると思います。何よりも重要なのは約束だからです。ソフォクレスや彼の言葉についてマルコスがどのような意見を持っているか、聞かせてほしいのですが。

マルコス　ソフォクレスは並外れた才能を持った古代ギリシアの悲劇作家で、彼が描いた人類史上最も重要な伝説物語は各国語に訳され、二千五百年も経った今でも立派に通用する傑作です。

あなたが述べられた約束の必要性にはわたしもまったく同感ですが、それは自発的なかたちでなされるものです。本当は愛していない人にいったいどんな約束ができるでしょう？

誘惑者や別の魂胆を持つ人間によって発せられる言葉のように、愛の言葉が時には偽りのものとなってしまうことは確かにあります。しかし、このタイプの愛に信頼は伴いません。約束とは互いに愛し合っている場合に初めてなされるもの。いわば副次的なものなのです。ところで、だれも自分を愛するよう人に強要することはできません。幸運にも人から愛される人物となることはありうるかもしれませんが。

ホルヘ　それに関連して……最近、動物を対象とした心理学が流行しているのを知ってるかい？　動物専門のセラピストもいるんだ。聞いたことのある人も多いのではないかな。

マルコス　動物行動学《エソロジー》のことですか？

ホルヘ　そのとおり。では、みんなに一つ話を聞かせよう。

あるところに乳の出ない牝牛がいた。

さまざまな搾乳の専門家が呼ばれ、それぞれの理論や方法、器具を駆使し、手を上のほうへ置いて搾る、下のほうへ置いて搾る、柔らかい手袋をはめて搾るなど、いろいろ試してみたものの、相変わらず牛の乳は出ないまま。そこで、ついに牛専門のセラピストを呼ぶことにした。

やってきたセラピストにこれまでの経緯を話したところ、彼はこう尋ねた。

「ふだん、この牛の搾乳をしているのはどなたですか？」

「わたしです」一人の男が前へ進み出た。

「いつものように乳房の下にスタンバイしてもらえませんか？」

セラピストは牛に近寄ると、片方の耳を上げて低い声で何やらつぶやいた。彼の合図を受けて男が乳を搾り出すと、驚くことに乳が流れ始めたのだ……居合わせた人々は、次々に満たされていくバケツを見てセラピストに拍手喝采した。

それからしばらくして人間たちが引き揚げていき、動物だけになった時、馬が牝牛に尋ねた。

「なあ、ずっと乳を出さなかったのに、あいつが何か言った途端に出すなんて、どうしたのさ？」

「それはね……うんざりしていたからよ。どいつもこいつもあたしのオッパイを触るだけで、だれも愛の言葉をささやいてくれないんだもの！」（爆笑＋大拍手）

約束とは単に口先だけのものではない。これは紛れもない事実だ。毎日のように愛しているとささやくくせに婚約すらしようとしない奴は、確実に避けるべきだろう。でも、ソフォクレスの考えに反して申し訳ないが、わたしは、自分の愛する人々が「愛している」と言ってくれるのを聞くのが大好きなんだ。

アンヘラ・ネグリ（23歳）　なぜだか、今までの話がみんな疑わしく思えてなりません。自分自身の経験のせいなのかどうなのかは分かりませんが、あなた方のおっしゃることは非現実的な気がするんです。三ヶ月続く恋愛と愛の問題が現代社会の産物なのか、それともわたしたちの世代が生み出したものなのかということもよく分かりません。それぞれが自分のことしか考えていない自己中心的な人たちばかりだから、愛がほんのちょっとしか続かず、すぐだめになってしまう。

お二人は愛をもっと長続きさせるにはどうすべきだとお考えですか。わたしは自分と同世代の人たちがますます孤立し、人とのコミュニケーションをとるのがとても難しくなってきている気がします。

ホルヘ　なるほど、アンヘラの言うことも分かるよ。でもね、もう一度言うよ。三分間から三ヶ月続くのは恋の情熱であって、愛ではない。情熱的に生きるという考えを「購入」してしまうと、今きみが言ったようなことが起こってしまうんだ。なぜなら、情熱が冷めてしまえば結局何も残らず、相手との関係を軽視するようになってしまうから。

きみに情熱と愛情について説明しよう。情熱はとっても激しいが深みはない。愛情は深いものだけれどそのような激しさは持ち合わせていない。強い刺激に満ちた現代社会では情熱の激しさを追求することが愛情の深さを軽視させているきらいがある。だから、恋の情熱が永遠に続くかもしれない、あるいは続かなければならないという現実にはありえない考えにとらわれて、きみやわれわれを懐疑的にしてしまうんだ。そして多くの若者が愛を探し求める代わりに、年がら年中恋を追いかけ回すことになる。

結論を言うと、永遠の情熱を探求することは、愛を育み発展させ、何があっても耐え、持続させ広げてゆくことを妨げる。愛の極めて重要な力は激しさを深みに変化させることであり、これは一つの挑戦だ。いいかい、わたしは恋の情熱を永久に駆逐しろと言っているのではなく、それは移ろいやすく永続しないってことを認めるべきだと主張しているんだ。なぜかと言うと、もし、常に途切れることのない興奮を求めるならば、愛し合う二人が醸し出す素晴らしい情熱のひとときを体験することすらないだろうからね。

今日このテーマについて話し合っているのは、きみや同世代の若者たちにこの提案に耳を傾けてもらいたいからだ。その提案とは「恋するな」ではなく、「恋に落ちた状態のままで暮らしたがるな。愛し合いながら生活してゆく可能性を失うことになるぞ」ということ。すなわち、恋の中に生きるのではなく、深い愛情とともに生きろということだ。

愛のためにすべてをあなたに捧げるっていう考えも捨てようよ。盲目的な恋の情熱とは不可欠なものではないし、長期にわたって保てるものでもない。

何より大切なのはきちんと相手を見つめられるってこと。自分の願いや欲望、必要性だけではなくてね。

マルコス　(アンヘラ・ネグリに対して)あなたの発言はこのテーマが引き起こしている混乱を浮き彫りにしてくれました。はじめに、わたしたちが話していた内容に疑いを持っている、あるいは幻滅しているとおっしゃいましたね。そこでわたしは、どうやって自分の理論の足場を組み直そうかと考え、あなたの言葉に注意深く耳を傾けていました。ところがそのあと、ご自分の経験では愛は長続きしなかったから失望した、と口にされました。

わたしたちはこの場で、何とかして改善したい経験について話し合っているのですよ。生活のリズムがどんどん速くなり、どこに行き着くのか分からないという不安が生み出され、そのためにみんなが急がされている現状があるからです。そしてまた、愛の問題でもあくせくしています。探している情熱がしばしば映画やドラマ、空想から着想を得たもので、どれだけ追い求めても現実には存在しないのだという事実に気づかずに。

子ども時分に絵を描き始めた頃（作家、ピアニスト、画家に同時になりたいと思っていた時期でした）、よく女性の顔を線描きしては、これが将来自分の恋人になる女性だと思い込んでいました。ところが、いつも違った顔ができあがる、つまり探求の状態だったわけです。当時はまだずいぶんと幼かったのですが、それでも自分の描く顔がきっと愛する女性のものに仕上がるだろうと信じていました。「一目惚れ」と呼ばれるものと似ていますね。自分の内面に描いていたのと同じ顔に出会って「これだ！」という具合に。でも、現実ではなく幻想と一致していたのですから、これは間違いです。

先にも述べましたように、より深い知識やさまざまな源泉によって培われた豊かな関係を備えなければなりません。そのような多様性によって夫婦はうまく機能していきます。一つのことだけでなく、いろいろなことをですよ。

時にはどちらか一方が相手よりも優れている場合もあるでしょうが、共に協力して平均値を上げていくことで、より一層、連帯感や幸せを感じられるようになるのです。

2　家庭内暴力と依存症

ドローレス　わたしたちはより暴力的な世紀に突入しつつあるのでしょうか？　日々報道されているアフリカの情勢、中国での拷問などを見るにつけ、めちゃくちゃな暴行が多発していますよね。暴力に対し、家庭生活のような身近なところから、どのような対策をとっていくことができるのでしょうか？

マルコス　現代社会はいまだかつてないほど暴力に満ちている、という印象をわたしたちは持っていますが、この世の始まりから暴力がはびこっていたのは疑いもない事実です。それを確かめるには、歴史のどの章でも紐解いて読み返してみればそれで充分です。しかし、報道写真は最近になって作られるようになったものですから、たとえば十字軍の写真はありませんし、当時の暴力行為がどのようであったかを伝えるものは存在していません。人口の増加によって暴力シーンを目にする機会が増えたのかもしれませんが、今までにこれほど多くの人権擁護団体・機関が存在する時代はなかったということも事実で、善意のために働きかける新たな手段がある分、状況は改善に向かっているとわたしは考えます。

ところで、これらの手段はどの程度有効なものなのでしょうか？　多くの国際機関は、官僚主義が活動を妨げているために、あるいは賄賂の横行が財源を減少させているため、もしくは政治的利害によって、効果的に機能していません。また一方で、今日はっきりと見て取れるのが、危険な任務を負わされている者（すなわち暴力行為を実行する者）たちがどんなに軽く扱われているかということ。幼い頃から人を憎むことや武器を持つことを教え込まれてきた従順な若者・少年たちを利用して成り立っているのですよ。コロンビアやアフガニスタンの前線で子どもたちがいったい何をしているか御存じですか？　このような現実に対し、国際社会は充分な手立てを講じておらず、世界的規模で甚《はなは》だしい問題放棄がなされています。

つまり、相変わらず暴力は存在し続けているのだけれど、昔よりはましになっているということです。

この視点から、二つ目のテーマに入ってみようと思います。

生徒が教師に殴りかからないよう対策を立てようとするなら、まず、その生徒の家庭がどうなっているのかを注意深く見る必要があります。

公教育は多くの問題を解決してきましたが、同時に、親たちが何でもかんでも教師の責任だと思い込んでしまうような不都合も表面化してきました。子どもたちに言葉だけでなく行動で手本を示す最初の教育の場は家庭だ、と分かっているはずなのに、本来自分たちが果たすべき役割を担おうとしないのです。

アナ・ブレサ（61歳、社会心理学者・作家）「暴力」という言葉の意味を再検討してみる必要があるように思えるのですが。それというのも、一見平穏そうに見える小さな村でさえ、福祉や教育、生命に関する権利の侵害という別のかたちの暴力が発生しているからです。一方で、依存症や麻薬……それに戦争といった巨大ビジネス化したものも暴力と考えられます。現実にこれらのビジネスを生業としている者たちもいるわけですが、こういった問題は、いつかは解決できるものなのでしょうか？

ホルヘ　それはわれわれがどの程度、事態を緊急なものと捉えるかにかかってるだろうね。麻薬密売や武器製造で食っている連中の生活を保障するにはどうすればいいか？　即効性の解決策はわたしにも分からないが、あえて言うなら、教育が必要でそのための予算を充てること。何に対してもそうだけど、現状に慣れたからといってそれが快適だというわけではない。麻薬や武器売買で暮らしていた者たちを全員その場から救い出し、何とか別のことに従事してもらうようにするのは、おそらく一筋縄じゃいかないだろうね。そりゃあ厄介には違いないが、その後はもっと安心して暮らせるようになるだろう。これは長期的な視野での投資だ。

短期的には手立てがないが、それを正当化しているわけではないよ。外出することへの不安をもたらす犯罪、家に柵をつけたり、カーステレオをはずしたり、あるいはびくびくしながら夜道を歩く、そんな状況を余儀なくさせる犯罪について真剣に取り組むべきだと思う。

こんな状態で生活するのは疑う余地なく恐ろしいことだ。だからもっと厳しい法律を、街にさらに多くの警官を、より厳格な裁判官を……と要求するよね？　だが、それらが解決策になるとは思えない。だれもゴミを投げ入れられないように公園の周りに鉄格子を設置することが公園管理の対策と言えるだろうか？　いや、そうじゃない。解決策は、一人ひとりが公園を大切にしようとする自覚をきちんと持つようにすることで、それが教育ってものだ。

教育は一週間やそこらで犯罪を正してくれないから、当然選挙で票をもたらしてくれるものではない。けれども、世界中にあるすべての刑務所にいる服役囚の84％がほとんど読み書きもできないという事実は、その部分を重視すべきだということを示している。治安維持にもっと予算を注ぎ込めって？　結構なことだ。司法への予算を増やす？　同感だ。だけど、教育への予算はいったいどうなってるんだ？（拍手）

マルコス　多くの教師が、武器を持って学校に通う少年たちの攻撃に耐え忍ばねばなりません。そのうえ満足な報酬を得ていないため、みずからの知識を生かす時間も、充分な愛情を持って生徒に関わるための時間もありません。この傾向は教育以外のとても広い範囲に及んでいるものです。先程、麻薬について触れましたが、少なくとも一九九〇年代に入るまでアルゼンチンは麻薬の中継点で、それにまつわる事件も国内では例外的なものでした。ところがその後、麻薬は急激に国内で広まり、消費量も増え、現在起っている暴力行為の多くは（単に強盗を犯すだけでなく、まったく無神経に相手を殺すというように）非常に愚かなものです。これらの犯罪に手を染める者に何らかの麻薬の影響があることは明らかです。

コカインやヘロインだけでなく、別のかたちの常習もあります。たとえば、向精神薬の乱用などです。同様に、わが国でも軽視できない問題となっているアルコール依存症についても考える必要があるでしょう。逃避や自滅の目的で麻薬を使用する人がいますが、そのような人々には愛情や心を満たしてくれるもの、あるいは人生に意味や存在理由を与えてくれるものが不足している場合が多いのです。もちろん、教育がアルゼンチン社会を改善するのは確かですが、さらに愛情や連帯感を付け加えることも不可欠です。いずれにせよ、家庭はすべての教育の基本とならなければなりません。

ホルヘ　今の話は警告のようだけど、非常に的を射たものだったね。マルコスが語っていた麻薬組織の計画的犯罪に興味がある人は、彼の著作『天啓を受けた者ども』（原注13）を読むといいよ。

マルコス　あの作品を書くにあたって、社会が患っている巨大な悪の根源の一つであり、多くの犯罪や汚職とも密接に結びついている麻薬取引のしくみを解明すべく取材をおこなったのですが、そこで見えて

原注13　前掲書

きたのは政治的腐敗・さまざまな麻薬・人間の浅はかさ・ペテン・無処罰特権などが入り交じった一種のカクテルのような構図で、紛れもなく現在わたしたちを悩ませている結果を引き起こしたものでした。
　アルゼンチンは、珍しいことに西洋諸国の中にあって成長していない数少ない国家の一つです。深刻な問題同士が相まってさらに悪化し、泥沼にはまり込んだように身動きがとれない状態。そのことが、一九七八年にビーグル水道の領有権をめぐるチリとの紛争を仲裁したサモレ枢機卿の言葉にあった、ほんのわずかな光を見つけることさえも妨げています。暴力や絶望感、理性の欠如がはびこる社会は、けっしてわたしたちを前進させてはくれません。他のラテンアメリカ諸国より優秀な人材が豊富だというのに、昔も今も異常なほど矛盾した、嘘のような国なのです。

ホルヘ　このことは世界中至るところで言われている、アルゼンチン人に対するジョークのモチーフの一つでもある。自分たちがより多くの資源を保有し、優れた文化を反映させてきたことは認識している。ところがある時期から方向を見失い、一種の虚栄心・尊大さに溺れ、せっかくの資源を無駄にし、自分たちが世界の中心だと感じるに至ったんだ。わたしは特に、自分たちがだれよりもインテリで有能、頭が切れる人間だと思い込む傾向のある邪悪な種族、ブエノスアイレスっ子《ポルテーニョ》のことを指して言っているんだけどね。今までに散々スペイン人を馬鹿にするようなジョークを作って暮らしてきたくせに、昨今スペインの発展ぶりを目の当たりにするや、多くの「お利口さんな」スペイン系アルゼンチン人は、スペイン国籍を取得してあちらで暮らそうと考えている。つまり、これまでわれわれが持っていた優越感の歴史は、とんでもないまやかしだったわけだ。

ダニエラ（26歳、心理学専攻の学生、ウルグアイ・マルドナド出身）　既婚者で、七歳と一歳の娘がいます。家庭内暴力、ドメスティック・バイオレンスに関して、お二人はどのような見解をお持ちですか？

マルコス　暴力は至るところに存在していて、それこそあらゆる人間関係に浸透しています。子が親に、親が子に、あるいは兄弟同士、教師と生徒、さらには一般市民と政府間の暴力など、いろいろなレベルの暴力が存在し、冒頭でも述べましたように、それらは愛情の不足と密接に関係しています。

ねえホルへ、別の会場でおこなったライブ対話の中で、人がだれかから愛されたいがために企てる、相手を動かそうとするメカニズムについて話してくれましたよね。この場でそれを暴力の問題と関連づけて説明してはどうでしょう、きっと興味深いと思いますが。

ホルへ　そうだね。これはわたしがよくする話なんだけど、人がだれかから愛されたいと願う時、相手が自分を必要とするように仕向けるメカニズムが働くことがあるんだ。もしその目的が達成されなければ、次いで相手が何とか自分に同情してくれるように努める。だがそれもだめだと、今度は相手が自分を憎むよう仕向ける。しかし相手が憎しみすら抱かないことが分かると、最終的には自分に対して恐怖心を抱かせるよう行動するようになる。そして、そのための唯一の手段がおそらく暴力なんだ。そういった行動を正当化するためではなく、ただ、何が起こっているのかを理解するために、世界中に蔓延している暴力的な集団について考えてみよう。ある集団、ある家族、ある国家が、相手から憎まれることすらできなかった場合、自分たちのことを恐れさせるように仕向ける。もし、相手に対してまったく無関心だとしたら、わざわざそんなことをするだろうか？

家族愛というものをこれっぽっちも受けることのない家庭で育った、十七歳から二十歳の若者たちのグループについて考えてみよう。懸命に人から愛されようとし、何とか自分たちが暮らす社会から必要とされたいと望み、世間がそんな彼らを哀れむよう努めてみたものの、愛を得ることはできなかった。次に、人々から怒りを買うよう反抗してみたが、見て見ぬふりをされた。つまり、人々の関心を引くことすらできなかったというわけだ。そして彼らは今では、人々から恐れられる存在になるよう仕向けている。

暴力がどこから発生するのかを知ることは、人間が本質的に悪である結果ではなく、愛情不足に対する報復だということを認識する一つの方法だと言えるね。

ファン・ルーカス・ロンバルディ（13歳）ぼくはロサリオの会場で最初に質問したファンの息子です。ホルへ、夫婦間や家庭内、社会自体が抱える問題が、強盗や殺人犯を「創造」する根本的な原因では？それこそが本当の起爆剤じゃないかな？　仮にそれが大きな要因になっていると考えたうえで質問すると、社会自身が社会を脅かすような人間を「生み出している」のではないだろうか？

それから、もう一つ。人々から恐れられる存在になるという目標が達成されたあとは、どうなるんだろう？　目的を果たしたことに気づいた者は、強盗や殺人者であることをやめて、今度は別の目標に向かうのだろうか？

ホルへ　ＹＥＳでもあり、ＮＯでもある！　社会は発展を遂げるまで、そのような残忍な連中を創出し続けていくだろうし、連中も本当に自分たちが愛されていると分かるまで、社会に恐怖を撒き散らし続けるだろう。彼らにとって恐怖は愛の代償だからだ……けっして好ましいやり方ではないがね。

シルビア・フェイ　暴力は愛情やその他の特質と同様、人間に本来備わっているものではないかしら？　そして人は教育を通じてそれらを抑制することができるのでは。

たとえば、最も純真無垢な存在である赤ちゃんについて考えてみると……どうして、二歳になるお兄ちゃんは、そんな赤ちゃんを見た途端、何をされたわけでもないのに近寄って叩いたりするのでしょうか?

ホルヘ　前にも説明したんだけど、暴力は人類哲学の一部を形成していて、個人個人が信じている説によって見解が違ってくる。この件に関するわたし自身の意見はすでに述べたので、簡潔に話すとしよう。わたしは、人間が生まれながらに持っている暴力など存在しないと考える。われわれの身の回りで起こっている暴力はすべて、意識してても無意識でも、意図的であれ過失であれ、気づいていてもいなくても、あるいは、模倣であっても突発的であっても、外部からの要因によって引き起こされたものだ。この理屈でいくと、人間が持つ先天的な破壊性や有害性とは何の関係もないことになる。

ところで、赤ん坊と幼い兄についてだけど、そのような行動は探求心や学習、または、何らかの手本の真似と関わるものであって、その子の持つ先天的な悪とは関係ないよ。これはわたしの意見だから、異論もあるだろうけどね……。

マルコス　大いに議論の余地がありますね、わたしはまったく逆の意見を持っていますので……。(笑)ホルヘの意見はとてもルソー派的な見解です。一方わたしは、人間は先天的に暴力の要素を持っていると考えます。でも、それはむしろ実用的な目的としてであって、何よりも重要なことは、自制が可能だということです。

理論的には……よろしいですか、わたしたちは議論を楽しんでいるんですよ……ここでホッブス[33]の有名なフレーズ《人間は人間にとっての狼である》を用いて説明してみたいと思います。人間と比較したら狼など可愛いものです。なぜなら、狼は敵に傷を負わせたらそこで戦いをやめますからね。それに引き換え、人間が敵に傷を負わせた場合、相手を殺し、さらし者にするまで戦いを続け、その後、相手の過去さえも中傷します。つまり、人間の残酷さは狼を優に凌《しの》いでいるということです。

リサ　性差はあるのでしょうか？　より暴力的なのは女性よりも男性のほう？　それとも、その逆？

マルコス　男性も女性も同じように暴力的で、また情愛に満ちたものですよ。結局、その人の持つ可能性次第ということでしょう。

少し前までは、世の中が女性によって統治されていたら、もっと良くなっていて戦争もなかっただろうと言われていました。すでに女性の大統領や首相、国務長官も出てきていますが、だからと言って、それによって世界が目立って良くなったわけでもありませんよね。

わたしは、男性も女性も同じだと考えています。ほんのわずかな素晴らしい違いを除いては……女性も男性もまったく同じ活力を持って同じ職務を果たせるのでしょうけれど、それでも残念なことに、いまだに性別による差別が存在し、女性が充分に能力を発揮する妨げとなっています。

リサ　とは言っても、暴力を振るう女性よりも暴力を振るう男性のほうが多いと……。

ロクサーナ・グリクシュタイン　でも、信用失墜のような、別のかたちでの暴力を振るう人もいるわ。

ジョバンナ　人はこの世に誕生すると、遺伝のことはさておき、家族と出会うわけですが……家庭にはびこる秘密や嘘、それらも暴力の一つのかたちではありませんか？　だとすると、子どもたちがより健全でいられるためには、そのような沈黙や偽りを打ち破ることが愛情や尊敬、自由の一つのかたちになるのではないでしょうか？

ホルヘ　そういった沈黙による暴力を打ち砕くことができたらどんなにいいか、と思うよ。われわれが幼い頃、親たちはある種の真実から子どもを守るほうが良いと信じて口を閉ざしてきた経緯があるが……

もうそんな時代じゃない。

ハビエル・ストロビンスキー　どんな大人を手本にすべきか？　これは、ぼくら若者の多くが自問する問いの一つです。幼いうちはただ愛のことだけを考えていたけれど、成長してゆくにつれて両親や婚姻歴十年、十五年の夫婦の関係を見て、必ずしも良い結果になっていなくて、時には暴力が、これは肉体的な暴力に限らず法的な問題や侵害なども含めてだけど、起こることもあるということに気づかされます。

若者たちはいまだに、結婚生活が一生続くものだという大きな期待を抱いています。恋愛状態は長続きせず、次いで愛情がやってくる。それは確かだけれど、その後はどうなるのでしょうか？　ぼくらの周りにはそれこそ悪影響を及ぼす物事が山ほどあります。愛が存在するのは分かるのですが、同時にそれ以外のものもいっぱいあって……若者たちが必要としているのは、愛における手本なんです。

マルコス　きみは今、模範と責任というわたしたちの社会に著しく欠けている二つの基本的要素について、間接的に指摘してくれました。若い人たちには手本となる人物、模範となるものが必要です。これは家庭からだけでなく、教育現場や社会・宗教・政治といったあらゆる分野の指導者たちからも影響を受け、学んでゆくものです。もちろん責任についても、幼年期から養ってゆくべきものでしょう。残念なことに、わが国も含め多くの国々で、もう何年も前から責任を負わないことを流行とする風潮があります。物事に対して限度を設ける必要性や、して良いことと悪いことの判断、悪行への処罰や善行への褒章の念を忘れてしまったのです。非常に多くの親たちが子どもに善《よ》かれと思ってか、関わり合いにならないようにするためか、子どもに制限を加えないほうを選び、責任感を養おうとしません。このような責任感の欠如が、結果的に愛が不足した場での暴力の風潮を助長するのです。子どもたちを愛している親は、わが子に制限を課すことで苦しみはしますが、そのことで愛するのをやめるわけではありません。逆に親が安易で無責任な態度を選び、子どもに何の制限もしない場合、確実に悪影響を及ぼすようになります。

フローリス・ペチェニ　ライブ対話の初めのほうで、今世紀は前の時代よりもさらに暴力的かとの問いに、マルコスは、現代社会はより簡単に情報を得られるようになったとコメントしていましたが、思想家の中にはそのような「過度の」情報氾濫やメディアによる暴力行為の嘲笑が人々のリアクションを麻痺させ、最終的には「またか」と言いながらチャンネルを切り替える結果にしていると考える者もいます。

ガブリエル・サロン　暴力行為を正当なものと見なすのは暴力の創造主だってことを見逃しているよ。ホッブスの話の中でマルコスがこのことに触れていたが、ホッブスは暴力についての一連の概念すべてを認めてしまうような状況を生み出すというやり方で、暴力を創り出した。これは多くの思想家たちが彼の哲学における独裁的な側面を槍玉に挙げていることからも分かる。ルソーも然りだ。そして今日、暴力の創造主であり暴力を正当化しているのはメディアであり、その影響は一般家庭にまで及んでいる。われわれは子を持つ親として日々この問題に直面しているが、この件についてあなた方の意見を聞かせてほしい。

ホルヘ　少なくとも今あなたが挙げたような思想家たちが暴力を生み出したわけじゃない。ホッブスの思想にはわたしも全然同意できないけどね。生涯を『リヴァイアサン』の執筆に費やした彼は、人間の生来持つ暴力をどうやってコントロールしていくかということを常に考えていた。だから、ホッブスは別に暴力的なタイプの人間ではなく……まったくその逆だ。では、ルソーがそうだったかと考えると……実際のところ……どの思想家を引き合いに出しても暴力を擁護することは可能だ。何しろマーティン・ルーサー・キングをみずからの暴力の論拠を示すために利用した者さえいたくらいだからね。彼ほど非暴力の立場をとった宗教改革者はいないはずなのにさ。

そうなってくると、暴力はそれについて語る人たちとは何の関係もなく、むしろその理念を利用する者と関わってくるということだ。この違いには慎重であるべきだろう。つまり、自分が楽観主義者に変わるために、周りの連中こそ悲観主義者であるのをやめるべきだ、と考え続けるわけにはいかないからね。

ウーゴ・ラモニカ　マルコス、子どもに制限を加えることと、子どもとのあいだに調和を見出すこと、どちらが優先されるべきだろう？　ホルへに訊きたいのは、恋愛についてのあなたの見解が、苦痛から身を守る、あるいは崩壊に耐える助けとなる方法でないなら、わたしたちは理想を失いつつあるのでは？

ホルへ　理想の消失について、きみにこう答えよう。「わたしは実現不可能な理想を素晴らしい現実と両替しているところなんだ。もしよかったら、きみも両替しない？」

マルコス　調和か制限か……厳密に言えば、限度を設けないことには調和は得られないのではないでしょうか。言葉には惑わされやすいので、混乱しないように気をつけましょう。調和と言っても、いったい何の調和を指しているのでしょうか？　親子関係における調和のことですか？　この場合の調和は、親が親であり、子が子である時に存在するものです。親が良識と責任を伴った行動をしていれば、おのずと子は親を尊敬し続けます。時が経つにつれて、子は親が自分に対して制限を設けたことにいずれは感謝するようになるでしょうし、これから自分が暮らしてゆく社会がどうなっているのかを家庭にいるあいだに自覚し、より健全に成長してゆくことでしょう。

ホルへ　制限を設けるのは子どもに対して暴力的になることではない、と付け加えさせて。現代の教育指針は「愛情を伴った毅然さ」だけど、これら二つのいずれが欠けても、何の役にも立たなくなるよ。

ルイス・ペレス　依存症に興味があるのですが、お二人は麻薬を消費する人は皆中毒だと考えますか？

ホルヘ　これは麻薬問題に限った話ではないから、数々の依存症について考える必要があると思うよ。男女問わず、人は中毒に至るさまざまな習慣に陥りやすい。たとえば、仕事・セックス・他人からの承認・金銭・地所・アスピリン……あらゆるものに依存してしまう可能性があるんだ。重ねて言うが、人はほとんどどんなものにでも中毒になりうる。食べ物以外は……。（笑）否、食事でさえも。食事をとらないほうへ向かう中毒だってありうるからね。このような行為は、心理学の分野で「依存的人格」とされているタイプの人と関係してくる。性格的に著しく依頼心の強い人だ。そういう人は、他の人に比べて容易に中毒に陥る傾向が強いので、ちょっと気をつけなきゃならない。

数ある依存症の中で、最も心配すべきなのが麻薬中毒・薬物依存と呼ばれるものだ。現代社会における薬物依存の問題は非常に複雑で、とりわけ産業社会、都市部ではゾッとする数にのぼっている。わたしが入手したデータによると、現在十三歳以上の若者の少なくとも25％が生涯に一度は何らかの麻薬を試し、そのうちの7％が中毒に陥るという。何とも重大で、危険で、悲劇的な数値だが、紛れもない現実なんだ。

マルコス　麻薬の問題についてては今まで一度も話し合ったことがなかったので、ホルヘがどのような見解を述べるか興味深くうかがっていました。依存症を含む種々の問題は横長の「凹」型の棒グラフを用いて分析できます。つまり、左右両端が高く、そのあいだには微妙に差のついた棒が幅広く並んでいるものです。左端は依存症に陥りやすい人、あるいはすでに中毒になっている人の数。右端は依存症に対して並外れた抵抗力を備えている人、麻薬を経験しても中毒になることはない人の数を表しています。そして、そのあいだに緩やかなアーチを描いている多数派は、左右どちらにも傾く可能性がある人たちです。

中国では毛沢東の時代、麻薬常習犯の一掃が解決への道だとして、麻薬撲滅を目指そうとしたことがあります。しかし、幅広い中間層が反発するのは必至で、そのような解決策は無意味で効果がありません。麻薬取引は一大ビジネスであり、しかも今に始まったものではないだけに、この問題は非常に深刻なものとなっています。中国におけるアヘン戦争を思い出してみてください。ケシの生産をすべてわがものにしようと植民地支配をしていたヨーロッパの列強国が互いに、そして中国と争ったあの戦争のことです。幻覚剤は太古から存在し、興奮剤として薬草を使用しなかった原始部族はなかったでしょう。薬草自体はさほど危険ではなく、たとえば、コカインやアヘンのような麻薬にも薬効があることは知られています。アルコール依存症は相変わらず災いの一つであり続けていますし、タバコについても同じようなことが言えるでしょう。ホルヘがうまい具合に指摘していたように、実に多様な依存症が存在し、服用とは関係ないものもあります。現実逃避の手段としてのワーカホリックなどがそれに該当します。

パブロ（広告代理業） 近頃、麻薬の合法化についての議論も盛んになってきましたが、この件に関してマルコスは賛否どちらの立場をとっていますか？

マルコス オランダで麻薬合法化の試みがなされ、麻薬天国となったことは皆さんも御存じでしょう。わたしは合法化に賛成です。なぜなら、そうすることで麻薬ビジネスの中枢を潰すことができるのではないかと考えるからです。ただし、これは世界規模での決断となった時にのみ機能しうるものだと思います。たとえば、ウルグアイでは法律で処罰しない方向へと動いています。大統領も、法で罰すればアメリカ合衆国で禁酒法施行後に起こったのと同じことが起こるだろう、という論理を打ち出して、この動きを支持しています。合衆国では禁酒法によってアルコール飲料の製造・販売・運搬・輸出入が禁止されたあいだ、密造・密売が著しく増加し、結果としてアルカポネのようなマフィアの出現に大いに貢献することになりました。つまり、禁止によって逆にビジネスを助長してしまったということです。

密売人は麻薬を産地から販売地へと運んで利益を得ているだけではなく（小説『天啓を受けた者ども』でも描写したように）、非常に高値で売れる禁止地域でも収益を上げようと努めるもの。彼らは、家庭内にお手本となる大人のいない子どもたちの住む、貧困と憎しみのはびこるスラム街へと入り込んでゆくのです。また、高校や大学の構内でも、若者たちを罠にはめるために麻薬を無料で配り、試した学生が二度、三度とはまっていって……誘惑に陥りやすい者たちは中毒になってしまいます。そして、麻薬ビジネスの重要性を高め、その拡大に貢献してゆくのです。

別の言葉で言いますと、麻薬を世界的に合法化できれば、麻薬ビジネスは崩壊し、麻薬鎮圧に費やされている予算を予防キャンペーンや中毒患者の治療改善に回すことができますし、最終的には、適切な処方箋をもって認可された販売店で購入するといったより良い統制が可能になるのではないかと考えます。

パブロ　どうして麻薬ビジネスはこれほどまでに巨大で、多くの金が動くのですか？

マルコス　巨額の金が動くのは、さまざまな段階でとてもうまく機能する商売だからです。麻薬というのは産地では非常に安価なものですが、最終的に使用される場に近づくにつれ、とてつもない値がつけられます。そこへ行き着くまでに幾重もの仲介が存在するからです。

では、この問題にどう取り組んでいけばよいのでしょうか？　権威主義的な人は、抑圧と刑罰によって対処しようと考えるでしょう。しかし、それは最悪の選択です。なぜなら、原因ではなく結果に対する措置だからです。最初のほうでも指摘しましたが、この問題の根本的原因は、依存症に陥ってしまう者たちに愛情が不足していて、何かに依存することによって悲しい心の隙間を埋めようとしていることです。

ホルへ　マルコスが語ってくれたことに対し、付け加えることはほとんどないよ。だが、いずれにしても依存症患者を救い出すための解決策はあるという事実は覚えておいてほしい。彼らに欠けている感情の抑制の仕方を教え、愛を与えそれを受けとめられるよう導く。今こそこの問題に真剣に取り組むべき時期ではないだろうか。これこそが、われわれにとってこのライブ対話を開催した意義だと言えるだろう。

ライブ対話　6　コルドバ

1　マス・メディアの機能

2　知識人たちの果たすべき役割

3　現代社会における価値観の危機

ライブ対話の参加者

ロニー・バルガス（司会者）
モニカ・ベジーニ
ドーラ・マフリス
フリオ・フリ
アリシア・コルティーナ
アドリアーナ・アダン
アデーラ・ペラルタ
パトリシア・フェルマン
レティシア・ロペス

マルセロ・バラガン
フリオ・ペラルタ
マリサ
ロクサーナ・カルニセーロ
ノルマ
ルイス・ファアレス・モレーノ
ホルヘ
ガブリエラ・リベーロ

1　マス・メディアの機能

ホルヘ　なぜだか無性に去りがたく、恋しくなって頻繁に戻ってきてしまう。わたしにとってコルドバは、そんな土地の一つだ。ここへ来るのは帰省するようなものでね、わたしを温かく迎えてくれる大好きなこの町に、友人たちに会いに戻ってくるんだ。だが、今回の帰省はこれまでになくワクワクしている。何てったってこのコルドバの地が生んだ正真正銘の申し子で、友人でもあるマルコス・アギニスとともに戻ってきたんだからね。（大喝采）

マルコス　このライブ対話に参加するために、会場にお集まりの皆さまに厚く御礼申し上げます。先程までホルヘとカフェテリアにいたのですが、二十分たらずで入場券が完売したと聞き、仰天しましてね。こんなことを言い合っていたのですよ。「何だか妙な感じだな……ロック歌手じゃあるまいし……」

ロニー・バルガス（司会者）　さて、本日のテーマですが、日頃何かと論争の種となっている「テレビ」の話題から始めてゆくのも面白いと思うのですが、いかがでしょうか。

ホルヘ　今の世の中、テレビのない生活を想像するのは難しいよね。テレビ文化はわれわれの生活様式にそれこそ多くの変化をもたらしてきた。たとえば今、ホールに入りきれなかった人たちが、外に設置されたスクリーンを通してこのライブ対話に参加してくれている。これだってテレビの偉大さと優れた伝達機能の賜物だ。でも、何についても言えることだけど、いくら洗練されたものでも必ず優劣両面を持っているもんでね。あらゆるマス・メディアの浸透という利点には、有益にも有害にもなる可能性があるんだ。

他のメディアもそうだが、テレビが及ぼす害については大きく二つに分けられると思う。それは、テレビを観ることによって人々がしなくなることと、するようになること。両者のうち特に懸念されるのが、しなくなることのほうだ。つまり、本来抑制可能なはずのテレビの視聴を抑制しなくなるということ。そこでこのように問うことができる。これは番組を制作し放映するテレビ局側の責任なのか、それとも番組を視聴する側の責任なのか？

こんな番組があったらいいのになと考える時、決まって、どうしてこんな面白くない番組ばかりを放送しているのだろうと疑問に思う。だが、きっとそれらの番組は視聴率が高いんだろうね。視聴率っていうのは番組を観ている人の数を意味し、その数値によってスポンサーが付き、スポンサーによって金が入る。結局これはビジネスで、多額の利権を生じさせ、刺激し、動かす方法を生み出すってことさ。

世界中どこの国でも国営テレビは赤字経営になりがちで、そこで問われるのはいずこも同じ、「もっと国の管理を強化すべきか、あるいは民営化すべきか。どちらが選択すべき道なのだろうか？」。テレビその他のメディアを一つの道具と考える際、その状況を分析するのに最も打ってつけの話がある。

むかしむかし、五歳と六歳になる幼い兄弟がいて、彼らの祖父はとても賢い人だった。

祖父はどんな問いにも適切で正確な的を射た解答を出したから、孫たちは彼に質問するのが好きだった。そう、おじいちゃんは絶対に間違うことがなかったんだ……。

ところが、孫たちが成長するにつれ、正しい答えを出すという祖父の魅力は彼らにとって厄介事に変わり、怒りすら覚えるようになった。いつも正論で切り返されるのだから、反抗期ともなればなおさらだ。

二人はほとほと嫌気がさし、ついに一方が次のような提案をするに至った。

「じいさんを間違わせるための、いい考えがひらめいたんだ」

「何だって？　どんな？」

「ついさっき小鳥を捕まえたんだけど、こいつを持ってじいさんのところに行き、こう訊くんだよ。『手の中にいる小鳥は生きているか、死んでいるか』って。そこで『死んでいる』と答えたら、手を広げて小鳥を逃がす。そうすれば、じいさんは間違ったことになる。反対に『生きている』と言ったら、その場で小鳥を握り潰す。小鳥は死に、じいさんにはどうにもできないってわけさ」

「そりゃいい！　行こうぜ、行こうぜ！」

二人は小鳥を手に祖父のもとへと行き、一方が尋ねた。

「おじいさん、手の中に小鳥が一羽いるんだけど……生きているか、死んでいるか、どっちだと思う？」

そこで、老人は孫を見つめて一言。

「おまえのもくろみ次第じゃな」（場内、どよめきと拍手）

テレビだってこれと同じ。もくろみ次第だ。われわれが何を望んでいるか？　テレビ局を運営している連中がではなく、われわれが何を望んでいるかなんだ！　娯楽、エンターテイメント、それともビジネス……伝えたい情報を家庭に届けてくれるメディアなのか、文化を中心としたものなのか……どんなものを望んでいるのか？　結局、それ次第で、メディアは建設的な媒介手段にも破壊的な手段にもなりうるし、われわれを豊かにしてくれるものにも、逆にまったく無駄なものにもなりうるんだ。

マルコス　今の話はこの問題における重要な鍵です。テレビは人類最大の発明の一つに数えられますし、不可避で制御できない進歩と関連しています。ヒトが野蛮から文明へと飛躍を遂げた以上、もう後戻りはできません。なぜなら、文明とは永続的な発展を意味するからです。人類が築き上げてきた進歩には必ずと言っていいほど両義性があり、使い方によって善にも悪にもなりえます。最高に美しい城が恐ろしい監獄となることもありますし、より鋭利な手術用メスが凶器になる可能性もあります。原子力エネルギーには町を破壊する威力がある一方、病気治療に有効です。

テレビもこれらとまったく同じ。ホルヘが言っていたように、もくろみ次第なのです。では、テレビの背後にいるのはどんな連中なのでしょう？　だれが番組を制作しているのでしょうか？　ジャーナリストやマス・メディアを仕切るオーナーの領域を見てみましょう。全体主義体制の国家ではテレビ局は国に占有されており、メディアは国民に対するサービスとしてではなく、権力を不法に牛耳る一握りのグループの利益のために機能しています。このような状況ではテレビは社会に何の恩恵ももたらしません。テレビ放送とは真の自由の領域に置かれなければならないのです。

とはいえ、何でもかんでも一般大衆が望むものを放送すればいいというのも、一見、民主的であっても感心できないやり方です。社会全体が情報操作の対象となり、価値観の堕落につながりかねません。つまり、「クズ番組」を気に入るという大変ネガティブな方向に引きずられる可能性があるということです。

よって、多様な視聴者が望む内容と芸能・報道関係者が提供できる最良の企画とのあいだに、ある程度の緊張は不可欠で、少なくとも、馬鹿らしく中身のない番組より、質の高い番組が優先されるべきです。

モニカ・ベジーニ（55歳）　そのような状況下におけるジャーナリストの役割とは？

マルコス　ジャーナリストは現代社会における中心的役割を担っていると言えるでしょう。知識人の果たすべき役割について語る時、そのイメージをジャーナリストとダブらせて考えるようになりましたよね。以前、知識人とは一般人よりも高い学識を持ち、ありとあらゆる問題について助言を求められる対象でした。しかし、ジャーナリストがニュースを伝えるだけでなく、情報を選択し、処理し、一つのかたちにしたうえで報道するように変わったことから、今日では世論を作り出す人間として、かつて知識人たちだけに限定されていた役目も果たしているのです。

ここ数年、アルゼンチンでは多くの記者たちが一昔前にはとてもできなかったような誠実で勇気ある報道をするようになりました。そのようなわが国におけるジャーナリズム・リサーチの新しい様式は多大な成功を収め、今もなお続いています。たとえば、オラシオ・ベルビツキー[34]の『栄冠の横領』をはじめとする著作の数々。あの本には膨大な不正が実名入りで告発されていたので……自分の名が載っていないか確認するためだけに書店へ買いに走った者もいたそうですよ。それ以降も多くの本が刊行されましたが、これらはテレビ、ラジオ、文筆といったジャーナリズムの功績と言えるでしょう。ジャーナリズムとは、スポンサーや権力者たちの利益や圧力に屈することのない真剣な報道を指しているのです。

アルゼンチンのテレビではピンからキリまで多種多様な番組が放送されています。時に良質のプログラムが高い視聴率を獲得し、人々はクズ番組だけを観ているわけではないと知って驚くことがあります。意外と広い層の人々が質の高い番組を望んでいて、そういったものが放送されると視聴しているのです。

不快な番組に社会が嫌悪感を示している時には、一般市民が議論に参加できる場を設けて然るべきだと考えます。よく人々はバーなどでこそこそ「何てくだらん番組だ、こんなの観ていられるか！」と散々文句を言っているくせに、そのあと家に帰ってその番組を観ていたりするでしょう。自分自身の言動に一貫性がないのです。わたしはこのような態度を「認識の不一致」と呼んでいます。つまり、あることを認めているのに、それに基づいて行動しないということです。

ドーラ・マフリス（コルドバ出身） 今おっしゃっていた不一致はたぶん、ブエノスアイレス大学総長のギジェルモ・ハイム・エチェベリー博士が名著『教育における悲劇』で提起しているように、教育に対する社会の評価において、ほかの分野にも増して強く深刻に見られる気がします。

フリオ・フリ メディアの情報公開の規制について意見を聞かせてほしいのですが。

マルコス 先の軍事政権時代に、タト・某という男が国内の映画会社の検閲を担当していたのを覚えていらっしゃるでしょうか。政権崩壊後、著名なジャーナリストでCONADEP（行方不明者全国委員会）のメンバーでもあるマグダレーナ・ルイス・ギニャスが国立映画協会へ出向き、タトが検閲した過去の映画を全部見せてほしいと申請したところ……『ニュー・シネマ・パラダイス』でも撮ろうと考えていたのでしょうか、想像を絶する莫大な量のフィルムが保管されていたのです！　検閲者にありがちな性向ですが、彼は異常なほど抑圧的な男で、検閲という行為によって内なる凶悪性が刺激され、精神錯乱が引き起こされていたというわけです。

情報公開の規制については賛否両論ありますが、いずれにせよ忘れてはならないのは、議論に参加し、何を見せるか・見せてはならないかを要求すべきなのは社会であるということ。つまり、規制を設けるならば社会を構成する人々の合意が不可欠です。過激な暴力シーンが教育上、悪影響を及ぼし、多くの若者たちがブラウン管を通じて窃盗や暴行、殺人を学んでいるのは紛れもない事実ですが、このようなマイナス要素を隠すこともまた、健全だとは思えません。かつて親たちが、どうやったら赤ん坊が生まれるかとわが子に訊かれて口をつぐんでいた不健全さと同じくね。要はどのように教えてゆくか、どのように示してゆくかなのです。

ここで、登場人物が最後に全員死んでしまう古代ギリシア悲劇の戯曲を思い起こしてみてください……心理学の分野では、なぜこれほどまでに悲劇が効力を持ち、人々は人間の邪悪な部分や殺人的な行動に魅せられるのかという問いが繰り返されてきました。その理由をカタルシスだと断言する者たちもいれば、観客が自分の心を客観的に見ることができるからだと主張する者たちもいて、諸説入り乱れて結論は出ておりませんが、悲劇の上演が有害ではないことは確かなようです。

そうなると、どのような方法でそれを見せたらよいかを分析する必要があります。たとえば、ニュース番組において、爆破事件現場で手足の切断された遺体をクローズアップしたのち、夏のバカンスを過ごす楽園リゾートの様子をリポーターが浮かれ調子で語るとしましょう。マクルーハン[35]が主張したように、これではニュースが砂糖菓子と化し、視聴者は画面を見ながらそれを味わっているようなもの。良いニュースにも悪いニュースにも見飽きて、何が起こっているのか適切に判断する能力を失います。また、過度の情報は人が大切なことを創造する時間的、精神的余裕を奪ってしまいます。

以上の理由から、暮らしの中のさまざまな領域と同様、テレビにも規制が必要であると言えるでしょう。でも、それは検閲者側の基準ではなく、個の成熟・成長の度合いに応じて配慮されなければなりません。

ホルへ　規制ってのは、自分自身で物事の判断ができるようになって初めて役立つものだ。ところが、自分で判断できるようになると、今度は「だれにそんな規制を決める権限があるんだよ？」という疑問が湧いてくる。ここにとても深刻な問題が生じる。

アメリカの有名なギャング、アルカポネの大好きなフレーズがあってね。《物事の捉え方には二通りある。正しいものとわたしのもの……》。しばし沈黙の後、こう結ばれる。《両者はイコールだ》。（爆笑）自分に害を及ぼすものは他人にとっても有害だと思い込んだら、システィナ礼拝堂の珍劇の二の舞になるよ。

バチカンにあるシスティナ礼拝堂の壁には、わたしが人生で最も感銘を受け圧倒された素晴らしい芸術の一つ、ミケランジェロの絵画がある。天地創造や魂の昇天、地獄への墜落を表現した壮大なスケールの作品だ。制作にはかなりの歳月が費やされ、人物の身体が細部にわたり入念に描かれ何とも美しい。この作品、元は天に昇り地に落ちる人間たちの姿の多くが裸だった。完成した絵を見て「教皇みずから祈りを捧げる場」たるシスティナ礼拝堂に裸体がいっぱい描かれていることに戦慄を覚えた枢機卿がいてね。猥褻だと、ただちにその「みだらで下品な」裸を覆うよう命じたんだそうだ。ミケランジェロは、芸術・美とはこういうものだ……猥褻だなんてとんでもない、と拒んだ。そこでその枢機卿は彼に何としてでも要求を飲ませるべく、ほかの枢機卿たち全員の承諾を取りつけた。こうしてミケランジェロは修正を余儀なくされ、裸体部分に麻布を描いて覆った。ところが彼が付け加えたのはそれだけではなかった……画面右下に悪の真髄を象徴した極悪サタンの姿を描き、その顔を例のクレームをつけた枢機卿に模したんだ。

この逸話は芸術家がいかに試練を乗り越えるかを示す好例だ。時は流れ、ミケランジェロの正当性が証明されると、バチカンはみずからの馬鹿げた行為を認め、大がかりな復元に着手した。さて、専門家たちが修復作業を始めたところ、裸の部分を覆っている麻布は単に元の絵の上にかぶせてあるだけだと判明し、それを消し去るとオリジナルの裸体がよみがえった。だが、この愚行を忘れないため、そして礼拝堂を訪れる人々にも観てもらおうと、悪魔の姿をした枢機卿の顔はそのまま残されたんだ。そしてそれ以来、「パンツ枢機卿」（パンツをはかせることを命じた野郎という理由で）として知られているとのことだ。

質問。われわれは規制をだれの手に委ねる？　世界中にいるパンツ野郎に？　それとも世界中のタトたちに？　やつらが見ていいものといけないものを決めるの？　わたしの答えはこうだ。みんなが子どもでいるのをやめ、真の大人として見たいものと見たくないものを自分で判断できるよう、知性を養っていこう。

アリシア・コルティィーナ（42歳）　ふんだんにある番組、不健全な番組を目の当たりにせざるをえないわたしたちはどうなるのでしょうか？

マルコス　つい最近「ゴシップ大国」というタイトルの記事を読みました。膨大な数の暴露話を扱った特集、とりわけテレビ番組に関する考察がなされていたのですが、それによると、特ダネをあさる百人以上ものゴシップ専門の記者がいて、彼らの仕事のメカニズムは次のように成り立っているとか。まずは、できたカップル・別れたカップルのスキャンダルを探す。見つからなければ、スキャンダルをでっち上げる。それもできなければ、視聴率を少しでも上げるため、シルビア・シュラーのようなお色気タレントを出演させる。これは嘆かわしいほど番組制作のレベルが低俗化していることを物語っています。

アルゼンチン社会は物事を真剣に捉え、理解し、議論する能力を低下させてしまいました。この軽薄さはマスコミ主催の討論番組、特に政策論議の場で見受けられます。それは、いろんな意見のやり取りを通じて視聴者が何らかの結論を見出せるよう、出演者同士が互いの話に耳を傾けるのではなく、まるで花火が炸裂するのを挑発しているような会合です。大声でわめき散らす者が有利とばかりに、だれもが絶えず人の話の腰を折る、ただの騒音ショーです。そういえばこの傾向がより顕著なテレビ番組がありましたね。一般人が喧嘩を始め、髪を引っ張り、ののしり合い……これはきっと何かの反映だと思います。政府同様、テレビも大衆に応じた質になると断言する向きもあり、アンドレ・マルロー[36]のコメント《集団はそれに見合った指導者を持つだけでなく、それと似かよった指導者を選ぶものである》と併せて考えますと、テレビはわたしたちの社会で起こっていることを反映しているわけで、これは危惧すべき問題です。

ホルへ　暴露スクープがあればもっと新聞が売れるかもしれない、と記者が信じていることは充分考えられる。でも、そのために連日それをでっち上げなきゃならないってのが問題だ。これはもう、記者自身が問題意識や情報伝達能力をフルに活用して人々の関心を保つマスコミに変わるか、あるいはまったく逆で、売り上げをもっと伸ばすために大衆が喜ぶようなニュースを作り出すかの二者択一だ。

先程マルコスの話に出てきたジャーナリストとオーナーの違い、ちゃんと分かってる？　と質《ただ》したいね。マス・メディア自体とそれをビジネスとして所有・運営することを区別しなければ。自分のしている仕事が売れているのと、売ることが仕事であるのは別もの。メディアの世界で働いていることと、メディアという事業を動かしているのは同じではない。

ところで、ジャーナリストは自分を雇っているオーナーの指示や命令に従うこともあるかもしれないけど、それはジャーナリスト個人の成熟度の問題と関わってくる。そこで家庭と学校、すなわち親と教育者という重要な二本柱の話へと再び戻っていくわけだ。

アドリアーナ・アダン　人の話にきちんと耳を傾けられるようになるには、またニュース番組などのコメントに惑わされないようにするには、どうすればいいのでしょうか？

ホルヘ　《人には耳が二つ、口が一つある。それは語る前に二度聞く必要があるからだ》という教えがタルムードに載っている。聞くための訓練はただ一つ。へりくだって黙することを学ぶことだ。バイロンいわく《口を開いて紛れもない愚か者と見なされるよりは、口をつぐんで愚か者かもしれないと思われていたほうがまだましだ》。（笑）

アデーラ・ペラルタ　家庭のプライベートな事情まで赤裸々に暴露する「リアリティ番組」が大好評だなんて、この社会はどうなっているのでしょう？　世の中がもうフィクションでは楽しめなくなり、より現実的なものを求めるようになったのかもしれませんが、この手の番組を好むサディズム的なものがあるのでしょうか？

マルコス　ジョージ・オーウェル〔37〕の有名な小説に出てくるビッグ・ブラザーから着想を得た番組『グラン・エルマーノ』などは、視聴者が信じているほど出演者のありのままの姿を映しているわけではありません。何しろ登場人物のほとんどは俳優か俳優の卵たちですからね。このトリックが見破られれば自然と下火になるでしょう。いくつかの国では大成功を収めたようですが、皆が皆そうはなりませんよ。

ロニー・バルガス（司会者）　これまで述べられてきた意見のほとんどは、悲観的なものばかりですね。

マルコス　別の会場でも指摘したことですが、人間の性質はけっしておとなしいものではなく、勇敢なものです。人間は人生において挫折や苦痛、衝撃や失望などさまざまな出来事を経験していくものですし、その歴史は戦争、殺戮や大量虐殺に満ちています。一方、それらの暴力に対する抵抗や芸術、愛も含まれているのです。人生とは困難なもので、その美しさは快適さにではなく、偉業をおこなう能力を示すところにあるということを、わたしたちは受け入れなければなりません。アルゼンチン人はあまりに多くの挫折を味わってきたため、すっかり悲観主義者になってしまいました。この悲観主義との戦いを展開しないことにはどうにもなりません。悲観的な部分をタンゴやフォルクローレ、小説の中に保ってゆくのは一向にかまいませんが、日常生活にまで引きずるわけにはいきません。物事がうまくいかないのは、ひとえに悲観主義の結果であるということを自覚すべきでしょう。

社会学的に明らかにされている想念の現実化は、ほとんど物理の法則のようなもので、もし、社会全体が「たぶんうまくいかない」と繰り返していると、それが現実となってしまい、逆に「きっとうまくいく」と言っていると、実際、良い方向に事が運び、かなりの確率で達成できるといいます。

ところが、アルゼンチン人は何の根拠もなく悲観主義が美徳と思い込んでいて、人に悲観主義者か楽観主義者か尋ね、相手が楽観主義者と答えようものなら、マヌケな奴だとすぐ非難する。わたしはそのような事態を避けるため「楽観主義者ではなく希望を持っているだけです」と答えるようにしています。

ホルヘ　わたしは自分がマヌケな楽観主義者だとはっきり認めるほうを選ぶよ……。（笑）

マス・メディアの問題に戻ると、クズ番組から身を守る解決策は、メディアという手段をどう活用していくかにかかっている。つまり、自分のことは自分で責任を負う以外に方法はないんだ。ジャーナリズムはもっと良くならなければ、テレビはこうあるべきだ、ラジオはああしたほうがいい……といった文句を言うはもうやめよう。

チリのセラピスト、アドリアーナ・シュネイクは、神経症について次のような例を用いて説明している。

ある男が町へ向かい、川に突き当たる。そこでその場に座り込み、不平を言う。

「何でこんなところに川があるんだよ……まったく、町は川のこっち側になくちゃ……橋を架けておかないからいけないんだ……迎えをよこすのが当然だよな……それにしても、いかだくらい用意しておけよ……トンネルを作っておくべきだったのに……」

男はあることないこと愚痴をこぼし続ける……だが、絶対に川を渡ろうとはしない！

いったい、いつまで自分が別人に変わるためには、だれかが何かをすべきだったという言い訳をして、みずからの責任を回避し続けようとするつもりなのか！　いい加減、われわれは自分自身を変えることに責任を追うべきだ。

メディアを営利目的だけで運営している連中にとって、メディアは金以外の何ものでもないのだから、彼らがその商売をやめるわけがないだろう。だから、テレビやラジオ、新聞、出版も含め、まだ汚染されていないメディアを探していこうよ。そして、中にはきちんと自立し、自分自身の責任を負っている人間もいることを知るべきだろう。

今ここで進行役を務めてくれているロニーはその一例だ。彼は、堕落してない感受性にあふれた聴衆を国中から集めることができた。われわれは、ロニーや彼のように他人のために働いている人たちから学んでいこうではないか。

パトリシア・フェルマン　番組を作る側のメッセージに大事なことが抜けている場面が多く見られます。

たとえば〈もっと燃え上がりたいからソーダなしでワインを飲むわ……〉って歌がありますよね。少年たちに飲酒をやめるよう呼びかける一方で、そんなメッセージも与えてしまっているわけです。ほかにも、コメディー番組で麻薬をやるシーンは、それが良いことである印象を与えているように思えます。

子を持つ親として何より気になるのは、文化教養を司る大学などの教育機関に、まったくと言っていいほどそのような状況を阻止しようとする姿勢が見られないことです。メディアが子どもたちを教育する、そんな状態を放っておくことはできません。

マルコス　どんなに多くの親たちが、わが子を黙らせるため、テレビの前に座らせていることでしょう！　テレビがベビーシッターの役を担っているなんて！

レティシア・ロペス（18歳）　わたしは、インターネットも加わってメディアにあふれかえった世の中に育ちました。そこで、お二人にインターネットについてもご意見をうかがいたいと思います。テレビが若者にとってかなり有害なら、インターネットは凶器みたいなものです。どこの機関からもまったく統制されておらず、若者どころか子どもまでも、あらゆる情報にアクセスし放題なのですから。

ホルヘ　きみに、わたしの個人的な意見として二つのことを話そう。まず結論を急がないよう気をつけること。インターネットとは世界中に広まった新たな情報伝達手段で、この先どうなるかは未知の状態だからね。

それから凶器という件について理解しておいてほしいことがある。凶器が人を殺すのではなく、金が人を堕落させるのではなく、ラビオリが人を太らせるのではない……。（笑）ラビオリを食べて太るのはわたしであり、凶器だってだれかの手に握られて初めて人を殺すものとなる。金が堕落させるのは腐敗した者たちだけだ。インターネットも他のメディアと同じように一つの道具だから、これも使う人の目的次第。だからいくらインターネットを非難したって何の解決にもならないよ。一つ、物語を紹介しよう。

あるご婦人が大変憤慨していた。それというのも、家の向かいにあるアパートに素っ裸で体操をする男が住んでいたからだ。毎朝、目覚めて窓の外を見るたび男の裸体が目に入るものだから、彼女は自分自身のモラルをいたく傷つけられたように感じていた。

そこで、警察に通報したところ、風紀課の担当警官が家にやってきた。

「その男はどこに?」

警官に訊かれ、ご婦人が勢いよくカーテンを開けると、窓の向こうに全裸で体操する男性の姿が見えた。

彼女はぷりぷりしながらこう言った。

「……そりゃあ、家の中でやっているわよ。でも、ここから丸見えなんだから……嫌だわ。窓の外を見られないし、絶えず気を遣わなきゃならないし……」

係官は男性の部屋を訪れ、事情を告げた。

「実はですね、向かいに住む女性が、毎朝あなたの裸が目に入って不快な思いをしている、とおっしゃっているんですよ。それで誠に申し訳ありませんが、窓に向かって裸で体操するのをご遠慮いただけないでしょうかね」

一週間が経過した。ご婦人は再び風紀課に電話をかけ、例の男が相変わらず同じ行為をし続けていると訴えた。

何てこった！　驚きの声を上げると、風紀課はすぐさま現地へパトロール隊を派遣した。ご婦人の家へ到着し、窓から向かいの部屋を見て警官たちは言った。

「あれ……男はどこにもいないじゃないですか！」

「ええ、そうよ。そこじゃなくて、公園にいるの！」

「公園？　いったいどこの公園です？」

「ほら、ずっと向こうに……見えるでしょ？　小さく点みたいなのが。あそこで裸になって体操しているのよ！」

「でも、ここからではとうてい見えやしませんよ！」

「そんなわけないわよ。この双眼鏡を使ってみなさい！」（大爆笑＋拍手）

「凶器である」という考え方には慎重にならなければならない。たとえば……。

（無邪気な調子で）

「インターネットに接続し、検索をクリック。キーワードは女・裸・ヌード・乱交……さて、何が出るかなあ……おっ、ポルノサイトだ！」

（皮肉っぽく憤慨した口調で）

「んまっ、けがらわしい！　こういうものは全部、規制しなければなりませんわ！」

（無邪気な調子で）

「お次は……ナチス・反ユダヤ主義・爆弾・殺人……と」

（再び皮肉っぽく腹立った口調で）

「こんな写真を載せているなんて！　まったく、インターネットは何てくだらないんでしょ！　そうは思われませんこと？」

（ホルへの声に戻って思慮深げな口調で）

だったら、子どもたちをジャンクフードに走らせている嘆かわしい教育を非難したらどうだい。国中のファストフード店への出入りを禁止する？　あるいは子どもたちに望ましい食生活のあり方を教える？　スーパーマーケットの安売りを制限したらいい？　それとも、子どもたちに買い物の仕方を教える？

この件に関してわたしは自分のスタンスを持っている。それがいいかどうかは別として、ただ一つ言えること、それは、すべての問題解決の中心となるのは教育だってことだ。

マルセロ・バラガン　人が選択を誤るのは、悪い教育を受けたからではないのでは？

マルコス　これもすでに別の会場でお話ししたことですが、最良の教育とは優れた教授法と正しい価値観の伝授、自分で考えることを教えることから成り立っています。しかしここ数十年間で、今まで受け継がれてきた教育が無になってしまうような発展が生じました。たとえば、電話の出現によって人々は手紙を書かなくなり、教養にあふれた書簡によるやり取りが消滅しましたよね。御存じのとおり、数多くの偉大な思想家や科学者たちの知識の大部分は彼らがやり取りしていた往復書簡の中に保存され、後世に伝えられるところとなったのです。何十年もの歳月が流れ、現在、書簡という手段はEメールやファックスを通じてよみがえり、再び頻繁に手紙を書く時代となりました。
またテレビが現れた時に人々は、映像があれば「観る」だけで済むから、もう読み書きを学ぶ努力をしなくてもいいと考えました。そして読書や書き方教育の低下を招いてしまったのです。さらに悪いことに家庭と教育者とのあいだで暗黙の了解がなされ、本の値段が高いことを口実に、一冊まるごと買わずにいくつかの章だけをコピーして使うようになりました。このような慣例が読書の習慣づけに悪影響を及ぼしたのは言うまでもありませんよね。しかし結局どうなったかというと、インターネットが出現した今日、ある程度の読み書き能力がないと「ネットサーフィン」に参加することすら不可能になったでしょう。画面上に映し出される情報を迅速に読み取ることができなければ、情報処理などできませんからね。

教育とは学ぶための努力や規律が伴うもの。それ以外の何ものでもありません。ところが、簡単・お気楽・逃避主義といった価値観の欠如はわが国の社会に深刻な結果をもたらしました。規律や教授法、解釈の欠落が計り知れない損害を与えたのです。

多くの親たちが、わが子がインターネットで何を検索して見ているのか分からなくて怖いと言いますが、子どもがゆがんだり道を踏みはずしたりする恐れは、インターネット以前、テレビやラジオが出現する前にも常にあったものです。ということは、子どもがメディアから被害を受ける可能性は、親がわが子の成長過程で善悪の判断をどのように育んでいくかにかかっているということでしょう。

2　知識人たちの果たすべき役割

ホルへ　知識人というものを定義するのは容易なことではない。山にこもって謎めいた思索にふける隠遁者をそう呼ぶのか、それとも試験管を片手に実験に明け暮れている科学者のことをそう呼ぶのか……知識人はいったい何をしているのだろうか？　知識人であるということは何を意味するのだろうか？

わたし個人としては、おもにみずからの知性を使って現実を理解しようと努める人、または疑問や迷いを持ちながらも主体的に考え、問題提起し、現実を見据えて活動している人を知識人だと考えたい。

今日、世の中にはさまざまなタイプの知識が存在し、理性で割り切れることばかりではない。塔の中に閉じこもって思いを巡らすなんてのはもう時代遅れだよ。知識人と呼ばれる人たちは（さすがに「わたしたち知識人は」というのは気がひけるが）、われわれを取り巻く現実社会に対してより重大な責任を負うようになってきているってことを自覚し、一般の人たちとより強くつながる必要がある。

外部から分析し、口だけ出して事態については何の責任も負わない専門家たちのことを考えるたびに、わたしは彼らと一般人との接触のなさに愕然とする。そういった問題を避けるべく、先程マルコスが説明してくれたような知識人とジャーナリストの融合が生まれたんだ。

結論を言うと、今後、思考しながら暮らしているすべての人が、現在よりもっと責任を持って社会に関わっていくようになるんじゃないかと思う。すなわち、人々に何かを実行させるよう知識人が考えを巡らす時代は過去のものとなり、みんなが企業やマス・メディア、教育など、いろんな領域で責任ある立場に置かれる時が来たということだ。ついにわれわれのリーダーたちが、より良い意味で完成された知識人となるかもしれない。そのためには、人々を扇動することなくリーダーシップを発揮し、指導者としての役割を果たすべきだろう。

マルコス　「より良い意味で」というホルへの発言を、一つの明確な課題へとつなげるとしましょう。一つは、言葉の中には肯定的な響きを持ったものがあり、その一例が「知識人」だということです。その役割については長いあいだ問い続けられてきました。何より「知識人」という言葉自体ごく最近のもので、まだ使われ始めて百年たらずだということを忘れてはなりません。この言葉が名詞として出現したのは、十九世紀から二十世紀へと移り変わった時代、フランスで起こったドレフュス大尉の冤罪事件がきっかけでした。不正行為の数々に、初めて科学者・画家・音楽家・作家といったさまざまな分野の人々が立ち上がったのですが、それを統率していたのは偉大なる時の小説家、エミール・ゾラ〔38〕でした。「わたしは告発する」という歴史に刻まれることになるタイトルでロール紙に掲載されたゾラの公開質問状は、抗議グループのマニフェストとして掲げられました。非常に勇敢なことに、彼らは、アルフレッド・ドレフュス大尉に濡れ衣を着せた共和国大統領、軍部およびその末端に至るまでことごとく糾弾し、そこから「知識人たち」という言葉が生まれたのです。そのような真の知識人たちの対極にいて腐敗したフランス政府を支持していた連中は「洞窟やアトリエ、実験室に閉じこもって暮らしていた奴らが、突如として自分たちの仕事とは無関係な問題にまで首を突っ込む権利があると考えやがった」と野次ったと言います。実際、知識人というのはある分野における特殊な知識を持つ人間であるだけでなく、一市民としての勇気も加わって、正義のためにはみずからの身も危険にさらすものです。理論としては大変立派ですが、実際には人々を幻滅させるような知識人も数多くいました。たとえばハイデッガー[39]は一時期ナチス党に所属していました。フランスのセリーヌ[40]も然り。ダヌンツィオ[41]もファシズムに走りましたし、パブロ・ネルーダはスターリンのために美しい詩を書きましたよね。ピカソもスターリンの肖像画を描いています。つまり、偉大な知性や繊細な感性を備えていたにもかかわらず、彼らは全体主義や官憲による虐待といったベールを取り除くことはできなかったのです。わたしが申し上げたいのは、知識人は絶対過ちを犯さない、純粋であると決めつけるべきではない。大なり小なり素晴らしい作品を創造するとはいえ、彼らだって人間で、その人生は一般の人と変わらないということです。

最近、企業経営の分野で非常に驚くべきことが起こっています。アメリカ合衆国では哲学者を雇い始めた企業があるそうです。かつて哲学者が知識人の代名詞とされた時代があったことは確かですが、今、哲学者を雇おうとする企業は、大量生産を望むだけでなく、何を生産したらよいか、あるものを別のものとどう結びつけるか、どの分野がより調査価値があるか、ある製品をどうやって人々にアピールしていくか、といったことを知りたがっているのです。

もう一つの課題は、本日最初のほうでお話ししたマス・メディアと知識人との相互関係です。古代には知識人だけが聖典に書かれた知恵を所有していました。つまり、聖職者たちが最初の知識人だったというわけです。続く中世でも彼らだけが唯一、文字を読むことのできる人間でした。ところが印刷術の発明によって読み書きが一般の人々にも普及すると、聖書がラテン語以外の言語で読めるようになります。でも、聖書ばかりでは話にならん！　ということであらゆるものへと拡大し、ジャーナリストが情報を伝達するのみならず、世論を作り出していくような今日の状態へとつながるのです。

昔は社会から孤立して「象牙の塔」の中に閉じこもって暮らしていた知識人ですが、今では幅広い層に語りかけるためにはメディアに訴える必要に迫られ、新聞やテレビ、ラジオに出演しています。知識人がジャーナリストになり、ジャーナリストが知識人になってきているのです。

フリオ・ペラルタ　ねえ、マルコス、確かにピカソはスターリンの肖像を描いたけど、彼は画家であって政治的イデオロギーの唱導者ではないはずだよ……。

マルコス　ハイデッガーは哲学者で、政治的イデオロギーの唱導者ではない。セリーヌは小説家で、政治的イデオロギーの唱導者ではない。エズラ・パウンド〔42〕は詩人で、政治的イデオロギーの唱導者ではない。でも、いずれも多大な影響力を持っていて、典型的な人物とされていました。ピカソがピカソでなくなることも、ネルーダがネルーダでなくなることも、もちろんダヌンツィオがダヌンツィオでなくなることもありません。彼らは称賛に値する人物ですが、必ずしも完璧な人間ではなく、意見を変えることもありうるということです。真の知識人とは批判的精神を発達させた人々であり、持論に誤りがあった時には自身を批判することさえためらわないものです。逆にエセ知識人は、たとえ持論が間違っていたとしても、それを成り立たせるためにどんな嘘でもつく連中です。

フリオ・ペラルタ　ホルへ、知識人は社会でその役割を果たすべきだと言っていたけど、軍事政権時代に起こった知識人に対する迫害と海外への頭脳流出、あるいは九〇年代に実施されたバルセイロ国立研究所の民営化、去年ブエノスアイレス市で大規模な抗議デモを引き起こした政府のＣＯＮＩＣＥＴ（国立科学技術研究委員会) 再編問題など、彼らが差別・迫害の対象となっている場合、どうやって社会と接触していかれる?

ホルヘ 権力をほしいままにしている奴らからの侮辱やあからさまな迫害を前にして、知識人たちにはいったい何ができるかということだが、わたしだったらこう問いかけるだろうな。人は自分の周りで嫌なことが起こっている時、何ができるだろうか。答えは「状況を変えるために闘う」ことだ。ただし、その闘いは細心の注意を払っておこなわれ、国が豊かになるよう、また社会全体が成長していかれる方向へと導くことに重点が置かれるべきだ。

先の書籍法改正案の通過に対してわれわれは何をし、どんな責任があるか、ということについて考えてみよう。わたくしホルヘ・ブカイは法案通過を阻止するため、本当にできる限りのことをしただろうか? 何かわたしにできたことがあっただろうか? つまり(実際に起こっている出来事をあえて引き合いに出すけど)、町の一角にある工場が閉鎖され、百人もの従業員が解雇されることに対しては、道路を遮断し抗議デモをおこなう力があるのに、アルゼンチンにおける本の将来が脅かされていることに対しては、だれも同じような行動をとろうとしない。いったいどうしちゃったんだよ? こっちのほうが大切だって、天秤にかけて判断するの? 未来の書籍にかける希望は? これらの問いに対する唯一の答えは、こういった問題から教訓として学び、成長してゆこうということだ。

マルコスとわたしにできることは、今ここで、そして可能な限り国内外のいろんな土地へと出向いてライブ対話を開き、人々に語りかけることだ。知識人たちには象牙の塔から降りて現実と接し、物事をありのままに伝えてゆく責任がある。とりわけ重要な責務として挙げられるのは、「人々の思考を助けるための思索」であって、けっして「知識人自身の喜びや虚栄のための思索」ではない。ほかの人が自分で考えられるように手助けをする。みんながわれわれと一緒になって考えられるように力を貸す。できれば、そのうち反対意見なんかも出るようになってくれたらいいなあ。なぜなら、その時こそ知識人としての役割を果たしたことになるからね。（拍手）

マリサ　状況を改善するために、と銘打った会議がいくつも開かれ、大勢の人々が参加しているのに、イベントが過ぎてしまうとそれでおしまい。居心地の良い場所に留まったまま、だれも何も変えようとしません。参加者たちはそりゃあ知識人には違いありませんが、実際問題、何の変革も起こさないのです……さらに、彼らは概して人の話を聞くことができず、絶えず「わたしは、わたしは」と自分がしゃべりたがります。まるで「わたしたち」という言葉が存在していないかのようにね。

ロクサーナ・カルニセーロ　近頃、エセ知識人たちの意見は他人の受け売りばかりです。「だれそれが言うように」「だれそれならこうするかも」「だれそれに言わせれば」など。そしてそのような状況とマス・メディアが結びつき、人々が「何も考えたくないからテレビをつけた」と言うのを聞くと不安になります。そこで質問ですが、知識人たちが受け売りの考えで人々を操作し、人々は考えないためにテレビを観るのだとしたら、どうして知識人が必要でしょうか？

ホルへ　自分の代わりに他人が考えることと、持論を述べるにあたって他人の言葉を用いることには大きな違いがある。だれかの言葉を引用する行為はその道を通ってきた先人に対する敬意でもあるから、何も悪いことではないと思うよ。だからこの場合には「だれはこう言ったが、わたしはこう付け加える」という具合に、絶えず自分の言ったことに責任を持ち、人からの引用と自分の言葉との別をはっきりさせておくことが大切なのではないかな。人間の思考はリレーのようなものだ。バトンを受け取った世代が今度はそれを次の世代へと手渡してゆく。あとに続く者たちにバトンを渡すのはわたしの責務であり、さらにのちの世代に引き継いでゆくのは彼らの役目だ。子どもたちがわれわれを越えていかれれば、大成功さ。そのために力を尽くしているんだ。

ここで、どうしても付け加えておきたい、とても重要なことがある。それは、先人の考えに疑問を持てるようにすること。というのは、どんなに賢い人間であったとしても、間違いを犯す可能性はあるからだ。そんな場合に備えて、次のセリフを繰り返したい。「わたしが書いたものを読んでくれるのは嬉しいが、どうか信じないでくれ……」（笑）

頼むから、わたしが言うことはすべて正しいなんて思わないでよ！　同意するのは一向にかまわないが、信じきることはしないでほしい。少なくとも……盲目的にはね。なぜなら、ここでマルコスとわたしが語っていることはすべて、二人にとって有益だったこと以外の何ものでもないのだから。

マルコス　他人の考えに頼る、考えないためにテレビを観るという二つのことが指摘されていましたね。他人の見解を基にするというのは人類文明の歴史の一部です。人類はつい最近生まれたわけではありませんから、過去の事例を知ることは役に立ちますし、わたしたちの助けとなります。ある作家の考えを引き合いに出して何かについて言及することは、別に間違いではありません。ただし、名前を出さなければ盗作になりますが。ところで、一人が言ったことではなく大勢の人が言ったことを述べる時には、盗作とは呼ばず調査と呼ぶとか……。（笑）他者の経験を基にするのは悪いどころか、いつの時代にも人類がしてきたことです。必要なのは、先人や他者の経験がうまく適応、処理、改善されることです。

「考えないためにテレビを観る」という件に関しては、深刻な問題ではありますが、表面的でもあります。行為者は気分がすぐれず、何も考えたくないのです。考えてしまうと自殺しかねないほど危機的状況にあるか、あるいは、休息が必要で気晴らしをしたいだけかもしれません。後者の場合、時には気晴らしするのもいいかとは思いますが、いずれにせよ、解決策を見出すには熟考するしかないということを忘れてはなりません。

個人であれ集団であれ、自分たちが迷宮の奥深くにいるような感覚に襲われることがたびたびあります。しかし迷宮とは、ボルヘスが常に愛することと思い出すことの大切さを教えてくれたシンボル的存在です。その出口を見つけるのは非常に困難ですが、どんな迷宮にも必ず出口があるものです。

ノルマ　知識人たちは決断を下す地位の大部分を占めているわけですから、だれのどんな意見を引き合いに出すべきか注意を払う必要があるはずです。ところが彼らの多くは理屈に合わない見解を社会に植えつけているような気がします。たとえば「完全失業率」の概念や結果を語ることくらい、おかしなことがあるでしょうか？　それから、チームを組んで作業をすることがどれだけの時間や労力を要するか、わたしたちにだって分かりきっていることなのに、（一流大学出の彼らが）「チームワークが必要だ」といったあとに「労働時間のフレックス制」について提唱するなんて、馬鹿な話があるでしょうか？　一般市民の声を反映し政治改革を推進するために、そんな知識人たちの主張や彼らの提唱する社会政策を鵜呑みにできると思いますか？　彼らはよく「中流層に焦点を当てて」などと言いますが、国民の半分以上が貧困層という現状で、いったいどの階層に焦点を合わせようというのでしょう？　何よりもまず有名大学の経済学部の危機を宣言すべきではないでしょうか。「中流層」が年々減少しているのに……。

マルコス　厳密に言うと、あなたは経済の問題についてお話しされていると思うのですが、ちょっとした小話を思い出しましたので紹介しましょう。

ある男が砂漠で道に迷い、喉も渇ききり途方に暮れていた。何時間も経った後、地平線の彼方に一頭のラクダの姿が現れた。必死に駆け寄ると、当然、ラクダには人が乗っていた。

男はこれで何とか助かりそうだと思いながら叫んだ。

「助けて、助けてくれっ！　道に迷ったんだ！　どうやってオアシスに行ったらいいか、分からない。ここがどこだか教えてくれ……」

ラクダの人物は高いところから見下ろして言った。

「緯度45度、経度3.7度の地点だ」

喉がカラカラで死にそうな男は相手に向かって訊き返した。

「あんた、経済学者か？」

「なぜ、そんなことを訊くのだ」

「何の役にも立たない、やたら正確なことを言うからさ……」（笑）

近年、経済学では一連の説明的な概念が発展してきました。これはまるで十九世紀における精神医学と同様の傾向でしてね。どういうことかと言いますと、神経症や精神病といった病気を治療する手立てがまったくなかった時代、研究者たちは数々の症状に命名し、細かく分類することに労力を費やしたのです。

その結果、精神病院の患者たちは非常に整然と分類されましたが、だれ一人として治癒しませんでした。経済の分野でもこれと似たようなことが起こっているのです。たくさんの定義づけがなされていますが、中には馬鹿げたものも含まれ、何の解決にもなっていませんからね。

ホルへ　思想家ってのはね、自分のスピーチに酔いしれて、何を言いたかったのか分からなくなることがあるんだよ……。

3　現代社会における価値観の危機

ホルへ　人類の直面している危機的状況における最大の問題は、これまで規範とされてきた価値観に亀裂が生じていて、今後どの価値観が生き続け、どの価値観が時代遅れのものとなるか分からないことだ。価値観はそれが分析されている時点の状況と関係してくるから、批判的な見直しがされている時には、価値観を問う行為自体が猜疑心や不安感を引き起こす。まるで「価値」の概念そのものが失われたかのようにね。

しかしそれは、今まで学んできたことを定義し直し、回復し、承認し、修正する時とも言えるだろう。かつて何の疑問も持たずに価値あるものとして学んできた多くの事象について問い直し、処分し、時には教えられたこととはまったく逆の価値観を取り入れることもあるだろう。

わたしにとって個人的な価値観と社会的な価値観は、進むべき道を見失った時、あるいは何らかの決断を下さなければならない時に立ち戻る重要な手がかりだ。自身の価値を見出しつつ、人々と共有する社会的価値観の枠組みを形作る。これは大いなる挑戦だ。どちらの価値観も挽回が可能だから、この挑戦を軸に社会を構成していくことは今の時代に生きるわれわれにとって意義があり、値打ちのあることだろう。これは必然的に次の世代へと伝えていくものと関わってくるからね。特に、すべてのことに議論の余地があり、賛否両論あるこの場においては、われわれの支えとなる価値観を強調しておかなければならないよ。価値観なくして共同体は存在しないんだから。

価値あるものと考えられるのはどのようなものなのかを見つけ、受け入れ、定義づける。先入観を抜きにして、いつもそうとは限らないから、残すのが当然、変えるのが当然と最初から決めつけずにね。

マルコス　ホルヘは、価値あるものとは何なのかを定めなければならないこと、同時に、価値観は普遍的ではないということを指摘してくれました。これはけっして本質主義ではなく、重要な定義づけです。価値観は永遠であると考える人もいますし、社会の発展にともなって適応していくものであると見なす人もいるでしょう。確かなのは、価値観が倫理・道徳と関係してくるということです。道徳とはさまざまな社会の慣習であり、倫理とはそれらの理論と善悪の区別を表しているものですからね。

古代社会では、奴隷の所有は恥ずべきことではなく、大勢の奴隷を引き連れているほど尊敬に値する人物と見なされていました。七世紀にはローマ教皇グレゴリウスが色欲や貪食、妬みといった「七つの大罪」を分類しまとめましたが、果たしてこれらは現代社会においても大罪であり続けているでしょうか？

つい先日、イギリスのある大学で、現代の七つの大罪は何かというアンケート調査がおこなわれました。興味深いことにそのリストには、教皇グレゴリウスが挙げたような罪は一つも載っていなかったのです。新たな罪として挙げられていたものには、幼児買春や大量虐殺などがありました。この調査結果から導き出される結論は、現代社会が個人的なかたちで犯す罪から遠ざかっていっているということ。もちろん、各自が家庭では自分のしたいことをすることができると仮定したうえでの話ですが。そして、今日最も重要となっているのは、むしろ社会的な罪であるということです。以上のようなことから、社会の価値観は大きな変革を遂げたと言っていいでしょう。

ホルヘは現代のポストモダン主義を危機のようなものと言い表していましたが、これはかつて価値観は普遍的であるとされ、みんな疑問を持たずに同意していたのに、ポストモダン主義（まったく奇妙な言葉を探してきたものですよね）においては、それまでの価値観が打ち砕かれ、物事の価値はそれぞれの文化に基づいて決まると主張する文化的相対論が現れたからです。

ルイス・ファアレス・モレーノ（ロサリオ出身） 本業は化学者ですが、趣味で心理学を勉強しています。

ホルヘ へ～、それは奇遇！ わたしは趣味で化学実験をしているんだ……。（笑）

ルイス・ファアレス・モレーノ わたしたちは今、急激な変化に直面しているとマルコスが述べていましたが、確かにそのとおりだと思います。わが国ほどグローバル化に乗りきれていない国はありませんからね。もっともこれは、一八一〇年よりはるか昔から連なる、文化的形式によるのでしょうけれど。そこで教えてほしいのは、これからわたしたちが個人としてやっていかねばならない仕事は克服困難なものかどうか、ということです。

ホルヘ 個から始まらない仕事は存在しないし、個を尊重することなしに社会全体の問題を考えることもありえない。わたしはこの種、つまり人類という生物が、とりわけわたしの大切な人々が最終的に到達する結果に対し、まったくと言っていいほど疑いを持っていない。この場合「わたしの大切な人々」とは、この国の、共に暮らしている人たちのことだけどね。しかし、ただで手に入るものなど、どこにもないのだから、これからおこなうことは容易ではないとしっかり自覚して取り組んでいく必要があると思う。発展・成長のための代価を払う覚悟をすべきだ。それは、これから実現していく課題への投資になるんだからね。

ホルへ（聴衆）価値観の危機とは、個々が危機をどう捉えるかによって違ってくるのではないでしょうか？　このことをとても分かりやすく表現している小話を紹介したいと思います。

中国・清の時代、ある高官が庶民の様子を垣間見ようと考え、乞食に変装して宮中から町へと降りる。ところが、別の乞食と喧嘩になり、彼は相手を殺してしまう。

裁判ではあっという間に判決が下される。

「同じ身分の人間を殺した者は、拷問のうえ死刑」

だがその瞬間、被告の手に輝く指輪が目に留まり、裁判官はこう言い直す。

「失敬……乞食を殺した平民は、一週間の拷問刑」

次いで被告が貴族の印である短剣を見せると、裁判官は慌てて刑法をめくり、該当箇所を読み上げる。

「所有する奴隷を殺した領主は、まる一週間の断食刑」

判決を言い渡して引き揚げようとする裁判官へ、被告はさらに高級官僚であることを証明する首飾りを示す。すると裁判官は短刀を取り出し、自分の心臓に突き刺す前にこう告げた。

「高官を裁く行為をした者は、自決すべし」（場内、驚きの叫びと拍手）

……今日ではメディアが、弁護人をつける機会すら与えずに即日裁いて判決を下しているということも付け加えておくべきでしょう。

ホルヘ　確かに、個々の立場がそれぞれのイデオロギーの一部を構成しているのかもしれないね。話を分かりやすくするために言うと、殺人が倫理上忌まわしいものであるというのは普遍的な価値観だろうか、それとも議論の余地があるものだろうか？　きみの話は、人を殺すことがどのように英雄的行為にも殺人行為にもなりうるかってことをうまく説明していたね。まったく同じ行為が、処罰の対象にも偉業にも、防衛にも犯罪にもなりうるなんて、いったいどういうことなんだろう？

マルコス　倫理における相対論は解決困難な問題をわたしたちに突きつけてきます。一例を挙げると、アフガニスタンのタリバン政権が人類の文化遺産で国の財産でもある建造物や彫像を破壊しましたよね。彼らの文化ではすべての偶像・肖像は神の意志に反する。だからそれは彼らの権利である、と解釈することも可能かもしれません。でも、わたしたちはその主張を受け入れられるでしょうか？　西洋諸国はしばしば、まったく別の伝統・慣習を持つ国々から、自分たちの参加型民主主義の見方を押しつけようとしていると非難され、さらには独裁政権時代のほうがまだましだったなどと批判されることがあります。たとえば、民主主義。これは普遍的なものでしょうか？　わたし自身は、たとえ問題を抱える結果になったとしても、いくつかの価値観は普遍的なものになるべきだと認識しています。

ホルヘ　今の話は、マルコスがこの議論で示した最もはっきりした態度の一つだ。意見の不一致を認め合うことの大切さをここで強調しておくのは意義あることだろう。この件に関して、わたしはマルコスのようには考えていない。彼の立場は理解できるけどね。それどころか、説明を聞いていると納得させられちゃいそうになる……それでもわたしは、普遍的で議論の余地がないような価値観があるとは思えないんだ。自分にとって有益な価値観はおそらくあるだろうけど、それがほかの人にとっても不可欠なものだという確信は持てないよ。

マルコス　わたしたちは必ずしも同じ考えではない、意見の不一致を認め合うのは大切なことですね。

ホルヘ　そのとおり。

ガブリエラ・リベーロ（教育学教授）　価値観に関してホルヘは教育の重要性を語っていましたが、教育における大いなる挑戦は（チリの社会学者で哲学者のラファエル・エチェベリア博士が命名したように）「包括的な」能力を発達させることではないかとわたしは考えます。それはたとえば、聞くことを学ぶ、約束を守り実行する、頼み方を知る、事実と解釈を区別する、判断力を養う、会話を組み立てる、自己の感情を認め、それを表現する、行動を調整できる、身体と感情、言葉のつながりを認識してうまく活用する、「しなければならない」ことと「選ぶ」ことの区別ができる……などで、これらは教師たちと一緒におこなっている研究でわたしが提案したものです。当初は抵抗があっても、それを通り越したなら驚くほど成果が現れ、はっきりとした主張と責任感を持ち、価値観の選択や、被害者・加害者の立場の大きな違いを見極める能力を持った人間を育てる助けとなります。

そこで質問ですが、今夜この場で取り上げられた約束、責任といった多くの価値観を、日常生活にどのように組み込んでいったらよろしいでしょうか。

ホルヘ　きみの質問には、実際にあったエピソードを紹介して答えるとしよう。

ニューヨークで、ある男性が地下鉄に乗って帰宅する途中事故があり、下車駅の一駅前で足止めを食らった。そのまま二十分間車両の中で待つか、あるいはそこで降りて暗く危険な夜のセントラルパークを突っ切って帰るか、という選択を迫られた。彼は腕時計を見て思案した。ひどくくたびれていて、ちょっとでも早く帰宅して妻や子どもたちの顔が見たい……そこで途中下車し、歩いてセントラルパークを横切ることにした。

真冬だったからとっても寒かった。二百メートルばかり歩いたところで、突然女性の悲鳴が聞こえた。声のしたほうを見てみると、植え込みの裏に人の気配がした。再び叫び声が上がった。どうやら襲われて助けを求めているようだ。レイプ魔か強盗らしい。男性は救助に向かおうとしたが、武器はおろか何の道具も持っておらず、防御術さえ知らないことに、はたと気がついた。関わり合いになれば自分の命を危険にさらすことになるだろう。できるかどうかも分からないことのために、死の危険を冒すべきか？

彼は他者の応援を求めようと考えた。辺りを見回して警官を探してみたが、夜間でもあり、当然のことながらどこにもいない。女性の悲鳴は次第に絶望的なものとなり、対する犯人の声は彼女を黙らせるべく一層激しさを増している。

次いで警察に通報しようと公衆電話を探したが、これも見当たらなかった。いっそのこと急いで家に戻って応援を頼んだほうが早いのではないか。彼は女性の悲鳴が続く中、あとで戻って来られるよう現在地をしっかりと確認すると、電話と助けを探しながら家路を急いだ。が、二十メートルほど進んだところで思いとどまった。だめだ、戻ってくる頃には被害者はもう生きていないだろう。抵抗が終わりに近づいているからか、悲鳴も次第に小さくなっている。女性は死に瀕しているのかもしれない。自分は結局、彼女を救うために何もしなかったのだ。そう思うと絶望感に駆られた。

その瞬間、彼は自分でも驚くほど強烈な、どうにもあらがうことのできない衝動に突き動かされ、踵《きびす》を返して現場へと向かった。灌木のあいだを分け入ると、暴漢が猿轡《さるぐつわ》をかませた女性の上に馬乗りになり、衣服を剥ぎ取ろうとしているところだった。いったいどこにそんな力があったのか、彼はそいつに飛びかかり、ナイフを手にした相手に少し傷つけられたものの、しばらく取っ組み合いの喧嘩をした。レイプ犯は最悪の事態だけは避けたいと思ったのか、しまいには捨てゼリフを吐くと走り去っていった。

彼は起きあがり、敵が去っていったのを確認すると、殴られて口から血を流し、意識が朦朧としている女性のほうへ近づいた。彼女は彼の出現に驚いた様子だ。彼は女性の体を助け起こし、暴漢はもう行ってしまったから大丈夫だと言うと、手を貸してネオンの明かりに照らされたベンチへと連れて行った。明るいところに出て視線を上げた女性は、彼の顔を見て叫んだ。

「パパ!? パパだったの?」

そう、彼はその時初めて、自分の娘を助けたことに気づいたのだった。(拍手)

ガブリエラ、責任(responsabilidad)と約束(compromiso)はおそらく同じものだよ。自分の人生や主義と本当の意味で関わって(comprometer)いれば、それらに応じ(responder)ざるをえないからね。責任(responsabilidad)は義務ではなく、自分の言動に応える(responder)こと。つまり、その名のとおり、答え(respuesta)を出す能力を持つということさ。だって自分の行動に関心を持つことなくして、どうやって責任感のある人間(responsable)になれる? 約束(compromiso)とは、悲鳴を上げている女性は自分の娘かもしれないと認識することだ。たとえ実際には自分の娘でなくてもね。同様に、暴力を振るわれているすべての女性たちは自分の娘、妻、あるいは母親かもしれないと考える。飢餓や抑圧に苦しんでいる人たちは自分の子どもかもしれないと考える。好む、好まざるにかかわらず、苦難を強いられ耐え忍んでいる人たちは自分かもしれないと考える。たとえ今現在、最も悲惨な不幸に見舞われているのが自分ではなかったとしても、間違いなく自分にも起こる可能性があるのだということを自覚する。この自覚が約束だ。これこそ責任なんだ。（拍手）

マルコス　ホルへが贈ってくれた感動的な逸話を聞きながら、わたしは今回のライブ対話ツアーに同行して彼と一冊の本を作ることに、なぜこれほどの喜びを感じるのだろうかと自問していました。

アルゼンチンの社会は非常に抗議が多く、不満だらけになってしまいました。わたしたちがただ抗議するだけでなく、提案できるようステップアップするのは容易なことではありません。「状況が悪い」「解決策がない」「考えないほうが無難だ」……不平を言うことにかけてはエキスパートであっても、これではまだ第一段階に留まったままです。抗議とは消極的で未成熟、安直な態度のこと。無力だと感じ、困難な状況を解決するために道を切り開こうとしない者たちが抗議行動を起こします。そうすることによってエネルギーを発散し、何かをやったという気分になって内面の欲求を鎮めるというわけです。でも実際には、彼らは何もしていない。それどころか、逆に家族や友人など周囲に悪い空気を撒き散らしているのです。

抗議とは責任を負いたくない者たちの表現方法。なぜならば、だれかが解決策を持ってきてくれるのを待っているだけだからです。一方、提案とはリスクを伴うものの、創造性や責任、約束、成熟、積極的な行動を意味します。

あまりに多くの独裁者、救世主、カリスマ的指導者の統治にさらされて、わたしたちアルゼンチン人は抗議することに慣れきってしまいました。社会集団こそが物事を変えてゆく原動力だということを忘れて。

よって、先程の責任についてのホルへの見解は、ライブ対話の締めくくりにあたって、不平を言う習慣をやめなければならないことをわたしたちに思い起こさせるきっかけとなる、とても的確なものだったと思います。ここでわたしは皆さんに、抗議したいと感じるたびに、自分たちにはどんな提案ができるかを考えることを提案します。それはわたしたちの想像力に刺激を与え、悪い予言が現実となるように感じ、悪影響を及ぼす悲観主義的な雰囲気を改めてくれるからです。

何十年前かのアルゼンチン社会には幅広い中流階級が存在し、彼らは恥の意識が強く臆病者だと非難されていたそうですが、わたしたちも恥の意識を取り戻したほうがいいでしょうね。羞恥心を持てば持つほど、節度も増しますから。(拍手)

ホルへ 価値観の危機についてだが、おそらく今後十年ぐらいのあいだに、教育の分野で著しい変革が起こるのではないかという点で、マルコスとわたしの意見は一致している。変革の原動力は、これからの社会における知識人たちの役割に大きく関係してくる。これは思想の分野で活動しているすべての人々の責任であり、各自が自分のやり方で実行してゆくものだろう。今回われわれ二人が協力してこのプロジェクトを遂行していく中で見出した方法は、活動範囲を広げるということだった。快適なブエノスアイレスのクリニックから外に出てほかの土地を旅して回り、ライブ対話を展開しながら一冊の本を完成させる。いつの日か知識人もそうでない者も、自分に何ができるか気づく時が来るだろう。愛する祖国の未来をだれに託すか選ぶ時にはもっと慎重になるべきだし、選挙によって選ばれた者たちの政策綱領の監査役にならなければならない。単なる票集め目的で教育・文化政策を掲げる選挙キャンペーンは改めさせねばならないし、そのためにも一票一票が地域、地方、国全体などの有効な政策プログラムに変わるよう努めなければならない。われわれも歴史の一員として参加し、それを見てゆくことになるだろう。お人好しかもしれないけど、マルコスもわたしも最終的には良いほうへ向かっていくんじゃないかと確信している。現在失われてしまっている価値観は危機の一部で、価値観がまったく退廃してしまったわけではないのだから、何も恐れることはない。われわれは道の途中にいるんだ。歴史は終わることなく、課題はこれからも続いていく……ライブ本がここで終わりになってもね。

マルコス　この企画がここで終わりを告げるのは事実です。けれどもこれは人生という果てしなく続く階段の一つのステップに過ぎません。皆さんとともにこのライブ対話ツアーを大いに楽しみ、二人にとって忘れられない経験となったことを今一度お伝えしたいと思います。重要な問題をあえて取り上げ、痛い部分にも触れました。事前打ち合わせは一切おこなわず、慎みや先入観、愚かさから閉ざされがちな窓を開けて、出たとこ勝負でなるに任せました。機知に富んだユーモア、知恵や大胆さ、時には涙があふれそうになる場面もありましたが、それらすべてをひっくるめて、心から感謝申し上げます。

ホルへ　（聴衆に向かって）みんなと一緒に本を作り上げていくのは、本当に素晴らしい経験だったよ。ありがとう。（マルコスに向かって）そしてマルコス、共同でこの本を書くという企画を引き受けてくれたことに何よりも感謝したい。これまでに何べんも言ってきたことだけど、この場でもためらうことなく言えるよ。きみはわたしの恩師だ。

実は、公の場でどうしてもきみにプレゼントしたかったものがあってね、ここにそのコピーを持ってきているんだ。アルゼンチンが誇る偉大な詩人ハムレット・リマ・キンターナ。彼の作品を朗読し、きみに捧げたい。

「Gente ―人々―」

ただその一言を発するだけで
希望の灯をともし、薔薇のつぼみのように固い表情をほころばせる人がいる。
ただその瞳で微笑むだけで
われわれを別世界へ誘い
魔法のような夢心地を味わわせる人がいる。

ただその手を差し伸べるだけで
孤独を打ち破り、食卓を整え花を添え
温かい料理で心和ませる人がいる。
ただそのギターを手にするだけで
家中を素敵なハーモニーで満たす人がいる。

ただその口を開くだけで
魂の隅々に達し
花に活力を与え、夢を創造し

素焼き甕の中でワインを歌わせ、その後は……
まるで何事もなかったかのように振る舞う人がいる。

そして……ここに一人、孤独な死を払いのけ
生命を持って恋人から去っていく人がいる。
なぜなら、あの街角を曲がったところにそんな人々が
あなたのようにとても必要とされている人々がいることを
知っているからだ。

(Hamlet Lima Quiutana *Gente*)

ありがとう、マルコス。(会場、大拍手)

以下の方々のメッセージは、本文中に掲載の発言と重複するため、割愛させていただきました。

スサナ・フェレーラス
テレサ・シアンシアベージャ・デ・サポルニク
マリエラ・レヴィン
マリア・コンスタンツァ・ヴィトリッヒ
アレハンドロ・セグーラ
ルイサ・フォンターナ
ホルヘ・カダリオ
アリシア・ユディカ
フアン・カルロス・グリノ
ロドルフォ・ゴメス
ノラ・ロドリゲス
フアン・ホエ・ロドリゲス・ヴィジャ
ルイサ・マリア・アウマダ
エフライン・ハット
アンドレス・H・ダル・ラゴ
マリア・ホセフィーナ・シアッチオ
パオラ・メッツァドンナ
カローラ・アイシクス
リカルド・ポポヴスキー
ラウラ・シュックナー
アルフレッド・マニオッティ
クリスティーナ・アリカタ

マルタ・G
アリシア・バルマイモン
カルロス・トゥリィ
フェリペ・ローゼンムター
アンドレア・ミラソン
イヴォンヌ・B
フアン・ホセ・モンターニ
ヴィオレッタ・コデゴニ
アリエル・ザヤト
モニカ・ガバイ
エクトル・ナーメ
グラシエラ・B
マリアン・ノバーロ
モニカ・ヒルヒ
エドゥアルド・トロスマン
シルヴィーナ・ボデンジェ
ノラ・H
ミゲル・アバディ
ピエリーノ
アルベルト・ハザン
フアン・C・バッソ

訳者あとがき

本書は、現代アルゼンチンを代表する二人の著名人、ホルへ・ブカイとマルコス・アギニスが、六ヶ月間にわたってアルゼンチン国内・近隣国の諸都市を巡り、人々と意見交換した模様を記録した、ライブコンサートならぬライブ本、Jorge Bucay y Marcos Aguinis. *El cochero: un libro en vivo*, Editorial Del Nuevo Extremo, 2001 の全訳である。

本題に入る前に、まずは左記の項目をご覧いただきたい。

・貿易の自由化および規制緩和、国営企業の民営化、雇用形態の柔軟化、社会保障制度改革等を柱とする行政改革がおこなわれる。
・公営企業の民営化にともない公務員の五分の一が解雇される。
・民間企業の経営合理化によって雇用条件が悪化、労働者はより厳しい生活を強いられ、そこへ公共料金の値上げがさらに追い打ちをかける。
・大手自動車会社の工場が生産を削減、大量の従業員が解雇される。
・「景気は上向いている」と政府が発表する一方、大量失業が常態化、失業率は二十パーセントに達する。とりわけ若年労働者層の失業が深刻な問題に。
・高金利と預金残高減少によって政府は国債の発行が、企業は金融機関からの新規借り入れが困難に。
・財政赤字削減の名目で公務員の賃金・年金をカット。
・銀行預金の凍結。引き出し額の上限を週二百五十ドル、月千ドルに制限。
・全国各地で抗議活動が暴徒化。デモ参加者らがスーパーマーケット等を襲い、略奪行為に走るように。
・貧富の差が拡大、国民の半数以上が貧困層に転落。
・消費の落ち込みから首都中心部でも小売店の閉店が相次ぐ。
・家賃やローンが払えずに住居から強制退去させられ、路上で暮らす高齢者が急増。
・医薬品が極度に不足。慢性病の治療薬供給に深刻な影響が出る。
・国政は事実上の与党独裁。野党がどんなに努力しても意見を反映させられない。汚職が著しく蔓延。
・通貨下落による割安感から外国人観光客が急増、観光業は潤う。同時に、外国企業や個人投資家による不動産漁りも活発化。
・凶悪犯罪の増加。特に、高齢者を狙った犯罪が横行。
・権力者たちの犯罪の見逃し。罪を犯してもうやむやにされ、公正に裁かれない場合がほとんど。
・制作費削減のためか、休日のテレビ番組はどこの局も古いハリウッド映画やドラマの再放送ばかり。
・芸のないタレントたちが延々と馬鹿騒ぎする低俗なトークショーや、彼らを豪遊させる旅番組が増加。
・元モデル、元スポーツ選手、二世タレントというだけで、即ドラマの主役や番組の司会、声優といった仕事が与えられ、視聴者（プラス本職）から疑問の声が上がる。

・綿密な取材に裏打ちされた報道・ドキュメンタリー番組が少なくなり、局によってはニュースまでもがバラエティ番組と化す。政治家たちが票集めのために、こぞってテレビ出演。

まるで、昨今のわが国の現状と近未来の暗示と思しき記述だが、これらはすべて一九九〇年以降、実際にアルゼンチンで起こった出来事である。

とりわけ二〇〇一年から〇二年にかけて顕在化したアルゼンチンの経済危機については、日本でも報道されたので、記憶に新しい読者もおられることだろう。当時ローマ法王だったヨハネ・パウロ二世までが、「深刻な経済危機、社会危機は、同国の政治腐敗やエゴイズムが原因だ」と異例の発言を残している。

一八一〇年スペインからの独立を宣言したアルゼンチンは、周辺国との紛争や国内の権力闘争が続いて長らく政情が落ちつかなかったが、十九世紀終わりには豊富な天然資源と肥沃な大地を生かした農牧業で経済発展し、二度の大戦で損害を被ることもなく、海外から多くの労働移民を受け入れて栄えた。しかし、近代化・都市化の一方で大土地所有制は植民地時代以上に進み、贅の限りを尽くす一部の特権階級と大多数の労働者階級に社会が二極化。支配者層が享楽的な生活に溺れ、公共の富よりも個人の利益を優先した結果、教育や福祉はおろそかにされる。権力を欲する政治家や軍人が次々に台頭、たび重なる政権交代とクーデターの末、七六年にはさらに過酷な権威主義体制が生まれ、大弾圧によって三万人の行方不明者を出す悲劇が引き起こされる。経済政策の失敗によってハイパーインフレを招き、英国とのフォークランド紛争の大敗北によって国際社会から孤立し、軍事政権が崩壊。八三年に民政に移行するが、財界と癒着した政治家・官僚の汚職、警察・司法も結託した要人の無処罰特権が横行。新自由主義政策による規制緩和で公営企業の民営化と対ドル固定相場を実現、海外からの投資を呼び込みインフレ脱却を図るが、失業者数は増大。無理が祟って二〇〇一年暮れには債務不履行に陥る。大統領が二転三転し、外資離れで通貨ペソが急落、銀行預金の封鎖・凍結、公務員の給料支払い一時停止、外貨両替の制限といった政治・経済的混乱に加え、凶悪犯罪が増加、先行きの不安から多くの人材が国外に流出――。

以上が経済危機勃発に至る大雑把な経緯だが、このライブ対話ツアーが挙行されたのは、ちょうどその直前のことであった。

冒頭で出版元のデル・ヌエボ・エストレモ出版の編集者が紹介しているように、著者マルコス・アギニスとホルヘ・ブカイは実に好対照な、傑出した人物である。

痩身に知的なまなざしのマルコス・アギニスは穏やかな物腰に似せず、軍事政権下でも屈することなく物議を醸す小説を執筆し続けてきた作家で、差別や暴力をテーマにした数々の作品は高く評価されている。第6章の会場となった故郷、アルゼンチン第二の都市コルドバは、南米最古の大学の一つコルドバ大学を有する由緒ある学園都市で、名大統領アルトゥーロ・ウンベルト・イリアを輩出。六九年には軍人ファン・カルロス・オンガニーアの圧政に対し、全国に先駆けて学生・知識人・労働者による反政府運動コルドバソが展開された土地柄でもあり、そのような気風が彼のひととなりに多大な影響を与えたことは確かだろう。

アギニス自身が対話中で述べているとおり、彼は多才な経歴の持ち主で、国内外の政治家や各宗教の聖職者との付き合いも広く、独自の持ち味を生かした論文やエッセイも注目の的となっている。スペインの知識人たちもしばしば彼の名に言及するほどだ。数あるエッセイの中でも八八年出版の『虚構の国』は、ユーモアを交えつつも歯に衣着せぬ物言いで、歴史・文学・芸術・政治・経済・社会とあらゆる角度からアルゼンチンという国と国民を論じて大反響を巻き起こした。高校や大学の社会科の資料、はたまた当地に赴任した外資系の企業家や外交官の指南書として大いに活用されたという。ただし、アルゼンチン人にとってはあまりに辛辣で耳が痛く、友人の中には「荷物をまとめて今すぐ国外逃亡したほうがいいのでは」と半分冗談で忠告する者もいたらしい。九三年には本文中でも話題に出た『罪神礼讃』、九六年と九八年にはカトリック司教フスト・ラグーナ猊下との対談集を出版。ライブ対話ツアーに臨んだ際には、ちょうど『虚構の国』の続編とも言うべき『アルゼンチン人であることの残酷な喜び』の執筆中で、前作以上に冴え渡った鋭い記述で慧眼の健在ぶりを見せつけた（ちなみに現在までに十五万部を売り上げたとのこと）。

一方、そんなアギニスを師と仰ぐ、丸々太って人なつっこい笑顔が魅力のホルヘ・ブカイは、第5章ウルグアイのプンタ・デル・エステの会場で自嘲ぎみに批判していたが、生粋のブエノスアイレスっ子（ポルテーニョ）だ。ブカイの生い立ちについて本書ではほとんど触れられていないが、デビュー作『クラウディアへの手紙』（一九八九）によると、貧しい家庭に育ち、学費を稼ぐために病院での当直バイトのほか、生地屋の店員からタクシー運転手、路上の靴下売り、保険外交員、ビラ配りまで、ありとあらゆる職業を経験したという。その屈託のない明るさからは想像のつかないような、かなりの苦労人である。

二作目の『デミアンに捧げるストーリー』（一九九四）が二〇〇二年にスペインで改題されて出版、爆発的なヒットとなったために、〝ちょっといい話〟を売り物にするセラピストのイメージが強いが、彼は医学部で精神病理学を修めた、世界的に定評ある歴とした ゲシュタルト・セラピストだ。一九九七年米国オハイオ州クリーブランドで開催されたゲシュタルト療法の会議にアルゼンチン代表団の一員として参加。その際におこなった発表が高く評価され、以後、欧米諸国にもその名が広まることになった。

ブエノスアイレス大学医学部で学位を取得する直前、のちに〝職業上の母〟と慕うことになる精神病理学博士ジュリー・サスラブスキーとの出会いが、同時にゲシュタルト療法との出会いとなった。当時実習生として医療現場に出、セラピー目的で芝居や寸劇を催し、司会やコメディアンを演じていたホルヘが、みずからの実践について恩師である彼女に話すと、「あなたがやっているのはゲシュタルト療法そのものよ」と教えられたのだ。その後、ジュリーに勧められフリッツ・パールズ、ジョン・スティーブンスといったゲシュタルト療法の先駆者たちの著作のほか、エーリッヒ・フロム、ヤコブ・L・モレノ、エリック・バーン、カール・ロジャース等の心理学関係書、クリシュナムルティやラジニーシなどの哲学書に傾倒していく。さらに影響を受けた本として、ヤコブ・L・モレノの『サイコドラマ』、トーマス・A・ハリスの『I'M OK—YOU'RE OK』(あまりに米国的なベストセラーだが、彼の分析は大いに参考になったという)、エリック・バーンの『人生ゲーム入門』、オーウェルの『動物農場』、ヘッセの『デミアン』、サン＝テグジュペリの『星の王子さま』、ヘミングウェイの『老人と海』、カスタネダの『ドン・ファンの教え』を挙げている点は興味深い。

前記二作がアルゼンチン国内でベストセラーとなり、三作目の『考えるための物語集』も好評のブカイが各地でおこなう講演会には、多くの聴衆が殺到した。四作目の『セルフエスティームからエゴイズムへ』（一九九九）は、彼が聴衆とやり取りしながら人間の物の捉え方や思考プロセスをボードに図式化し、逸話を挟み込んで解説する講演会の様子が再現され、会場に足を運べない人々にとってはありがたい一冊だった。そして、この試みがライブ本を企画する布石となったのは確実である。

二〇〇〇年から三年間かけて刊行されたシリーズ『人生のルートマップ』は、それまでの活動の集大成ともいうべき大作となった。巷にあふれる自己啓発本には心地よい言葉が満載されているが、それらを読んだからといって実際の行動は変わらない。何とか読者がみずから気づき、自己変革していかれるような書物が作れないかとの思いからプロジェクトは始まった。自分の人生に責任を負い、他者依存からの脱却を目指す第一巻『自立の道』。他者との出会い、愛情の発見を意図した第二巻『出会いの道』。愛する者の喪失から生じる悲しみや苦悩をテーマにした第三巻『涙の道』。〝幸せ〟は永遠の喜びの状態を生きることではなく、自分の選んだ道を進んでいると確信する時の心の穏やかさであると説いた第四巻『幸せの道』。本書のライブ対話ツアーは、これら幸福な人生の追求に欠かせない道筋を記した珠玉の全四巻が順次刊行されていた最中におこなわれたことになる。

ブカイとアギニスはどちらも作家だが、片やゲシュタルト・セラピスト、片や神経外科医で国際精神分析学会所属の精神分析家という、長年人の心と体の問題に関わってきたスペシャリストである。両氏からタイミングよく発せられる専門的な知識や情報、幅広いうんちく、数々の物語や逸話、思慮深い助言には目を見張るものが多い。参考になると判断すれば、たとえそれが自身の失敗談や苦々しい思い出であろうと、惜しみなく例示するところも特筆すべき点だ。一般的に、人は有名になればなるほど体面を取り繕うものだが、裏表なく正直に人々と接しようとする誠実な姿勢が、おそらくは彼らが多くのファンから支持されている所以なのだろう。

罪に対する見解の相違のように、時として立場の違う両者の意見が真っ向から対立する場面もあるが、相手の言葉にまったく耳を貸さないのではなく、互いの主張を認め合い、議論自体を心から楽しんでいる様子が伝わってくる。わが国でも近年、ディスカッション、ディベートが教育現場で大流行りだけれど、それらはけっして勝敗を競う口喧嘩や言い争いではないということを示す好例である。

また、この手の行事は表向き会場とのフリー・ディスカッションと銘打たれていても、実際には壇上にいる者の演説会になりがちである。ところが、このライブ対話ツアーで著者たちは、話術に長けているのに自分たちの独壇場にしようとはしない。聴衆の緊張をほぐして上手に話を引き出し、発言に耳を傾けて的確なコメントを加え、対話を進めてゆく。よく「話し上手は聞き上手」と言われるが、その手腕は実にみごととしか言いようがない。

そして、この対談を成功へと導いたのはステージで進行役を司っていた自分たちではなく聴衆たちだ。本書の真の主役は二人の有名作家ではなく、作品に蓄えられた知恵を日々の生活に生かしてゆく名もなき読者たちだと主張する。インドの古い説話から引用して名づけられたタイトル『御者《エル・コチェーロ》』には、そのような著者たちの思いが強く込められている。

二〇〇八年秋の米国発金融危機を発端とした世界同時不況をきっかけに、さまざまな社会問題が露呈し、国内外でようやく本腰を入れて向き合おうとする風潮が芽生えたような感があるが、本書は、世界に先駆けてどん底に突き落とされたアルゼンチン人たちが、過去を反省し、現実をしっかりと見据えて、どのように自分自身や周囲の人々との関係、家庭や社会を立て直していくかを話し合った実録だ。

夫婦のあり方、不貞と離婚、孤独、人生の危機、依存症、家庭内・外の暴力、過剰なダイエットやアンチエイジング・ブーム、麻薬、政治腐敗とメディアの役割……対話中に取り上げられるテーマはいずれも現代社会に生きる個人や集団が抱える万国共通の問題であり、けっして遠く離れた対岸の火事ではない。

先にも述べたとおり、このライブ対話ツアーがおこなわれたのは、アルゼンチンが経済危機に見舞われる直前のことである。危機的状況に際し、なおも浮かれて無関心に暮らしている人々がいる反面、幻滅して祖国を去った人々も多い（一説によるとその数、百万人以上）。しかし、著者たちをはじめとする、会場に集まった大勢の聴衆や本書中で紹介されている人々のように、国に残り、少しでも社会を良くしていこうと、それぞれの分野で日々奮闘している人々もいる。国や自治体が何とかしてくれるまで待っていても仕方ないと悟り、小規模ながらも自分たちのできる範囲で活動し続ける姿も随所に見られる。

最終章でブカイが「個から始まらない仕事は存在しないし、個を尊重することなしに社会全体の問題を考えることもありえない」と述べているが、最初から大上段に構え、「社会を変えよう！　地球を救おう！」などと声高にスローガンを叫んだところで何にもならない。まずは自分自身が変わり、次いで身近な人々の変革の手助けをしていく。言うは易くおこなうは難いことではあるが、小さな身の回りの問題から一個一個解決していかなければ、社会は変わりようがない。長期的な視野に立った地道な努力が必要なのだ。

年齢も性別も、出身地も職業も、立場も違うアルゼンチンの一般市民が何を思い、どんな問題意識を持って意見を述べているのかをうかがうのは、その国について深く知るうえで大きな助けとなるだろう。アルゼンチン人といえばマラドーナ、ピアソラ、エビータとステレオタイプ的なイメージが主流を占めるが、本書に登場する人々の中にこそ、本当のアルゼンチン人の魅力があるのではないかとつくづく思う。

翻って現在、日本の社会は危機的状況にあると述べても過言ではないだろう。戦後、高度経済成長を経て経済大国にのし上がったものの、利益優先、学歴偏重、大量消費に溺れ、家庭や社会生活を営む上で大事な部分をないがしろにしてきたため、モラルが崩壊し、経済不振と相まって深刻な問題が噴出している。親子、夫婦、知人間の傷害・殺人、職場や学校における陰湿なイジメ、遊ぶ金欲しさの強盗や詐欺事件、憂さ晴らし目的の放火や責任逃れのための当て逃げ。職を失い、住む場所を奪われ、生きる希望をなくし、みずから死を選ぶ人々の絶えないわが国の現状は、ある意味アルゼンチンよりもさらに深刻かもしれない。

訳者がアルゼンチンに在住していた二〇〇四年、息子を誘拐、殺害された一人の父親が、社会正義の欠如と類似の事件が再発生したことに業を煮やし、事態を打開すべく立ち上がるという出来事があった。彼が連帯を呼びかけた集会には、あらゆる宗教・宗派の聖職者が率先して参加、一般市民が十万人規模で首都中心部に集まり、テレビ、ラジオ各局が揃って実況中継し、新聞各紙も大きく取り上げた（第6章であれほど参加者たちからこき下ろされたアルゼンチンのマス・メディアであるが、見上げたものである）。アルゼンチンの全人口は三千六百十万人（二〇〇一年）なので、約0.3パーセントが集結した計算になる。これを大まかに日本の人口比に換算すると約三十五万人。大体東京都品川区の人口に相当すると言えば、わかりやすいだろうか。アルゼンチンの底力を見せつけられた一幕であった。

彼らから学ぶべきことは山ほどある。

ここで『御者《エル・コチェーロ》』ライブツアー後の著者たちの動向について簡単に触れておきたい。マルコス・アギニスは以前にも増して国内外の教育機関での講演活動や講義を精力的におこない、読者と直接対面する機会を設けるようになった。加えて、アルゼンチンの有力紙『ラ・ナシオン』へのコラム連載をはじめ、ラテンアメリカやヨーロッパの新聞に寄稿、積極的に意見表明をしている。小説執筆の傍ら、二〇〇三年には暴力の元凶である憎悪を古今東西の逸話や事件から多面的に分析し、抑制を意図したエッセイ『憎悪の網』を発表。二〇〇七年には『アルゼンチン人であることの残酷な喜び2』も出版され、大いに話題になった。つい先日、最新作『ああ、わが祖国！』（二〇〇九）を発表したばかりである。

ホルヘ・ブカイは『人生のルートマップ』でやり残したことを『シムリティ』（二〇〇三）に結実させた。無知から知へと至る道のりをベースに、神話・思想・哲学・宗教・科学など多種多様な観点から西洋と東洋の融合を試みた秀作だ。彼の主たる著作はすべて二十週間以上、ベストセラー・リストに名を連ね、ブエノスアイレス中心街の書店の話によると、特に心理学専攻の学生たちに人気で、大学近くの支店ではすぐに売切れてしまうとのことだ。もちろん学生たちばかりではなく、人間関係や生き方について関心を寄せる幅広い年齢層の読者を獲得している。また、近年はセミナーや講演の活動範囲を海外、とりわけスペインにまで広げ、絶大な支持と人気を得、二〇〇六年には初の小説もそこで発表している。

最後に、訳書の刊行にあたって新曜社の塩浦暲氏から賜ったご尽力に感謝するとともに、出版に至るさまざまな過程でお力添えいただいたすべての方々に、厚く御礼申し上げたい。

なお、原文の若干の誤記、誤植は訳者の判断で訂正したこと、アルゼンチンに関する記述については、読者に理解しやすいよう若干の補足説明を加えたことをお断わりしておく。

二〇〇九年五月

八重樫克彦
八重樫由貴子

訳注

ライブ対話1

［1］オクタビオ・パス　Octavio Paz（一九一四―一九九八）　メキシコの詩人・批評家。一九九〇年ノーベル文学賞受賞。

［2］シュトゥルーデル　リンゴを煮たものを薄く延ばした生地で巻いたオーストリアの焼き菓子。

［3］ロサス　Juan Manuel de Rosas（一七九三―一八七七）　アルゼンチンの軍人・政治家。連邦同盟の統領でブエノスアイレス州知事に二度就任（一八二九―三二／三五―五二）。独裁政治を強行し、反対派を弾圧した。

［4］「オレンジの片割れ」　media naranja「伴侶」を表すスペイン語の言い回し。ベターハーフ。

［5］エーリッヒ・フロム　Erich Fromm（一九〇〇―一九八〇）　ドイツ出身の精神分析学者・社会思想家。

［6］カルーソー　Enrico Caruso（一八七三―一九二一）　イタリアが生んだ、不世出の大テノール歌手。

ライブ対話2

［7］カール・ロジャース　Carl Ranson Rogers（一九〇二―一九八七）　米国の臨床心理学者。

［8］ハムレット・リマ・キンターナ　Hamlet Lima Quintana（一九二三―二〇〇二）　アルゼンチン・ブエノスアイレス州モロン出身。広大なパンパ（大平原）に根ざした詩・唄を書く詩人として知られている。

［9］「除虫菊を食らわす」　アルゼンチン・コルドバ地方独特の言い回し。

ライブ対話3

［10］ オットー・ランク　Otto Rank（一八八四―一九三九）　オーストリアの精神分析家・心理学者。

［11］ ジャン・ポール・サルトル　Jean-Paul Sartre（一九〇五―一九八〇）　フランスの哲学者・小説家・劇作家・評論家。

［12］ フロイト　Sigmund Freud（一八五六―一九三九）　オーストリアの神経病理学者・精神科医。

［13］ パブロ・ネルーダ　Pablo Neruda（一九〇四―一九七三）　チリの詩人・外交官。一九七一年ノーベル文学賞受賞。

［14］ シモーヌ・ド・ボーヴォワール　Simone de Beauvoir（一九〇八―一九八六）　フランスの作家・哲学者。

［15］ ペロン　Juan Domingo Perón（一八九五―一九七四）　アルゼンチンの軍人・政治家、大統領に三選（一九四六―五五／七三―七四）。今もなお支持者は多いが、独裁者とする見方もあり、評価は分かれている。

［16］ フロンディシ　Arturo Frondizi（一九〇八―一九九五）　アルゼンチンの弁護士・政治家、大統領（一九五八―六二）。ロヘリオ・フリヘリオは彼の政権で社会・経済関係担当長官だった。

［17］ ショーペンハウアー　Arthur Schopenhauer（一七八八―一八六〇）　ドイツの哲学者。

［18］ ウンベルト・マトゥラーナ　Humberto Maturana（一九二八―　）チリの神経生理学者・生物学者。

［19］ マルティン・ブーバー　Martin Buber（一八七八―一九六五）　オーストリア出身の哲学者・社会学研究者。

［20］ ロバートソン・スミス　William Robertson Smith（一八四六―一八九四）　スコットランドの聖書学者。

［21］ エラスムス　Desiderius Erasmus（一四六六頃―一五三六）　オランダの人文学者。

ライブ対話4

［22］ ハロルド・クシュナー　Harold S. Kushner（一九三五―　）　米国の聖書学者・ラビ・文筆家。

[23] ジャンバッティスタ・ビーコ　Giambattista Vico（一六六八―一七四四）　イタリアの哲学者。
[24] デイヴィッド・ヒューム　David Hume（一七一一―一七七六）　スコットランドの哲学者・歴史家。
[25] モンテスキュー　Charles Louis de Montesquieu（一六八九―一七五五）　フランスの啓蒙思想家・法学者。
[26] クラウゼビッツ　Karl von Clausewitz（一七八〇―一八三一）　プロイセンの軍人・軍事学者。
[27] アルファホル　イベロアメリカ圏（スペインとポルトガルの旧植民地諸国と、旧宗主国であるスペインとポルトガル）に普及している菓子。アルゼンチンではクッキーのあいだにドゥルセ・デ・レーチェ（コンデンスミルクをキャラメル化したもの）を挟み、チョコレートでコーティングしたものが主流。
[28] アナトール・フランス　Anatole France（一八四四―一九二四）　フランスの小説家・批評家。一九二一年ノーベル文学賞受賞。
[29] イリア　Arturo Illia（一九〇〇―一九八三）　アルゼンチン・コルドバ州出身の医師・政治家、大統領（一九六三―六六）。清廉潔白・誠実な人柄で人望が厚く、政治家の鑑とされている。
[30] オンガニーア　Juan Carlos Onganía（一九一四―一九九五）　アルゼンチンの軍人。一九六六年軍事クーデターでイリア政権を倒壊させ、大統領に就任（六六―七〇）。以後、軍事評議会が政治の実権を握るようになる。

ライブ対話5

[31] ホルヘ・ルイス・ボルヘス　Jorge Luis Borges（一八九九―一九八六）　アルゼンチンの詩人・小説家。
[32] ピエール・ショデルロ・ド・ラクロ　Pierre Choderlos de Laclos（一七四一―一八〇三）　フランスの軍人・小説家。
[33] ホッブス　Thomas Hobbes（一五八八―一六七九）　イングランドの哲学者・政治思想家。

［34］オラシオ・ベルビツキー　Horacio Verbitsky　アルゼンチン・ブエノスアイレス市出身の名ジャーナリスト。一九八七年新聞『パヒナ・ドセ』を共同で創刊、数々の政治汚職を鋭く告発。国内各紙誌のほか、スペインの『エル・パイス』紙、米国の『ウォールストリート・ジャーナル』『ニューヨーク・タイムズ』等に寄稿。

［35］マクルーハン　Marshall McLuhan（一九一一－一九八〇）カナダの英文学者・文明批評家。

［36］アンドレ・マルロー　André Malraux（一九〇一－一九七六）フランスの小説家・政治家・冒険家。

［37］ジョージ・オーウェル　George Orwell（一九〇三－一九五〇）イギリスの小説家・評論家。

［38］エミール・ゾラ　Émile Zola（一八四〇－一九〇二）フランスの小説家。

［39］ハイデッガー　Martin Heidegger（一八八九－一九七六）ドイツの哲学者。

［40］セリーヌ　Louis-Ferdinand Céline（一八九四－一九六一）フランスの医師・小説家。

［41］ダヌンツィオ　Gabriele D'Annunzio（一八六三－一九三八）イタリアの詩人・小説家・劇作家。

［42］エズラ・パウンド　Ezra Pound（一八八五－一九七二）米国の詩人・音楽家・批評家。

著者紹介

ホルヘ・ブカイ　Jorge Bucay（1949 －　）

アルゼンチン・ブエノスアイレス生まれの医師（精神病理学），ゲシュタルト・セラピスト，心理療法劇作家。ゲシュタルト療法を基にした独自のセラピーを展開し，講演やセミナーを開催するなど国内外で幅広く活動。その著作はスペイン語圏で大ベストセラーとなり，各国語に翻訳されている。『クラウディアへの手紙』（'89），『セルフエスティームからエゴイズムへ』（'99），『人生のルートマップ』シリーズ全４巻（2000 － 2002）他，著書多数。

マルコス・アギニス　Marcos Aguinis（1935 －　）

アルゼンチン・コルドバ生まれの作家，神経外科医，精神分析家。国際精神分析学会会員。軍事政権時代，発禁処分となった『逆さの十字架』（'70）でラテンアメリカ初のスペイン・プラネッタ賞を獲得。'83年民政移管後，文化長官を務める。フランス文化芸術功労章・シュヴァリエ賞他，受賞多数。国内外の有力紙に寄稿，各種講演や大学での講義など精力的に活動中。『マラーノの武勲』（'91），『天啓を受けた者ども』（'99）他，著書は多岐にわたる

訳者紹介

八重樫克彦（やえがし・かつひこ）

1968年岩手県生まれ。ラテン音楽との出会いをきっかけに，長年，中南米やスペインで暮らし，語学・音楽・文学などを学ぶ。現在は翻訳業に専念。訳書に妻・由貴子との共訳で『音楽家のための身体コンディショニング』（エステル・サルダ・リコ著，音楽之友社），『マラーノの武勲』（マルコス・アギニス著，作品社）がある。

八重樫由貴子（やえがし・ゆきこ）

1967年奈良県生まれ。横浜国立大学教育学部卒。12年間の教員生活を経て，夫・克彦とともに翻訳業に従事。

新曜社
エル・コチェーロ
御　者
人生の知恵をめぐるライブ対話

初版第1刷発行　2009年6月15日©

著　者　ホルヘ・ブカイ
　　　　マルコス・アギニス
訳　者　八重樫克彦
　　　　八重樫由貴子
発行者　塩浦　暲
発行所　株式会社　新曜社
101-0051　東京都千代田区神田神保町2-10
電話（03）3264-4973（代）・FAX（03）3239-2958
e-mail info@shin-yo-sha.co.jp
URL：http://www.shin-yo-sha.co.jp/

印刷　長野印刷商工（株）　Printed in Japan
製本　渋谷文泉閣
ISBN978-4-7885-1161-3　C1011

新曜社の関連書

つながりあう「いのち」の心理臨床
患者と家族の理解とケアのために
木村登紀子
A5判292頁
本体3500円

看護・介護のための
心をかよわせる技術
「出会い」から緩和ケアまで
小林司／桜井俊子
四六判292頁
本体2200円

こころに寄り添う緩和ケア
病いと向きあう「いのち」の時間
赤穂理絵／奥村茉莉子編
A5判240頁
本体2600円

医療のなかの心理臨床
こころのケアとチーム医療
成田善弘監修
矢永由里子編
A5判304頁
本体3800円

やまだようこ著作集　第8巻
喪失の語り
生成のライフストーリー
やまだようこ
A5判336頁
本体4300円

家族というストレス
家族心理士のすすめ
岡堂哲雄
四六判248頁
本体1900円

覚醒する心体
こころの自然／からだの自然
濱野清志
四六判208頁
本体2400円

＊表示価格は消費税を含みません。